旅する錬金術師のスローライフ
2
川上とむ
ill.竹岡美穂／ぶたばら

フィーリ（大人の姿）
大魔法使いの弟子
「10年分の時間を戻してみました！気分はどうですか？」

メイ（子どもの姿）
旅する錬金術師
「いいわけないじゃない！　うわーーん！　届かないーー！！」

「……初めまして、メイ。
ボク、ルメイエって言うんだ」
ルメイエ
伝説の錬金術師

旅する錬金術師のスローライフ

2

川上とむ

ill.竹岡美穂／ぶたばら

Tom Kawakami presents

The slow life of a traveling alchemist

Contents

プロローグ

Tom Kawakami presents

The slow life of a traveling alchemist

あたしは旅する錬金術師メイ。

魔法使いの国から脱出したあたしとフィーリは、海辺の街ラウトへと身を移し、そこで小さな家を借りて生活していた。

空き家を修繕したという旅人用の借家は、その広さの割に安価で借りることができ、住み心地も悪くなかった。加えて、あたしが小さな女の子を連れているということもあり、近所のおばさんたちが色々と世話を焼いてくれた。それこそ街のルールから食事の準備まで、色んなことを。

おかげで冒険者ギルドもないこの街で一ヶ月近く暮らしていけてるわけだし、もちろん感謝はしている。しているけど……。

「はぁ……なんで錬金術師のあたしが料理なんて……」

ある日の夕方。あたしはキッチンに立っていた。

錬金術師であるあたしは、普段から料理も全て錬金釜でこなす。それがどうしてか、手元にあるのは錬金釜じゃなく、料理用の小さな鍋だった。

「メイちゃん、このご時世、錬金術なんて怪しい術に頼らずとも、料理くらいできなきゃね！」

そう背後からげきを飛ばしてくるのは、近所に住むダリアおばさん。

この街にやってきたあたしたちを当初から気にかけてくれた人物の一人で、今日もこうして、料理を教えてくれていた。

「あとはじっくりと煮込めば、この街の名物料理が完成さ。この魚のシチューは底のほうが焦げやすいから、最後まで気を抜かずに混ぜ続けなきゃ駄目だよ」

「はーい。錬金術師は混ぜるの得意なんだから」

魚介たっぷりで美味しそうなシチューを前にしながら、そう返事をする。

「ダリアさん、やっぱりここにいたのかい？　ちょっと来ておくれよ」

その時、キッチンの窓から別の女性が顔を覗かせ、ダリアおばさんを呼び出していった。

一人残されたあたしは、ひたすらに鍋をかき混ぜながら、考えを巡らせる。

魔法使いの国を脱出してからというもの、あの組織……魔法警察の動向がずっと気になっていて、万能地図でその動きをうかがったりした。だけど、あれから一月経っても動きはない。

魔法警察も魔法使いの精鋭を集めた組織なのだろうし、それが一人の錬金術師に蹴散らされた……なんてことが公になったら、色々と困るのかもしれない。

……というわけで、あたしとフィーリはこれまでと何ら変わりない日常を過ごしていた。

いや、二人になって賑やかさが増した分、あたしにとっては日々の楽しみが増えた気がする。

ちなみにそのフィーリはお昼から外出している。たぶん、いつも通り魔法の訓練だと思う。

大魔法使いから最上級魔法しか習ってこなかったという彼女に、街の雑貨屋で偶然見つけた初心者向けの魔導書をプレゼントしたところ、毎日のようにトレーニングに励んでいる。

最近は地・水・火・風の四属性の初期魔法に加え、氷と雷属性の魔法も勉強中らしい。

「練習するのは良いけど、あの子の魔法ってなーんか安定してないのよねー。この間も、風魔法が明後日の方向に飛んでいたし。街の皆に迷惑かけてないといいけど」

天井を見上げてそう口にした直後、頭を振る。なんかあたし、お母さんみたいね。

「ちょ、ちょっとメイさん！　お鍋、焦げてません!?」

……その時、背後からフィーリの声がした。

とっさに鍋へ視線を落とすと、所々に黒い物体を浮かべたシチューが哀れな姿を晒していた。

「え？　うわ、やっちゃった!?」

慌ててかまどから鍋を取り上げ、必死にかき混ぜるも、もはや後の祭りだった。いくら混ぜてもその黒ずみは広がるばかりで、フィーリの冷たい視線が背中に突き刺さる。

「そ、素材分解！　えいやっ！」

その視線に耐えられなくなったあたしは、鍋を腰の容量無限バッグへと放り込んだ。

黒いシチューは鍋と一緒に素材分解され、元の食材と鉄に戻った。

「むー、まーたそうやって証拠隠滅するんですから！　錬金術は失敗しないのに、料理は失敗続きじゃないですかー！　ダリアさんに報告しますよー！」

「ごめーん。鍋はあとで調合して返すから、それだけは勘弁してー！」

胸の前で手を合わせて平謝りすると、彼女はその年齢に似合わない大きなため息をついた。

この子がフィーリ。魔法使いの国で出会った10歳の女の子で、魔法使いなのに元奴隷という経歴の持ち主だ。いなくなったマスターを探すため、あたしの旅に同行している。

西日を浴びてキラキラと輝く銀髪に、大きな金色の瞳。見た目も可愛らしく人懐っこい上、魔法使いということですっかり街の人気者になっていた。

というのも、あたしが転生したこの世界は魔法使いの地位が意味不明なくらい高くて、多くの街では魔法使いというだけでもてはやされる。

まぁ、その多くはフィーリのマスターである大魔法使いの功績が大きいという話だけど。

一方で錬金術はというと、ダリアさんに『怪しい術』と呼ばれたように、この世界では全く知られていない。あたしも行く先々で錬金術を広めようと努力しているけど、焼け石に水だった。

「ごめんねぇ、そろそろ料理も完成したんじゃないかい？」

そうこうしていると、ダリアおばさんが戻ってきた。

「……あのですね。メイさん、また料理失敗しちゃったんですよ」

「あら、フィーリちゃん、そりゃ本当かい」

あたしが言い訳する前に、フィーリが洗いざらい喋ってしまった。

「困ったねぇ……なら、フィーリちゃんが何か作ってあげておくれよ。あんた、料理上手だしさ」

「えー!?」

申し訳ない気持ちでいっぱいになっていると、フィーリがあたしの尻拭いをさせられていた。

「いや、だって今日の料理当番はメイさんなのに！　わたし、昨日も一昨日も作りました！」

「なんとかっていう鞄の中に食材は入ってるんだろ？　あたしゃ用事ができちゃったから、フィーリちゃん、頼んだよ」

ダリアおばさんはそう言い残すと、足早に帰ってしまった。

「……フィーリちゃんが何か作ってあげておくれよ」

「もー！　メイさん、ダリアさんの声真似したって駄目ですよ！」

フィーリは頬を膨らませながら言い、持っていた魔導書と鞄を乱暴に机へ置いた。

「そう言わないでさ。じゃあ、どっちが料理するか、じゃんけんで決めましょ？」

「えー、またじゃんけんですか？　メイさん強いので嫌なんですが」

「今日こそはフィーリが勝てるかもしれないじゃない。いくわよー。じゃーんけーん！」

あたしが素早く握りこぶしを作ると、フィーリもつられるように拳を構えた。

そして振り下ろされた手は、あたしがパー。対するフィーリはグーだった。

「むむむ……ほーら、やっぱり負けちゃいました！」

がっくりと肩を落としたあと、自分の手とあたしの手を交互に見る。

元々、この世界にじゃんけんは存在していなかったので、公平に勝負をつける究極の方法として、あたしがフィーリに教えたのだ。ここまで弱いとは思ってなかったけど。

「そもそも、どうして紙が石に勝てるんです？　包もうと広がったところをぶち抜いたらおしまいじゃないですか！」

よほど負けたのが悔しかったのか、身振り手振りを交えて力説していた。

「ルールなんだから仕方ないでしょー。あたしもできるだけ手伝うから、調理よろしく！」

つい笑顔になりながら言うと、フィーリは渋々とエプロンを身に着けた。

「……というわけで、今日もメイさんは、料理を失敗してしまいました……と」

「もー、日記書くなら、もっとマシなこと書き残しなさいよ」

「いいじゃないですか。本当のことなんですから」

一緒に作った夕食を食べて入浴を済ませたら、あとはお互い自由時間。

その時間を使って、フィーリは日記をつけていた。

あたしがプレゼントした万年筆を使ってくれるのは嬉しいけど、書く内容がその……かなり偏っている。ゆくゆくマスターに見せるのなら、勉強中の魔法について書けばいいのに。

そんなことを考えながら、あたしも自分の日記帳に筆を走らせたのだった。

その翌日には、魔法の練習をするというフィーリに付き合い、あたしは庭に出ていた。

この借家は立派なウッドデッキがついていて、その先に浜辺が広がっている。

フィーリはそこで一枚のカードを手にして、あたしの自律人形と対峙していた。

あの子は魔法使いの中では落ちこぼれらしく、あたしの作ったカード……属性媒体がないと魔法が使えないのだ。その代わり、膨大な魔力に物を言わせた呪文詠唱の短縮を得意としている。

「ウィンドカッター！」

フィーリが叫ぶと、その手にある風の属性媒体が光を放ち、続いて彼女の体が緑のオーラをまとう。やがて右手に持った杖の先から、淡い緑色をした風の刃が四枚、解き放たれた。

そのうちの二枚は自律人形を捉えるも、残る二枚はまるで蛇行運転でもするかのようにコントロールを失い、海へと消えていった。

「命中率、半分ってとこねー。やっぱり、まだ安定しない？」

「そうなんですよー。初級魔法のはずなのにー！」

うにょうにょとコミカルな動きをしながら、切られた体を再生させていく自律人形を前に、フィーリは肩を落とす。

あの自律人形は液体金属でできていて、人の形をした銀色のスライムのような風貌をしている。液体だから、いくら切られてもすぐ再生するし、どんな狭い隙間も通り抜けられる。さらに指先を変形させることで、どんな鍵も開けることができる。これがまた、実に便利なのだ。

「最上級魔法は効果範囲が広いので、多少狙いがずれてもなんとかなりますが、初級魔法は魔法そのものが小さいので、しっかり集中しないとまず当たらな……わぷっ」

フィーリが言葉を並べていると強い浜風が吹き、一枚の紙が彼女の顔にへばりついた。

「……ぷはっ、なんですかこれ」

少しむくれた様子で、顔に張り付いた紙を剥ぎ取り、その内容に目を通す。

「……常夏の島サリエンテ・特産のチョコの実を使った甘いドリンクの販売……？」

「え、なにそれ。ちょっと見せて」

いぶかしげな顔でそう読み上げるフィーリの下へ歩み寄り、あたしもその紙を覗き込む。

「へー、移動販売の予告チラシね。明日からみたいだし、行ってみる？」

「そうですね。ところで、チョコって言ったら……チョコの実ってなんでしょうか」

「そりゃあ、チョコって言ったら……」

カカオのことでしょー……と言いかけて、言葉に詰まる。チョコレート＝カカオなのは、あたしがいた世界の常識であって、この世界では違うのかも。チョコの実という、見た目も全く違う植物があるのかもしれない。

「……まぁ、行ってみたらわかるわよ。甘いって書いてあるし、楽しみにしておきましょ」

「はい！　それに移動販売ってことは、遠くの街から来てるんですよね。マスターのことを知らないか、聞いてみたいです！」

フィーリは天使の笑顔で言って、今度は火の属性媒体を手にした。

あたしの自律人形、液体とはいえ金属だから火にも弱いのよねー。お手柔らかにしてあげてね。


次の日、出店場所となっている広場に足を運ぶと、そこには行列ができていた。

この街は飲食店そのものが少ないし、物珍しさもあるのだと思う。

その行列に並ぶこと、数十分。ようやくあたしたちの番がやってきた。

出されたメニューはドリンク一種類のみで、お値段は４００フォルと、少しお高めだった。

「こ、これがチョコのドリンク」

グラスに注がれた茶色い液体を手に、フィーリはその大きな瞳を輝かせていた。

あたしも受け取ったドリンクを顔の高さまで持ち上げ、まじまじと見つめる。

その見た目も香りも、アイスココアそっくりだった。

広場にはテーブルセットが用意されていたので、適当な席に座って一口飲んでみる。

……味もアイスココアだった。砂糖がふんだんに使われているのか、がっつり甘い。

これ、女の子は絶対好きな味だと思う。

「んー！　甘いです！　おいしいです！　ほっぺが落ちそうです！」

少し遅れてドリンクを口にしたフィーリは両手で頬を押さえ、とろけそうな表情を見せる。

そんな彼女を微笑ましく見ながら、あたしも久しぶりの味を堪能したのだった。

「……ごちそうさまでした！　メイさん、そろそろマスターについて聞いてみましょう！」

「そうねー。お店の店長さんなら、何か知ってるかもしれないわよ」

あたしとフィーリは席を立ち、お店のほうへ向かう。

ちょうどお客さんの波が一段落したタイミングを見計らって店員さんに声をかけ、店長さんを呼んでもらう。

しばらくして奥から出てきたのは、商人の格好をした中年の男性だった。オレンジ色の衣服とケープを身にまとい、頭には丸い帽子をかぶっている。

「これは魔法使い様。いらっしゃいませ」

「この子は魔法使いだけど、あたしは錬金術師です」

服装が似ているからか、錬金術師は魔法使いと本当によく間違えられる。

今回も勘違いされていたので、速攻で訂正しておく。

「おや、そうでしたか……それはとんだ失礼を」

店長さんは落ち着いた口調で言い、頭を下げた。この辺りは客商売をしている商人らしい。

「あの、店長さんはマスター……大魔法使いについて、何か知りませんか？」

「ふぅむ……大魔法使い様ですか。どこかでお見かけしたような……」

フィーリに問われ、店長さんは口元に手を当てて、考えるような仕草をする。

「……そうそう。常夏の島サリエンテでお会いしました。当店のドリンクをえらく気に入っていただけたようで、何度も通ってくださいましたよ」

「本当ですか!? ありがとうございます！」

もたらされた情報にフィーリは笑顔の花を咲かせ、元気にお礼を言った。

「良かったわねー。ところで、そのサリエンテってどうやって行くの？」

「そうですね。ここから海沿いの街道を進むと港がありますので、そこからサリエンテ行きの定期船に乗ってください。半日もすれば、島に着きますよ」

「ほうほう。街道の先に、港があると」

教えてくれる店長さんに相槌を打ちつつ、あたしは容量無限バッグから万能地図を取り出す。

これは一見普通の地図だけど、まるで地図アプリのようにあらゆる場所を表示させることができる。ルート検索機能の他、人や魔物の位置も知ることができるので、旅の必需品なのだ。

「よーし、それなら善は急げよ。フィーリ、帰って旅の準備をしましょ」

「はい！」

旅のルートを確認して、改めて店長さんにお礼を言い、あたしとフィーリは広場を後にした。

今から準備すれば、明日の朝には常夏の島に向けて出発できるはず。

これまでお世話になったダリアおばさんや、街の皆とお別れするのは寂しいけど、あたしは本来、旅する錬金術師だ。フィーリとの約束もあるし、目的ができたのなら、早急に動かないと。

「楽しかったスローライフもおしまいですね！」

「旅に出てからもスローライフはするんだから、まだまだおしまいじゃないわよー」

マスターの手がかりを得た嬉しさからか、前を行くフィーリは体をくるくると回転させていた。

「嬉しいのはわかるけど、実際に喜ぶのは大魔法使いと再会してからにしたらー？」

「わかってますっ」

口ではそう言いながらも、今度は笑顔でスキップし始めた。

……どうやら、喜びの感情を抑え切れないみたい。

転ばないように注意しつつ、あたしは笑顔でその背中を見守った。

……フィーリのため、大魔法使いを探す旅が今、始まる。

第一話

「常夏の島とチョコレート」

Tom Kawakami presents

The slow life of a traveling alchemist

「ほらほら早く！　夜のうちに支度しときなさいって言ったでしょー！」
「だ、だってー！　何を持っていくか決めきれなかったんですよー！」
「容量無限バッグに入れてあげるから、適当に選んどきなさいって言ったじゃないのー！」

旅立ちの日。あたしたちは朝からバタバタしていた。

その理由は船の時間にある。

昨夜、これまでお世話になったダリアおばさんにお別れの挨拶をしに行き、船で常夏の島サリエンテに向かうことを伝えると、おばさんは船の時間を教えてくれた。

それによると、サリエンテ行きの定期船は一日一便で、お昼過ぎには出港するらしい。

ネットも電話もない異世界だから、出港時間を事前に調べる手段なんてないし、定期船もそれなりの本数があるのだろうと安易に考えていたら、まさかの少なさだった。

嘆いても仕方がないと、港までの移動を考慮して起床時間を決めておいたのだけど、今度は二人揃って見事に寝坊してしまった。

それまでの自由気ままな生活が仇となってしまったと、さすがのあたしも少し反省した。

「魔法使いのローブ、かさばるわねぇ……トランクにはレインコートだけ入れといたらいいわ。あとは大事な魔導書と、杖と、日記帳と……」

あーだこーだ言いながら荷物を減らし、フィーリ用の小さなトランクに詰めこんでいく。

「ほい、これで大丈夫。足りないものがあったら、旅先で現地調達よ」
「ありがとうございます！　それでは、出発しましょう！」

「ちょっと待ちなさい。ストップ」

受け取ったトランクをほうきに結びつけ、今にも外に飛び出さんとするフィーリを制止する。

「そのボサボサ頭のまま外に出るつもり？　出発前に整えてあげるから、こっちに座りなさい。女の子なんだから、身だしなみはきちんとしないと」

そう言って手招きし、彼女を鏡台に座らせる。次にブラシを手にし、その銀髪を梳《す》いてあげる。

「相変わらず綺麗な髪よねー。細いし、サラサラだし」

「あの、せっかく旅に出るので、おしゃれな髪型がいいです。三つ編みにしてくれませんか？」

「へっ、三つ編み？　今から？」

普通にブラシをかけていたら、鏡越しにそんなことを言われた。

「はい。錬金術でちゃちゃっとお願いします」

別に錬金術は関係ないんだけど……なんて思いつつ、彼女の希望通り三つ編みを結ってみる。

「えーっと、まずは三束に分けて、端の毛束を真ん中に……」

ずっと昔、お母さんに教えてもらった手順を思い出しながらフィーリの髪をいじる。

「……あ、解けちゃった。強いウェーブがかかってるからか、うまくまとまんない……」

「メイさん、ヘタクソですねー」

四苦八苦していると、鏡の中のフィーリが笑った。

「う、うるさいわねー。時間ないんだし、やっぱり今日は梳くだけ！」

妙な恥ずかしさを感じたあたしは、それを隠すように素早くフィーリの髪にブラシをかけた。

旅支度を終えて外に出ると、ダリアおばさんを始めとした街の皆が見送りに来てくれていた。

一人ずつにお礼を言ったあと、あたしは宙に浮かんだ絨毯に乗り込む。

錬金術で作ったこの絨毯はあたしの主な移動手段で、アイボリーの生地にロイヤルブルーの刺繍が入っている。大人二人でも楽に乗れ、障害物を回避する機能や、遠隔操作機能もついている。

一方でフィーリがまたがっているのは、これもあたしが調合した空飛ぶほうきだ。

彼女は魔法使いなので、普通のほうきを使って空を飛ぶことも可能らしいけど、あたしが調合したほうきのほうが使いやすいと言っていた。

また、魔力を流すことで、ほうきに安全装置として備わっている高度制限を取っ払えてしまえるらしく、その点もさすが魔法使いといったところだった。

「フィーリちゃん、メイちゃんのことを頼んだよ」

「おまかせください！」

じわじわと絨毯の高度を上げていると、ダリアおばさんとフィーリのそんな会話が聞こえた。

「おばさん、それ、フィーリに頼むの？　普通、逆じゃない？」

「メイちゃんは次来る時までに、料理のひとつもできるようになっといでよ！」

「わかってますー！」

そんなやりとりに周囲から笑い声が漏れる中、最後にもう一度お礼を言って、あたしとフィーリは海辺の街を旅立った。

街から出るとさらに高度を上げ、街道を眼下に見ながら絨毯を一気に加速させる。

隣を見ると、フィーリもしっかりついてきていた。

「ここからは時間との勝負だから、飛ばすわよー！」

風に飛ばされないように帽子を押さえつつ、フィーリにそう伝える。元気な声が返ってきて、彼女もほうきのスピードを上げた。

しばらく海沿いを進んでいると、無数の気配を感じて周囲を見渡す。海鳥の群れがあたしたちと並走していた。

「かわいいですねー」

「仲間だと思ってるのかもしれないわねー」

「会話を試みましょう。ふぎゃー！　ふぎゃー！」

速度を維持したまま、海鳥の鳴き真似をするフィーリを見て和んでいると、やがて遠くの岬に港が見えてきた。そこには真っ白い帆を張った帆船が停泊していて、あたしはこれから始まる船旅に胸を躍らせたのだった。

○　○　○

無事船に乗り込んだあたしとフィーリは、それから半日の船旅を経て、常夏の島サリエンテへとたどり着いた。

他の乗客たちと一緒に船を降りた直後、その目に飛び込んできた光景にあたしたちは感嘆の声を漏らす。

船が停泊している桟橋からまっすぐに延びる道の先に、オレンジ色の屋根をした建物が無数に並んでいて、さらにその背後には大きな岩山がそびえ立っていた。

船の中で聞いた話によると、あの岩山がこの島のシンボルで、その頂上にはお金持ちの別荘や高級ホテルがあるらしい。

……眺めは良さそうだけど、その分料金も高そう。今は手が出せそうにないわね。

「……メイさん、なんか暑くないですか？」

山の上部に点在する建物を見ていると、フィーリがあたしの服を引っ張りながら言った。

「あー、言われてみればちょっと暑いかもねー」

思わず太陽を見上げ、目を細める。そろそろ夕方なのに、西に傾いた太陽は容赦なく強烈な日差しを浴びせていた。

異世界の気候はよくわからないけど、常夏の島というだけある。現地調達だなんて言わず、夏用の服を用意しておくべきだった。

「んあー、暑いです。ローブ、着てられないです」

言うが早いか、フィーリは着ていたローブの前を開き、ぱたぱたと風を送る。

彼女は白いローブの下に、同色の袖なしワンピースを着ているのだけど、今の気候だとそっちのほうが合っている気がした。

「あたしも暑いし、今日はこのまま宿に避難しましょ。そこで夏用の服作ってあげる。今の時間帯でこの暑さってことは、日中はもっと暑そうだし。本格的に動くのは明日からね」

「賛成ですー」

額の汗を拭いながら賛同するフィーリの手を取って、あたしは島の中心部へ向けて歩き出した。

港から街の中央へと向かうメインストリートには、観光客向けの土産物や食べ物を売る露店がぎっしりと並んでいた。船から降りた客を狙っているのか、この時間帯になってもほとんどのお店が元気に営業中だった。

「お嬢さんたち、旅の記念にどうだい？　安くしとくよ？」

その時、近くのお店から声をかけられた。立ち止まらず、並べられた商品を見てみると、貝殻を使ったアクセサリーを売っているようだ。

見た目は綺麗だけど、あれって間違いなく浜辺に落ちてるわよね。錬金術の素材になりそう。

「……メイさん、錬金術のこと考えてました？」

「え、どうしてわかったの？」

「なんというか、アクセサリーじゃなく、素材を見る目になってました」

「あははー、だって貝殻って素材になるんだもん」

「なるかもしれませんが、今はマスターを探すのが先決ですよ？　採取はあとにしてくださいね」

「わかってるわよー。それに関してはあたしに秘策があるから、任せといて」

ジト目で見てくるフィーリにそう言葉を返しつつ、たまたま目についた宿屋へと飛び込んだ。

「……これはこれは、魔法使い様」

扉を開けると、カウンターの奥に座っていた男性が立ち上がり、うやうやしく頭を下げてきた。

「この子はそうですが、あたしは錬金術師です」

反射的にそう伝えるも、男性は首をかしげていた。

これまで訪れた場所と同じく、この街でも錬金術師は知られていないらしい。

気を取り直して、宿泊できるか尋ねてみると、素泊まりなら一泊５００フォルでいいとのこと。

観光地の宿としては破格だと内心喜ぶも、すぐに魔法使いのフィーリがいることで忖度されているとわかり、あたしは複雑な心境になった。

「それじゃ、さっそく着替えを調合するわねー」

部屋に案内されてすぐ、あたしは究極の錬金釜を設置して調合作業に入る。

この錬金釜はあたしがこの世界にやってきた時に神様からもらったもので、どんなに難しい調合も短時間で確実に成功させるチートアイテムだ。

本来この世界に存在する錬金術は調合にかなりの時間がかかり、その成功率もそこまで高くないので、あたしにとってこの錬金釜は本当に心強い相棒なのだ。

「んー、どんな服がいいかしらねー」

続けて伝説のレシピ本をめくる。この本も錬金釜と同じくチートアイテムで、あらゆる道具の作り方が載っている。加えて、レシピに必要な素材が近くにある場合、それを光らせて教えてくれる機能までついているのだ。

「ねえフィーリ、どの服がいい？　このデニムっぽいショートパンツも可愛いと思うんだけど」

多種多様な洋服のレシピが完成図とともに並ぶページを見せながら、フィーリに問いかける。

「……そのレシピ本、わたしに見せられても読めないんですが」

すると、少し困惑したような言葉が返ってきた。

……そうだった。このレシピ本はあたし専用のチートアイテムだから、あたし以外の人間には全てのページが白紙に見えるんだった。

「あー、すっかり忘れてたわ。じゃあ、あたしが選ぶしかないのねぇ……どうしようかしら」

「メイさんのセンスに期待します」

再びレシピ本に視線を戻したあたしに向け、フィーリが期待を込めた言葉を投げてくる。

あたし、正直ファッションセンスないのよね。変なプレッシャーかけないでほしいわ。

その時、一着の服が目に留まった。必要素材を見ると、布素材とリメンテの果実とある。

「そうねぇ……あ、この服とか良いかも。動きやすそうだし」

リメンテの果実って、あの赤い木の実よね。確か海辺の街で採取したはず。出てこい！

そう念じながら、容量無限バッグに手を突っ込む。しばらくして、5センチほどの赤い実が取り出せた。

ちなみにこのバッグもチートアイテムで、見た目は小さなバッグなのに、いくらでも物が入る。

これまでに集めてきた大量の素材の他、錬金釜にレシピ本、万能テントなど、全ての道具がこのバッグに収まっているのだ。それなのに、不思議と重さは変化しない。

その上、望んだものをすぐに取り出せる機能や、複数の素材要素を持つものを別々の素材に分解する機能も持っていて、このバッグもあたしの旅にはなくてはならない品なのだ。

「布素材を入れて、リメンテの果実を入れて、ぐるぐるぐるーっと」

レシピ本に記された素材を錬金釜に投入し、かき混ぜ棒を兼ねた杖で釜の中を混ぜていく。少しの間をおいて、虹色の渦の中から真っピンクなワンピースが飛び出してきた。

「……やっぱりメイさん、センスないです」

出てきたそれを手に取るや、フィーリは沈んだ声で言った。どうやらお気に召さなかったようだ。

「はいはーい。作り直しますよー！」

あたしは半分泣きながら言って、完成したばかりのワンピースを容量無限バッグに放り込み、素材分解した。

「そうだ。フィーリは好きな服とかないの？　好きな色はある？」

「動きやすいので、ワンピースは好きです。色は……メイさんのローブみたいな色が好きです」

「あたしの？　こんな感じの青色がいいのね？」

この際だからと、フィーリの好みを尋ねると、あたしの服を指差しながらそう言った。その意見を踏まえて、再び調合作業に取り掛かる。

「よーし、できた！　これでどう？」

次にできあがったのは、真っ白いワンピース。海底の砂や海鳥の羽根といった海にまつわる素材が必要だった分、袖と裾に海の波をイメージした青色の模様がいくつも入っている。

「……これは涼しいですし、動きやすいです！　ありがとうございます！」

完成した服を手渡してあげると、気に入ってくれたようで、さっそく着心地を確認していた。

「あー……でも、ちょっとスカートが短いです。ほうき乗る時、困ります」

「そこまで広くない島だし、移動にほうき使うこともないわよー。それよりさ、フィーリに渡すものがあるの」

「渡すもの？」

白いワンピースを着たフィーリが、まるで小鳥のように首をかしげた。

「これよー。トークリングっていう道具で、離れた場所にいる相手と通話ができるの」

「……メイさんが何を言っているのか、よくわからないんですが」

容量無限バッグから金色の腕輪を取り出して説明するも、フィーリはいぶかしげな表情をした。

「これがあれば、離れた場所にいる相手と話ができるのよ。こうやって腕にはめて……」

言いながら、フィーリの左手首にトークリングをはめ、あたしも同じものを身につける。

そのまま廊下に出て、自分のトークリングに触れながら言葉を発する。

「フィーリー、聞こえるー？」

……その直後、部屋の中からフィーリの叫び声がした。

きちんと動作しているのを確認したあたしは、満足顔で部屋へと戻る。

「メ、メイさん、今、この腕輪からメイさんの声がしました！」

「そんなに怖がらなくても大丈夫よー。そういう道具なんだから。使い方はね……」

驚きのあまり、身を縮こませているフィーリに苦笑しながら、操作方法を教える。

「話す時は、腕輪に右手で触れながらね。会話は一方通行だから、相手の返事を待つ場合は右手を離して待つこと」

「わかりました。それでは……こほん。メイさーん、聞こえますかー？」

説明を聞いたフィーリはおそるおそるトークリングに触れ、緊張した面持ちで言葉を発した。

「目の前にいるんだから聞こえてるわよー」

思わず笑いながら言うと、その意味がわかったのか、フィーリは顔を赤くした。

……その後、あたしは再び廊下に出て、フィーリと会話テストを行った。使い方自体は簡単だし、あの子もすぐに操作方法を覚えてしまった。

「確かに便利な道具ですが、どうしてこんなものを作ったんですか？」

「これがあれば、人が多い街中ではぐれても安心でしょー。通話距離に限界はあるけど、お互いが街の中にいれば大丈夫だと思うし。連絡手段としては最高よ」

そう伝えると、フィーリは納得の表情を浮かべていた。

大魔法使いを探すにしても、スローライフをするにしても、この手の連絡手段は持っていて損はないと思う。見知らぬ土地でフィーリが迷子になったりしても、すぐに見つけられる。

我ながら良いものを作ってしまった……と自画自賛しながら、あたしは自分用の服の調合に取り掛かったのだった。

その翌日。あたしたちは冒険者ギルドへと向かった。

宿屋の亭主さん曰く、この街の冒険者ギルドは島の中心部にあって、なかなかの規模らしい。

「メイさん、どうして冒険者ギルドなんですか？　人探しなら、酒場とかじゃないんです？」

「秘策があるって言ったでしょー。いいから騙されたと思ってついてきて」

未だに半信半疑のフィーリとそんな会話をしながら歩みを進め、冒険者ギルドへたどり着く。

事前に聞いていた通り、朝から大勢の冒険者たちで賑わっていた。

「これは魔法使い様！　いらっしゃいませ！」

そんな人々の間を抜けて受付カウンターへ向かうと、すぐに一人の女性が対応してくれた。

……なんとなく予想はしていたけど、これまで立ち寄った冒険者ギルドで出会った女性と全く同じ顔だった。褐色の肌や髪型の違いはあるけど、本当にそっくりだ。

「えーっと、私の顔に何かついてます？　今日のお化粧、自信あったんですけど」

つい、その顔を見つめてしまっていると、少し恥ずかしそうに頬を押さえていた。

「あ、ごめんなさい。実は人探しの依頼を出そうと思いまして」

「そうでしたかー。では、こちらの書類に魔法使い様のお名前を書いていただいて、こっちの書類に尋ね人のお名前や特徴をご記入ください」

女性は営業スマイルに戻って、二枚の書類を差し出してきた。

例によって魔法使いと勘違いされていたけど、指摘したところで話がややこしくなるだけだ。

全力で訂正したいけど、ここは耐えろ、あたし。

「メイさんの言ってた秘策って、これのことだったんですか？」

受け取った書類に名前と宿泊先を書いていると、フィーリが手元を覗き込んできた。

「そうよー。冒険者ギルドはこういう依頼も受けてくれるの。やみくもに探すより、こっちのほうが確実でしょ。ほら、大魔法使いの特徴教えて。フィーリにしかわかんないんだから」

「そうですね……マスターは女性です。魔法使いなのでいつもローブを着ていました」

「ふむふむ。魔法使いっぽいローブ……と。名前は……わかんないんだっけ？」

「わからないです。ずっと『マスター』って呼んでましたから。教えてもらったこともないです」

「りょーかい。他の特徴は？」

「魔法使いのランクを表す腕輪は銀です。髪は深緑色で、瞳の色は赤と青です」

「あ、大魔法使いって左右で瞳の色が違うのね。それは目立ちそう」

いわゆるオッドアイね。すごく特徴的だし、これはしっかり書いておかないと。

「あのー、探されているのって、もしかして大魔法使い様ですか？」

その時、あたしたちのやりとりを見ていた受付の女性が声をかけてきた。

「実はそうなの。この街で目撃情報があるんだけど、最近冒険者ギルドに来たりしてない？」

「残念ながら、それらしい方は来られていないですねー」

書き上げた書類を手渡しながら尋ねてみるも、そんな言葉が返ってきた。

「この依頼書を表の掲示板に貼っておけば、すぐに情報が入ってきますよ。その時はすぐに連絡しますから！」

満面の笑みを浮かべながら言う彼女をこの場は信じることにして、あたしは依頼の代金を支払い、フィーリとともに冒険者ギルドを後にした。


……それから数日間、あたしたちはスローライフをしつつ、冒険者ギルドからの連絡を待った。

もちろんギルドばかりに頼るのではなく、自分たちの足でも大魔法使いを探してみたものの、結果は芳しくなかった。

「この依頼掲示板、ちゃんと機能してるのかしら」

あまりの成果のなさに、依頼掲示板の前でつい、むくれた顔をしてしまう。

「そんなこと言わないでくださいよー。うちとしても、一生懸命やってるんですからー」

そこへ受付の女性がやってきて、慣れた手つきで新しい依頼を貼り出していた。

この掲示板は各地の冒険者ギルドにあり、薬の納品から魔物の討伐に至るまで、地域性に富んだ様々な依頼が掲載されている。あたしは旅先でこの依頼をこなして、生活費を得ているのだ。

「あ、せっかくですし、この依頼やってみる気ありませんか？　チョコの実の納品なんですけど」

「え、チョコの実？」

聞き覚えのある名前に反応すると、脈アリと思ったのか、女性は貼ったばかりの依頼書を剥ぎ取り、あたしに見せてくる。

「そうですそうです。冒険者ギルド近くのカフェからの依頼なんですが、チョコの実を20個納品してほしいそうです。報酬は5000フォルですよ！」

「5000フォル!?　たかが木の実の納品依頼にしては、報酬が多すぎるんじゃない？」

「いえいえー、チョコの実の収穫には危険が伴いますので、相場としては安すぎるくらいです」

……収穫に危険が伴う？　どういうことかしら。

「その木の実、あの岩山で採れるとか？　断崖絶壁に生えてて、滑落する人が絶えないとか？」

「そんなわけないじゃないですかー。すぐそこの浜辺に生えていますので、ご案内しますよ」

受付の女性はあっけらかんと言って、軽やかに歩き出した。

なんか少し怖いけど、あたしはついていくことにした。5000フォルの報酬は魅力的だし、錬金術師として、どんな植物なのか見てみたくなったのだ。

　街の中心部を抜けて、島のシンボルである岩山を左に見ながら海沿いを進む。

やがて真っ白い砂浜にたどり着いた。港と反対側にあるせいか、人の気配はない。

「あそこにあるのが、チョコの実になります！」

「ほっほー」

女性が指差す先を見て、あたしは唖然となった。

　そこに生えていたのは、高さ20メートルはあろうかという巨大なヤシの木。そして彼女が指差していたのは、はるか頭上に生《な》る茶色い実だった。

「嘘でしょ？　あれがチョコの実？　どう見てもヤシの実なんだけど」

　思わず二度見するも、見た目は南の島に自生するヤシの木そのまんまだった。周囲を見渡してみれば、同じような木が何本も生えている。

「地上からだと小さく見えるけど、あの木の実、大きいのよね？」

「そうですねー。成長度合いにもよりますが、だいたい、このくらいですかね」

　言いながら、彼女は両手を使ってその大きさを表現してくれる。

　……バスケットボールくらいかしら。結構大きいわねー。

「そんな大きな実を20個採るの？　なかなか骨が折れそうねー」

「いえ、あの高さから落ちたら骨が折れるくらいでは済みませんが」

「……言葉のあやだから気にしないで。ところで、やっぱりその手の落下事故って多いの？」

「そうですねー。木に登らないと実を採れないので、事故も多いです。知識のない冒険者さんが挑戦して、過去に3名亡くなっています」

「なによそれー！　めちゃくちゃ危険な仕事じゃないのー！」

「き、危険だからこそ、報酬も高いんですよ！　これまで女性でこの依頼を達成できた人はいませんし、やっぱりメイさんも辞退されますか？」

　当然よ……と言いかけて、その言葉を飲み込む。

　冷静に考えると、もしこの依頼をあたしがクリアできれば、女性初の達成者になるわけよね。

加えて、その職業が錬金術師ってことになれば、島中に名を売ることができるかもしれない。

あたしの旅には、この世界で知られていない錬金術を広めるって目的もあるわけだし。

「……いえ、受けます。錬金術師メイの名にかけて、チョコの実を納品してみせましょう」

「そうですか！　いやー、ありがとうございます！　最近は男性の冒険者でもこの依頼を受ける方が減っていて困っていたんですよー。それでは、よろしくお願いしますね！」

心底嬉しそうにあたしと握手を交わしたあと、受付の女性は浜辺から立ち去っていった。

「なんか、いいように使われた気もするけど……とりあえず、始めますか」

あたしは苦笑いを浮かべながら、近くのチョコの木へと歩み寄る。

「さて、どうしてやろうかしら……」

口元に手を当てて、しばし考える。

フィーリを呼んで手伝ってもらおうかとも考えたけど、魔法使いである彼女の力を借りては、錬金術師の名を売ることはできない。魔法使いの名声の陰に隠れてしまうのがオチだ。

それ以前に、彼女とは現在別行動中だ。街にいる間は自分がやりたいことをする……というのが、あたし流のスローライフで、フィーリにもそれを実践してもらっている。

あの子は年の割にしっかりしてるし、連絡用のトークリングもある。まぁ、大丈夫でしょ。

というわけで、チョコの木にはあたし一人で挑むことにする。

「いでよ！　飛竜の靴！」

まず容量無限バッグから、両サイドに小さな竜の翼がついた藍色の靴を取り出し、履き替える。

これは垂直移動に特化した靴で、壁蹴りの要領で垂直な壁や崖を登れるほか、落下時にはその小さな翼が羽ばたいて、緩やかに滑空することもできるのだ。

「これで木の幹を蹴って登っていけば、すぐに実の近くまで行けそうだけど……」

腰に手を当てながら巨木を見上げ、あたしは一瞬躊躇《ちゅうちょ》する。

別に高いところは苦手じゃないけど、木登りにはいい思い出がない。

以前、空飛ぶほうきの素材を得るために木に登り、下りられなくなった挙げ句、最終的に滑り落ちたという痛い思い出がよみがえる。

「……ええい、もう以前のようなあたしじゃないのよ！　いざ！」

そんな嫌な思い出を振り払うように叫び、助走をつけて跳躍する。

右足を踏み切った瞬間、軽く数メートルは跳び上がり、勢いそのままに木の幹を蹴る。

すると軽い衝撃とともに、足元に青い波紋が浮かぶ。その波紋を反対の足で蹴ることで、より一層高い場所へと跳べる。それを繰り返すことで、実の生る場所まであっという間に到達する。

「あとはこれをもぎ取ればいいのねー。簡単じゃない」

目の前にあるチョコの実を両手で掴み、力を入れてねじっていく。飛竜の靴の滞空性能は高くないので、じわじわと高度が下がるも、手が離れるギリギリのところで、実が木から外れた。

「……って、重っ！　しかも表面つるつるだし……あああー！」

直後、あたしの手から滑り落ちたチョコの実は地面に激突。ぐっしゃあ、と豪快な音を立てた。

「うっわー、やっちゃったー。いくら硬い実でも、この高さから落ちたら割れちゃうかー」

速やかに地上へ戻り、落ちた実の様子を確認する。そこにはおぞましい光景が広がっていた。

「うわぁ……割れた実の裂け目から、ドクドクと茶色い液体が溢れ出してる……！」

見た目は完全にヤシの実だから、滴り落ちる液体とのギャップがすごい。

さすが異世界だわ……なんて恐れおののいていると、すごく甘い香りが鼻をついた。

「……ちょっと待って。これってもしかして」

おそるおそる近づいて、流れ出た茶色い液体を指ですくい、舐めてみる。

「……甘い！　これ、チョコだ！」

このチョコの実、カカオ豆のように加工が必要だと勝手に思っていたけど、まさか中味が液体のチョコレートそのものだったとは。砂糖も入っていないのに甘いし、これは予想外だった。

「前言撤回。まさに異世界の神秘ね……これは納品分だけじゃなく、貴重な地域限定素材として、それなりの数を手に入れておかないと」

そう考えたあたしは、割れてしまったチョコの実を容量無限バッグに回収し、もっと効率的に採取作業をすることにした。

今度は万一にも実を落とさないように、空飛ぶ絨毯に乗って慎重に作業を行う。

絨毯の上なら常に安定しているし、あたしも採取に集中できる。最初からこれを使えば良かった。

「あんたたちも頑張ってねー」

自律人形たちにも作業を手伝ってもらう。液体金属でできている彼らは、その形を自在に変えながら木を登り、腕をナイフのようにして実を切り落とす。

地上には別の自律人形が待機していて、落ちてきた実をしっかりと受け止めていた。相変わらず、見事な連携プレーだった。

「皆、ありがとー。これだけ集まれば十分よー」

そんな彼らの協力もあって、一時間半ほどで採取作業は終わった。

納品用と合わせて30個以上のチョコの実を容量無限バッグへ収めたあたしは、満足顔で自律人形たちにお礼を言い、ほくほく顔で冒険者ギルドへ向かって歩き出した。

「……まさか、二時間足らずで終わらせてくるなんて。さすが錬金術師のメイさんですね！」

「そうでしょー。錬金術師だから、この早さで終わったの。そこのところ、お忘れなく」

言葉の一部を強調して、しっかりと錬金術師をアピールしておく。

聞いているのかいないのか、受付の女性は上機嫌で頷きながら、納品確認をしていた。

「はい。チョコの実20個、確かに確認しました。それでは、報酬の５５００フォルです！」

「……あれ？　５００フォル多くない？」

支払われた金額を見てみると、やっぱり５００フォル多かった。

「実は……私からの依頼があるのですが、聞いてもらえないでしょうか」

尋ねてみると、受付の女性は苦笑いを浮かべながらそう口にした。

「察するに、この５００フォルはその前払いってことねー。何をすればいいの？」

「このチョコの実の納品依頼、冒険者ギルド近くのカフェからだというのはお伝えしましたよね？　配達料をお支払いしますので、そこまで運んでくれませんか？　数が多くて」

すごく申し訳なさそうに言って、周囲に視線を送る。

納品確認のために容量無限バッグから出されたチョコの実は、そのどれもがバスケットボールほどの大きさで、冒険者ギルドのカウンターや床に、所狭しと並べられていた。

「いくらカフェが近いからって、これだけの数を運ぶのは大変そうねー。あたしのバッグなら楽に運べるし、いいわよー。場所はどこ？」

「ありがとうございます！　冒険者ギルドを出て右にある脇道を進むと、三日月カフェという小さなお店があるんです！　看板が出ているので、すぐにわかると思いますよ！」

万能地図を開きながら問いかけると、嬉々として教えてくれた。

地図上でもすぐにそのカフェの場所を確認できたし、迷うことはなさそう。

「りょーかい。それじゃ、ちゃちゃっと運んでくるわねー」

あたしは言って、周囲に置かれたチョコの実を手早く容量無限バッグへしまうと、三日月カフェへ向かうことにした。

冒険者ギルドから脇道に入って道なりに進むと、寂れた路地に行き着く。賑やかな街の中心部にあるとは思えない、静かな場所だった。

その路地の一角に、『三日月カフェ』と書かれた古めかしい看板を見つけた。

「ここで間違いなさそうだけど……ずいぶん年季の入ったお店ね」

日焼けしたガラス越しに店内を見渡すも、お客さんの姿はない。

……内装を見た感じ、あたしは好みなんだけど。場所が悪いのかしら。

そんなことを考えながら、木製のドアを開ける。入店を知らせる鐘の音が響いた。

それを合図にしたかのように、店の奥からパタパタと足音がした。

「お客さま、いらっしゃいませー！」

……飛び出してきたのは、何故かメイド服を着たフィーリだった。超絶笑顔でお出迎えしてくれたけど、予想外の展開すぎて、あたしは一瞬、言葉を失った。

「ちょ、ちょっとフィーリ、あんた、そんな格好で何やってんの？」

「何って、アルバイトですが？」

言いながら、くるりとその場で一回転する。水色を基調とした半袖のドレスに、フリルのついた真っ白なエプロンにカフス、そしてメイドキャップ。どれも恐ろしいまでに似合っていた。

「マスター、カフェ好きでしたし、こういうお店でアルバイトをしていたら、ひょっこりやってこないかなー……とか思ったんですが……」

話すうちに、フィーリの声に元気がなくなっていった。結果は思わしくないのだろう。

「開店休業状態だもんねー。大きな声じゃ言えないけど」

「……客がいないから、小さな声でも聞こえてるよ。お嬢さん」

その時、カウンターの奥から中年の男性が姿を見せた。白いワイシャツと黒のズボン姿で、カフェエプロンを身につけている。長く密度のある口ひげが、どこか威厳を感じさせる。

「あー、えっとその、ごめんなさい。特に悪気があったわけじゃ……」

「まぁ、事実だしな。別に気にはしないさ。それよりフィーリちゃん、久しぶりのお客様だぞ」

menu

「あ、オーナーさん、この人はお客さんじゃないですよ。わたしのスローライフ仲間で、錬金術師のメイさんです」

どこか嬉しそうにホールへ出てきた男性にフィーリがそう説明すると、彼は一瞬固まった。

「錬金術師……？　よくわからないが、フィーリちゃんの連れなんだな。久しぶりの客かと思って、期待して損したぜ」

フィーリからオーナーさんと呼ばれた男性は脱力し、ため息とともに椅子に座り込んだ。

「客じゃないなら、どうしてこの店に来たんだ？　フィーリちゃんが心配になったのか？」

「この子がここで働いてるのは初耳だったし、別件よ。冒険者ギルドからの使いで来たの」

そう説明して、容量無限バッグからチョコの実を取り出してみせる。

「……なに？　あの依頼は今朝出したばかりだぞ？　最低一週間はかかると思っていたが」

「ふっふっふー。錬金術師であるあたしにかかれば、こんなの朝飯前よー。チョコの実、どこに置けばいい？」

「ああ、この箱の中に頼む。予想以上に納品が早くて、助かったよ」

あたしが尋ねると、オーナーさんは木箱を抱えてきた。

「いやいや、さすがに小さすぎて全部は入らないわよ。もっと大きな箱か、もしくは倉庫があるといいんだけど」

「……倉庫、だと？」

あたしの言葉を聞いたオーナーさんは箱を持ったまま、目をぱちくりさせた。

……あれ？　なんか話が噛み合わない？

「えーっと、チョコの実、全部で20個納品……って聞いてきたんだけど？」

あたしも首をかしげながら言い、容量無限バッグから次々とチョコの実を取り出していく。

「に、20個だって？　こっちは2個と依頼しておいたはずだが……」

カフェの床に無造作に置かれた大量のチョコの実を見つめ、オーナーさんは沈痛な表情をした。

……これは、ひょっとして誤発注というものでは？

「あのー、この大きな木の実、何に使うんですか？」

あたしとオーナーさんが互いに言葉を失っていると、フィーリが近くにあるチョコの実を指先でつつきながら、どちらとなく聞いてきた。

「つんつんしないの。これがチョコなのよ。中に甘い液体が詰まってるの」

「これがあのチョコになるんですか!?」

そう伝えると、フィーリは驚きの表情を見せる。

「そうなんだ。これ一つでミルクチョコラテ50杯は作れる。島の名物だし、こいつで客を呼び込もうと考えていたんだがな……」

あたしたちの会話にオーナーさんも加わり、チョコの実を片手で持ち上げた。

「チョコの実は収穫すると同時に暑さに弱くなる。この島の環境だと長くは保たないんだ。かといって、数日でこの数を使い切るのはとても……」

目の高さまで持ち上げた実を口惜しそうに見つめながら、彼は深いため息をついた。

一つのチョコの実から50杯分のドリンクが作れるのなら、ここにある木の実を全部消費したら……１０００杯分？　このお店の状況から考えて、それを数日で全部売り切るのは無理そう。どうするのかしら。

「オーナーさん、ここはメイさんに頼めば、きっとなんとかしてくれますよ！」

「へっ、あたし？」

「メイさんは凄腕の錬金術師なんですよ！　これまで、たくさん問題を解決してきたんです！」

思案していたところに名前を出され、あたしは困惑する。一方のフィーリは誇らしげだった。

実際、旅先で色々な問題を解決してきたし、あたしもそれを武勇伝のごとくフィーリに話して聞かせていた。それもあるのか、この子から溢れ出る猛烈な期待感。純粋すぎて眩しい……！

「錬金術師というのが俺にはイマイチわからないが、20個ものチョコの実の採取作業を半日足らずで終わらせるんだ。何か魔法的な力が使えるんだろう？　その力、貸してはもらえないか？」

オーナーさんはそう言い、頭を下げてきた。

「メイさん、手伝ってあげましょうよー」

自身が提案したのもあって、フィーリもそんなオーナーさんに並んで懇願してきた。

「もー、わかったわよー。どれだけ力になれるかわからないけど、やれるだけやってみるわね」

こうなるともう、断れなかった。強く頼まれると嫌と言えない錬金術師。それがあたし……。

どうせ客は来ないからと、オーナーさんは早めに店を閉めてしまった。あたしはカフェの床に錬金釜を設置し、近くのテーブル席に座ってレシピ本とにらめっこする。

探しているのは、チョコの実を大量消費できるレシピだ。

オーナーさん曰く、チョコの実を使ったドリンクは作れるそうだけど、お客さんが何杯も飲むものじゃないし、お菓子とかケーキとか、いい感じのものが載ってないかしら。

「うーん、チョコクッキーは……チョコの実より小麦粉のほうが消費量多いし、ここは一旦保留。じゃあ、こっちのチョコムースは？　あ、素材のゼラチンがない……」

あーだこーだ言いながら、レシピ本のページをめくる。

以前、チョコレートケーキのレシピを見たことがあるし、チョコの実を使ったお菓子は種類があると踏んでいたけど、詳しく調べると素材が足りなかったり、これというものがない。

「聞いてるだけで口の中が甘くなってきます。食べてみたいですねぇ」

あたしの向かいに座ったフィーリが、テーブルの上で指を組みながらニコニコ顔で言う。

「ひょっとして試食品狙い？　もうちょっと待っててねー」

一瞬だけ目線を上げて言い、再びレシピ本に戻した時、テーブルに何かが置かれる音がした。

顔をあげると、そこには両手にココア色のグラスを持ったオーナーさんの姿があった。

「これが三日月カフェ自慢のミルクチョコラテだ。チョコの実はたくさんあるし、せっかくだから飲んでみてくれ。何かの参考になるかもしれないぜ」

それは一理あると、あたしはレシピ本を閉じ、飲み物を受け取った。

「それでは、いただきます」

フィーリと一緒に挨拶をしてから、グラスに口をつける。次の瞬間、濃厚なチョコの香りと甘さが口の中いっぱいに広がった。

「これ、前に飲んだのよりおいしいです！」

笑顔の花を咲かせながら、フィーリが飛び跳ねそうな勢いで言う。

「フィーリってば、露店の商品と比べちゃ失礼でしょー。でも確かに、チョコの香りがぜんぜん違う気がする。口当たりもいいし、採れたてだから？」

「そうだなぁ。良質のミルクが加わってるのもあるな」

……言われてみれば、海辺の街で飲んだものには牛乳が使われていなかった気がする。チョコの実以上に管理が難しそうだし、その品質を保ったまま移動販売をするのは至難の業かも。

「……でもこれ、何か別の甘みが加わってない？」

「お、鋭いな。実は隠し味が入れてあるんだ。当ててみてくれ」

オーナーさんは腕組みをし、得意顔でそう言った。当てられない自信があるのだろう。

そんな彼の鼻を明かしてやろうと、もう一度香りをかいでみたり、口の中で転がしてみたりする。対面のフィーリもあたしを真似ていたけど、さっぱりわからない様子で、首をかしげていた。

それにしても、このかすかに感じる香りと味、明らかにチョコとは違う。元の世界でも食べたことある味なんだけど、なんだっけ……。

「……思い出した！　ハチミツでしょ！」

オーナーさんの顔を見ながらそう発言すると、彼の目が見開かれた。

どうやら正解のようで、彼は誤魔化すように頭をかきながら、店の奥へ戻っていった。

それを見て勝利を確信したあたしは、まるで祝杯を上げるかのようにグラスを傾けた。

あー、やっぱりおいしい。室内もかなり暑いから、ごくごく飲めちゃう。

……でも、もっと冷たいほうがおいしく飲めるのに。冷蔵庫なんてないから、仕方ないけど。

「……そっか。ここは常夏の島だし、暑い時に食べたくなるものを作ればいいんだわ」

その時、唐突にそんな考えが降ってきて、あたしはレシピ本を開く。

「……あった！　これよこれ！　チョコレートアイス！」

見つけ出したのは、チョコレートアイスのレシピだった。レシピ本には円錐形のコーンに乗ったアイスのイラストが、完成図としてしっかりと載っている。

「カップじゃなくて、コーンなのねー。これならテイクアウトだっていけるわよ！」

一人で盛り上がっていると、フィーリとオーナーさんが不思議そうにあたしを見ていた。

「チョコレートアイス……？　どんな食べ物だそりゃ」

「メイさん、ていくあうと、ってなんですか？」

「お持ち帰りのことよー。これは間違いなく売れそうだし、作ってみる価値あるわねー」

あたしは声を弾ませながら、必要素材を確認する。

「チョコの実と牛乳は当然として、コーンの材料になる小麦粉と氷……」

……そこまでレシピを確認して、あたしは固まった。

氷素材……ない気がする……。

祈るような気持ちで容量無限バッグへ手を入れ、氷素材を探すも……その手は虚しく空を切る。

「ここまできて、氷素材がないなんて……」

容量無限バッグの口を閉じて、あたしはがっくりとうなだれる。

これまで立ち寄った街を思い出してみても、氷が採れそうな場所に行った記憶はない。砂漠や海の中、浮島など、雪や氷とは無縁の場所ばかりだった。

だからといって、常夏の島で氷を入手する手段なんてあるわけがない。先程とは打って変わって、落胆した気持ちでグラスを傾ける。

……はて。でも最近、どこかで氷を見たような。それも、すごく身近で。

ミルクチョコラテを飲み干したタイミングで、ふとそんな考えが頭をよぎる。

「メイさん、飲み終わったのなら、グラス貸してください。下げますので」

その時、フィーリが空になったグラスを下げてくれる。その様子を見て、あたしは思い出した。

「……そうよ！　フィーリってば、氷魔法使えるじゃない！」

「はい？　使えますが、それがどうしたんですか？」

「氷よ氷！　オーナーさん、ちょっとフィーリ借りるわね！」

「ちょ、ちょっとメイさん？　わたし、まだメイド服なので、せめて着替え……わあぁぁー!?」

背後でフィーリが何か言っていたけど、今のあたしには聞こえない。

その手をむんずと掴み、店の外へと飛び出す。魔法を使ってもらうのだし、向かう先は人のいない場所だ。

「もー、突然なんですか！　こんなところに連れてきて！」

フィーリを引き連れてやってきたのは、チョコの木が群生する浜辺だ。観光客の多い島の中でも、ここは人が少なくて見晴らしもいい。魔法を使っても大丈夫だろうと判断したのだ。

「チョコレートアイスを作るのに、氷が必要なのよー。フィーリ、杖は持ってるんでしょ？」

「……まぁ、持ってはいますが」

フィーリは渋々、と言った様子でエプロンのポケットから愛用の杖を取り出した。

「完成したらたくさん試食させてあげるから。お願い」

両手を合わせて言ったあと、容量無限バッグから水属性の属性媒体を取り出し、彼女に手渡す。

海辺の街でフィーリが実践していたのだけど、消費魔力が多くなるものの、氷魔法は水の属性媒体を使っても発動させることができるらしい。ゲームでも水と氷は系統が似ている場合が多いし、きっと水を魔力で凍らせているのだろう。

「むー、チョコのアイス、約束ですからねー。それじゃあ、いきます！　アイスニードル！」

属性媒体を構えたフィーリが杖を頭上に掲げると、その杖先から無数の氷の槍が生み出され、まるで雨のように浜辺へと降り注いだ。

「おお、すごい！　さすがフィーリ！」

無数の氷が砂に突き刺さる様子を見て、あたしは歓声を上げ、回収作業に向かう。暑いので、急いで回収しないとすぐに溶けてしまいそう。

その氷の長さは20センチほどで、品質を確かめてみると、見事な純氷だった。

「うんうん、これなら使えるわ！　ありがとう！」

フィーリにお礼を言って、氷の槍を容量無限バッグへと回収していく。

「……ちょっと待って。チョコの実一つでミルクチョコラテ50杯分だって言ってたわよね。チョコレートアイスにすると、何個分になるのかしら……」

一抹の不安を感じたあたしは、チョコレートアイスのレシピを確認し、調合可能数を計算する。それによると、チョコの実一つでアイスが40個作れるという結果が出た。仮に手持ちのチョコの実の半分を使用したとして、４００個分だ。

……明らかに、氷が足りない。

「フィーリちゃーん、もう2、3回……ううん、5、6回、同じ魔法使ってくれるー？」

「えー！　1回じゃなかったんですか⁉」

「氷の量が全然足りないのよー。属性媒体や魔力ドリンクも用意してあげるから、お願い！」

「もー、しょうがないですねー」

フィーリは天を仰いでから、再び杖を構えてくれた。

あたしはそんな彼女を、背後から全力で応援することにした。

……その後、フィーリが新しい氷を生み出すたび、容量無限バッグへと回収していった。

その間、フィーリは相変わらず魔法が安定せず、突然コントロールを失った氷の槍が浜辺のチョコの木に突き刺さったり、何故かフィーリの背後にいるあたしに向けて飛んできたりした。

とっさに伏せたので帽子を掠《かす》った程度で済んだけど、相手が氷だけに、肝が冷えた。

「……はぁ、疲れました」

　たっぷりと氷を補充して、三日月カフェへと戻ってくる。

「本当に助かったわー。今からチョコレートアイスを作るから、それ食べて元気出して」

「……大盛りでお願いします」

　フィーリは本当に疲れた顔で言って、着替えるために店の奥へと消えていった。

「フィーリちゃん、やけに疲れてるようだな。大丈夫なのかい？」

「アイス食べたら元気になるわよ。それでは、いざ」

　心配顔で言うオーナーさんにそう言葉を返し、あたしは再び錬金釜を設置。レシピ本で必要素材を確かめながら、チョコレートアイスを調合していく。

「完成！　チョコレートアイス！」

　虹色渦巻く錬金釜から飛び出してきたのは、きつね色のコーンの上に丸いチョコアイスが乗っかった、見るからにおいしそうな一品だった。

「はー、これがアイスってのかい。初めて見るな。香りはチョコのそれだが……」

　できあがったそれを、オーナーさんが興味深そうに見てきた。

「そりゃそうでしょー。さすがに常夏の島でアイスは作れないわよねー」

　あたしは得意げに言い、フィーリが着替えてくるのを待ちつつ、同じものをもう二つ作る。フィーリの分は彼女の希望通り、大盛りにしておいた。

　やがて戻ってきたフィーリにアイスを手渡すと、すぐさまかじりつく。

「んー！　冷たいです！　甘いです！　おいしいです！」

彼女はその場で跳び跳ねながら、幸せそうな声を出していた。

その様子を微笑ましく見ながら、あたしとオーナーさんもアイスを口に運ぶ。

チョコも超濃厚で、ミルクチョコラテとはまた違ったおいしさがある。

「この器も食べられますし、これ売り出したら、間違いなく売れますよ！」

ほっぺにチョコアイスをつけたまま、キラッキラの笑顔でフィーリが断言していた。

「フィーリちゃんの言う通り、確かにうまいが……こりゃ早く食わなきゃすぐに溶けちまうな」

「氷が使われてるしねー。保存もできないし、注文のたびにあたしが調合することになりそう」

「そうなると、メイちゃんにも店を手伝ってもらうことになるが、いいのか？」

「乗りかかった船だし、構わないわよー。あたしもフィーリと一緒に手伝ってあげる」

そう伝えると、オーナーさんは嬉しそうに頷き、明日の準備をすると言ってカフェの厨房へと入っていった。

「……料理もできないメイさんが、カフェを手伝うと」

その背を見送りながら、フィーリが小声でそんなことを言った。

「今回は錬金釜でやるからいいのよ！　それに接客くらいできるわよ！　やったことないけど！」

フィーリの言葉に、あたしは思わず語気を強めた。

「それにこのお店を手伝うのは、もう一つ理由があるんだから」

「理由……ですか？」

「そう。チョコレートアイスに惹かれて人がたくさん来てくれれば、このお店も有名になって、その噂を聞いたフィーリのマスターが来てくれるかもしれないじゃない。マスター、カフェ好きだったんでしょ？」

「そうですね！　甘いものも好きなので、きっと来てくれます！」

人差し指を立てながらそう論じると、フィーリも理解してくれたようだ。

大魔法使い本人がやってきてくれると最高なのだけど、この際、彼女を知っている人から話を聞けるだけでも構わない……と、あたしは考えたのだ。

「おーい、ちょっと二人に頼みたいことがあるんだが」

……その時、オーナーさんが店の奥から大きな箱を持って出てきた。

「二人には表に設置する看板を作ってほしいんだ。ここにある画材は好きに使ってくれていい」

どっかりと置かれた箱の中には、かなり年季の入った筆や絵の具、木の板が入っていた。

「スタンドは探し出して、あとで持ってくるからよ。可愛らしい絵を頼んだぜ」

そう言い残し、オーナーさんは店の奥へと戻ってしまった。

「看板ねー。確かにこのお店は場所がわかりにくいし、可愛らしい看板を作って冒険者ギルドの前に置かせてもらえたら、目立ちそうだけど」

箱の中を漁りながら考えを巡らせる。使い古しの板なのか、お世辞にも綺麗とは言えない。

「せっかくだし、可愛らしい看板が調合できないかしら」

あたしは言って、レシピ本を開く。この箱の中のものは自由に使っていいと言われたし、木板とか絵の具は素材になるかもしれない。

ページをめくっていくと、お洒落なマーカースタンドを見つけた。

よくカフェの入口に『本日のランチ』と書いて置かれているアレだ。必要素材は鉄と木材で、調合は簡単そう。

「じゃあ、この箱から木の板だけ拝借して……ぐるぐるーっと……」

レシピを確認したあたしは、その場でちゃちゃっと調合してしまう。しばらくすると、虹色の渦の中から長方形の黒板がついた立派なマーカースタンドが飛び出してきた。

「あー、これはチョークがいるやつねー」

黒板の材質を見てそう判断し、続いてチョークの調合に取り掛かる。

これもレシピ本に載っていて、必要素材は貝殻のみだ。貝殻は人魚の国や海辺の街で大量に採取しているし、素材は十分足りていた。

「よーし、チョークも完成！」

すぐに箱入りチョークを完成させ、それを持ったままフィーリへ向き直る。

「ねぇフィーリ、あんた、絵とか……」

「メイさん、頑張ってください！　応援しています！」

描けるのー……？　と聞こうとした矢先、数歩後ずさりされた。

「その様子じゃ、描けないみたいねー……」

「はい……マスターとの修行中、何度か魔法陣を描いたことはあるんですけど……『すごく独創的な魔法陣ね』って、言われてしまいました。だからメイさん、絵はお願いします」

……次の瞬間、拝《おが》まれた。

そう言われても、あたしも正直絵は苦手だ。小さい頃、病院の絵画コンテストで院長先生から特別奨励賞をもらったことがあるけど、当時から絵心が全くないのは自分でもわかっていた。

特別奨励賞というのは、文字通り励ます意味合いの賞だったのだ……。

「……メイさん、泣いてるんですか?」

「ち、違うのよ。頑張って院長先生の顔を描いたのに、誰かが『おいしそうなコロッケ』って言ったのを思い出しただけ。大丈夫よ。描くわ」

いつの間にか浮かんでいた涙を拭い、あたしは小箱の中から茶色いチョークを選び取った。

それから黒板に向かい合うことしばし。途中何度も描き直しながら、ようやく看板が完成した。

看板はお店の顔だと言うし、あたし的には全力を尽くしたつもりだった。

「……メイさん、わたしがこんなこと言うのもなんですが、ヘタクソですね」

「うー、そんなストレートに言わなくてもいいじゃない」

「だってこれ、食べ物に見えないんですもん。まるで三角帽子に乗る茶色いスライム……ぷくく」

そこまで言って、フィーリはお腹を抱えて笑いだした。

「もー、渾身の一作なのにー……そこまで笑わなくても」

「おお？　なんだ、この魔物の絵は？」

肩を落としていると、やってきたオーナーさんまで追い打ちをかけてきた。

「これ、メイさんが描いたチョコレートアイスなんです」

「そ、そうだったのか……その、なかなかのセンスだな」

「ありがと……好きに描き直してくれていいから」

失言だと思ったのか、申し訳なさそうに言うオーナーさんに、あたしはそう言葉を返した。

やるせない気持ちになりつつ、画材を片付けていると、オーナーさんが窓を指差して言う。

「それより二人とも、明日は早いから日が沈む前に帰ったほうがいいぞ」

つられて外を見ると、だいぶ暗くなってきていた。調合や看板作りに夢中になっているうちに、かなりの時間が経っていたらしい。

「それじゃあ、お言葉に甘えて日が沈む前に帰るわねー」

「ああ。明日からよろしく頼むな」

軽く手を上げたオーナーさんに見送られて、あたしとフィーリは宿屋へ戻ったのだった。


……そして翌朝。早い時間に宿屋へやってきたオーナーさんに叩き起こされた。

この人、なんであたしたちの泊まっている宿がわかったのかしら。まさか、これが噂に聞く島のネットワークってやつ？　怖いんだけど。

言い知れぬ恐怖を感じながら、あたしたちはオーナーさんについて三日月カフェへと向かう。

「オーナーさん、お店ってお昼前に開けるんでしたよね？　準備、早くないですか？」

フィーリが不思議そうな顔で尋ねる。言われてみれば、街の中心部に軒を連ねるお店も、開店準備はまだこれからといった感じだった。

「今日は特別だよ。例の看板を冒険者ギルド前に置かせてもらったから、二人には午前中、そこでチラシ配りをしてもらいたいんだ」

「あー、そういうことねー。宣伝しないと、いきなりは売れないもんね」

「ほぼ徹夜で百枚のチラシを作ったからな。しっかりと宣伝頼むぜ」

そう言って笑うオーナーさんの目の下には、うっすらとクマができている。

「まかせといてー。フィーリと二人、しっかりとチョコレートアイスを宣伝しておくから」

それから準備を整えて、あたしとフィーリは冒険者ギルドの前に繰り出した。

「三日月カフェ、今日のお昼からチョコレートフェアを始めまーす！」

「新作のチョコレートアイス、売り切れ御免ですよー」

あたしたちは看板の近くに立ち、大きな声でチラシを配る。

ちなみに、昨日あたしが調合した看板にはオーナーさんが新しい絵を描いてくれていた。同じチョークを使ったとは思えないくらい上手で、絵だけでなく『期間限定・チョコレートアイス』と、すごく可愛らしい文字も添えられていた。

「……ところでさ、なんであたしまでメイド服着ないといけないわけ？」

「いいじゃないですか。似合ってますよー。あ、よろしくお願いしまーす！」

フィーリは天使の笑みを浮かべ、観光客らしきカップルにチラシを渡す。

……この子、料理からビラ配りまで、なんでもそつなくこなすわねぇ。本当に10歳かしら。

「三日月カフェ、まだやってたのか。チョコレートアイスだって？」

「そ、そうですよー。冷たくておいしいので、ぜひ食べに来てくださーい」

島民と思われる男性が看板の前で足を止めたので、あたしもすかさずチラシを渡しておいた。

「あっれー、メイさんじゃないですか！」

続いて現れたのは、冒険者ギルドで受付をしている女性だった。看板が設置してあるのは冒険者ギルドの前なので、ギルドに勤める彼女が姿を見せるのは当然なんだけど……。

「錬金術師やめて、メイドさん始めたんですか？　メイド服、似合ってますよー」

「断じてそういうわけじゃないから！　今だけだから！　ほい！」

ついつい声を大きくしながら言い、彼女にもチラシを渡す。

「新商品とは興味深いです！　甘いものには目がないので、お昼休みに皆でお邪魔しますね！」

チラシに目を通した彼女はそう言うと、手を振りながら冒険者ギルドへと入っていった。

……皆？　ギルドの職員の皆って意味かしら。なんにせよ、お客さんが増えるのは嬉しい。

「メイさん、左右から団体の観光客が来ます！　一人も逃さず、ビラを渡しましょう！」

「オッケー、ばっちこい！」

……そんなビラ配りをお昼前まで続け、お店へ戻ると、そこには噂を聞きつけた人々の長い列ができていた。

その光景に圧倒されながら、裏口から店内へ入り、開店準備に取り掛かった。

やがて開店時間になると、待っていたお客さんが一気になだれ込み、８つのカウンター席と３つのテーブル席は一瞬で埋まってしまった。それでも外にはまだ行列が残っている。

「注文いただきました！　メイさん、チョコレートアイス20個です！」

すぐにホール担当のフィーリから声が飛ぶ。テーブル席を含めて、このお店の最大収容人数は20人だから、その全員がチョコレートアイスを注文したことになる。

「りょーかい！　すぐに作るわよ！」

そう返事をし、あたしは厨房に設置した錬金釜を前に、気合を入れたのだった。

「メイちゃん、チョコレートアイス５個追加だ！」

「メイさーん！　テイクアウトのお客さんもアイス４つです！」

「りょ、了解ー！　少し待っててもらってー！」

……開店から二時間近くが経過するも、お客さんの数は減らず。テイクアウトを中心に、逆に注文が増えている気もした。本来は厨房担当のオーナーさんもホールに出るほどの忙しさだった。

そんな状況もあって、開店直後から錬金釜をかき混ぜ続けているあたしの腕はすでに悲鳴を上げていた。

この世界には冷凍庫なんてないので、アイスは作り置きができない。注文のたび、あたしが調合することになる。それは覚悟していた。していたけど……これはきつい。

「どうもー。メイさん、チョコレートアイス食べに来ましたよー」

その時、そんな呑気な声が聞こえた。ホールのほうを見ると、冒険者ギルドの受付の女性がいた。

「ありがとー。本当に来てくれたのねー……って、へっ⁉」

厨房から顔を出すと、彼女の周囲に同じ顔が４つ並んでいることに気がついた。フィーリやオーナーさんを含め、周囲のお客さんも一様に目を丸くしている。

「ちょうど姉妹たちが休暇でこの島に来ることになっていたので、寄らせてもらいましたー。いやー、大盛況ですねー」

四人は同じ顔で笑う。皆で来るって言ってたから、てっきり仕事仲間かと思っていたけど、姉妹の話だったのねぇ。こうやって並ばれると、恐ろしいほど似てるわね。

……その姉妹がアイスをお持ち帰りしたあと、今度は数人の商人がやってきた。

彼らはチョコレートアイスをたいそう気に入り、ぜひ商品として取り扱いたいと申し出てくるも、保存ができないことを伝えると肩を落としていた。

その一方で、本土に戻ったらこの店のことを皆に話してくれるとも約束してくれた。

……ようやく夕方になり、嵐のような一日が終わった。

「あー、腕が痛い……足が棒のよう……」

「わたしも目が回りそうでした……」

フィーリと二人、疲労困憊の中で閉店作業をする。

オーナーさんは厨房の片付けをしてくれているので、あたしとフィーリはホールの床磨きをする。今日はたくさんのお客さんが来てくれたので、ずいぶんと汚れていた。

「疲れましたけど、なんか充実感あります」

「そうねー。心地よい疲労感って感じ？　たまには良いかもね」

「でも、チョコの実を使い切るまで、明日もこんな感じなんですよね？」

「でしょうねー。まぁ、そのうち慣れてくるんじゃない？　今日のところはフィーリのマスターらしき人も見つけられなかったしさ」

「そうなんですよ。あの商人さんたちにも訊いてみましたが、マスターのことは知りませんでした。他の人から話を聞こうにも、仕事中は忙しくて無理ですし。むー」

言いながら、フィーリは不満そうに頬を膨らませた。

「あはは、人がたくさん来すぎるのも問題かしらねー」

そう言ってから、フィーリが接客から配膳まで完璧にこなしていたことを思い出す。

この子、奴隷時代に飲食店で働いた経験でもあるのかしら。

「メイさんはずっとアイス作ってましたけど、結局どのくらい売れたんですか？」

「そうねー。チョコの実換算で８個くらい。ざっと計算して、３００個以上ね」

テーブルの上に置いた容量無限バッグに手を伸ばし、残るチョコの実を数えながら答える。

これは間違いなく、テイクアウトの存在が大きいと思う。

午後からは半分近くがテイクアウト目当てのお客さんだったし、外でアイスを食べているのを見て、気になった人がお店に足を運んだ……と考えるのが自然だった。

……その時、オーナーさんがカウンターの向こうで頬杖をつきながら、あたしたちを見ていることに気づいた。

「あー、ごめんなさい。きちんと掃除します」

「いやいや、いいんだ。二人を見てると、娘たちを思い出してなぁ」

一言謝って作業に戻ろうとすると、オーナーさんは微笑みを浮かべながらそう口にした。

「娘さんがいたんですか？」

「ああ、二人の娘がいた。ちょうど5年前、妻と一緒に島を出て行っちまってな。大した稼ぎもないくせに、親父から引き継いだこの店を守ろうと意固地になる俺に愛想が尽きたんだろう」

どこか憂いを帯びた表情でそう続け、ははは、と自虐的に笑った。

「ここから見てると、その娘たちが店を手伝ってくれてるような気がしてな。元気にしてりゃ、どっちも二人と同じくらいの年になってるはずだ」

オーナーさんの言葉を聞いて、あたしとフィーリは顔を見合わせる。

こんな時、どんな言葉を返せばいいのかしら。

「さーて、俺の話はどうでもいいとして、明日からはランチもやるぞ。二人は明日の朝一番に市場に行って、食材を買ってきてほしい」

彼は無理矢理に話を打ち切ると、そう言ってお金とメモをカウンターに置いた。

「買い出しは別にかまわないけど……このお店、ランチもやってたの？」

「普段は全く出ないが、一応な。明日も今日ほどの客足がありゃ、少しばかし食材を用意しといてもいいかもしれねぇ。客席が埋まってようと、アイスはテイクアウトでも売れるだろうしよ」

そう言ってほくそ笑む。さすが、お客さんの動向をよく見ているようだった。

「明日も早いし、掃除がある程度終わったら、上がってくれていいぞ。二人とも、ご苦労さん」

最後にそう言って、オーナーさんは再び厨房へと戻ってしまった。

その背中を見送ってから、あたしとフィーリは掃除を再開。それが終わり次第、宿屋へと戻ったのだった。


カフェのお手伝い、二日目。

昨日言われた通り、早朝に市場へ出向き、食材の買い出しを済ませる。

その道中、ちらりと見えた例の看板には『ランチやってます』の文字が追加されていた。

どうやら、夜のうちに書き加えたらしい。

それからカフェに戻り、バタバタと準備をしていると、あっという間に開店時間となった。

開店してすぐは昨日と同じくアイスがよく出ていたけど、お昼時になるとアイスの注文はぴたりと止み、その代わりにランチの注文が入り始めた。

「オーナーさん、トマトのパスタとトリア鳥のグリルが二人前、それにサンドイッチです！」

「よしきた。グリルは時間がかかるから、セットのスープとサラダを先に持っていってくれ」

注文を伝えに来たフィーリに、オーナーさんがそう指示を飛ばす。

「すみませーん！　注文いいですかー？」

「……メイちゃん、手が空いているようなら注文を取ってきてくれないか。ホール対応、フィーリちゃんだけじゃ手が足りないんだよ」

「は、はいはい！　今行きます！」

アイスの注文が止まり、手持《ても》ち無沙汰《ぶさた》になっていたあたしは、カウンターに置かれていた伝票の束と羽ペンを手にすると、厨房を飛び出した。

「……ポテトグラタンにベーグルサンド、チキンラザニア……」

「あと、デザートにチョコレートアイス二つ」

「はい。チョコレートアイス二つ……少々お待ちください！」

注文を受けると厨房まで取って返し、オーナーさんに注文内容を伝える。その折、調理を手伝ってくれるように頼まれるも、あたしは料理ができない。代わりにフィーリが厨房に入り、あたしはそのままホールの担当となった。

「あのー、デザートのチョコレートアイスまだですかー？」

「すぐ調合しますんで、しばしお待ちくださーい！」

その後も注文取りに配膳、下膳と、ホール内を縦横無尽に動き回る。加えてアイスの注文が入ると、あたしは厨房に飛び込み、錬金釜をかき混ぜた。

……飲食店におけるランチタイムの忙しさは異世界でも同じということを、あたしは身をもって知ることになった。

……そんな地獄のようなランチタイムが終わると、ようやくお客さんの入りは落ち着いた。

「はー、息つく暇もないって、まさにこのことねー。疲れたー」

あたしは厨房の錬金釜にもたれかかるようにして、しばしの休息をとる。

「メイさーん、チョコアイスのテイクアウト、2個ですー」

それでも、時折アイスを求めるお客さんがやってくるので、あたしはその都度、錬金釜の前に立っていた。苦労の甲斐あって、チョコレートアイスの売上も上々だった。

夕方近くになり、本日の営業は終了となる。

着替えを終えてホールに戻ってくると、オーナーさんがまかないを作ってくれていた。

トマトのパスタをベーグルに挟んだ即席サンドイッチと、残り野菜のミネストローネスープ。

……おいしい。お昼を食べる時間もなかったし、疲れた体に染み渡るぅ。

「しかし、メイちゃんが料理できないとは意外だな。あれだけ鍋をかき回してるってのによ」

幸せに浸っていると、同じ料理を食べていたオーナーさんがそう呟いた。

「むしろ、フィーリちゃんが料理上手だったことに驚いたぜ」

「ふふん、こう見えて日々練習してますから」

褒められたフィーリが嬉しそうに胸を張る中、あたしはがっくりとうなだれた。

「ならフィーリちゃん、お菓子は作れるかい？」

「お菓子？」

オーナーさんの口から飛び出した予想外の単語に、あたしとフィーリの声が重なった。

「ああ、俺は菓子を焼くのは苦手なんだが、チョコレートアイスが売れなくなった時のことを考えると、そうも言っていられなさそうでな。新しい商品を考えたいんだ」

彼は腕組みをしながら、静かに言った。

現在、このカフェが繁盛しているのはチョコレートアイスによるところが大きい。アイスは錬金術でしか作れないから、オーナーさんはあたしたちがいなくなった先を見据えているのだろう。

「一応、クッキーくらいなら作れますけど……お店に出すんですよね……？」

フィーリは不安顔だった。ゆくゆくお店に出すということで、プレッシャーを感じているよう。

「あのさ、あたしのレシピ本ってクッキーやケーキのレシピも載ってるのよ。材料の比率とか参考になるかもしれないし、調べてみよっか？」

思い悩むフィーリを見かねたあたしはそう提案し、食後のデザートということでレーズンクッキーとチーズケーキを調合し、二人に試食してもらうことにした。

「んー、このケーキは反則です！　いくらでも食べられちゃいます！」

「チーズを入れるとこんな味になるのか。確かに、どっちも初めて食う味だ」

フィーリは心底幸せそうにケーキを頬張り、オーナーさんはうんうんと頷いていた。

「必要素材をメモしておくから、とりあえずこの味を目指してみたら？」

「うーむ、再現できるかわからないが、やれるだけやってみるか」

「あたしも素材提供するからさ。フィーリもクッキーの作り方、教えてあげてね？」

「もちろんです！　わたしもチーズケーキ、作れるようになりたいですし！」

そう言ってエプロンを手にすると、フィーリは意気揚々と厨房へと向かっていった。

あたしとオーナーさんは思わず顔を見合わせて笑い、その背に続いたのだった。

カフェのお手伝い、三日目。

昨日は遅くまで商品開発をしていたこともあり、朝はスロースタートだった。

それでも慣れがあるのか、開店準備は滞りなく進み、昨日とほぼ同じ時間にお店を開ける。

すると、お昼前にはチョコレートアイスが完売となった。今朝の段階でチョコの実は残り２個だったので、材料を使い切ってしまったのだ。

目玉商品がなくなって客足が途絶えるかと思いきや、オーナーさんの作るランチを目当てに、その後もかなりのお客さんがカフェにやってきた。

話を聞けば、昨日食べたランチが気に入ったので、また食べに来たのだという。

まかないも美味しかったし、彼は本当に料理上手なのだと思う。リピーターが現れても特に驚きはなかった。

「ふー、あれだけあったチョコの実もおかげさんで無事完売だな。二人とも、ご苦労さん」

その日の営業も終わり、後片付けをしていると、オーナーさんがグラスを持ってやってきた。

「これが最後のミルクチョコラテだ。せっかくだし、皆で乾杯といこうぜ」

嬉しそうに言い、グラスに茶色い液体を注ぐ。甘い香りが店内に立ち込めた。

あたしたちは掛け声とともにグラスを鳴らし、一気に喉に流し込む。

「ぷはー。慌ただしかったけど、充実した三日間だったわねー」

「そうですねー。疲れましたけど、楽しかったです」

「なら良かった。ところで、二人はしばらくこの島にいるのか？」

「そうねー。この島で探してる人がいるのよ。だからもう少しの間いるつもり」

「そうか……島にいるなら、時々顔を見せてくれよ。新商品の味見もしてもらいたいしな」

「また冒険者ギルドにチョコの実の採取依頼を出してくれたら、喜んで持って行くわよ？」

「今度は注文数を間違えないように気をつけるからな」

「違いないわねー」

そう言って笑い合い、あたしたちは穏やかな時間を楽しんだのだった。

……会話に夢中になっていると、いつの間にか日も傾いていた。あたしたちはそろそろお暇しようと、席を立つ。

「まあ待ってくれ。二人に渡すもんがある」

それを見たオーナーさんがそう言い、布袋をあたしたちの前に置いた。

「二人の三日分の給料だ。多くはないが、受け取ってくれ」

「いやいや、いくらなんでも受け取れないわよ。せっかく儲けが出たんだからさ」

「儲けが出たからこそ、従業員に還元するのさ。それに元々、フィーリちゃんはバイトだったしな。俺からのお礼の意味もあるんだ。受け取ってくれ」

ずいっ、と袋を押しつけられた。そう言われてしまうと、無下に断るわけにもいかず。あたしはその袋を受け取ったのだった。

……それから数日間、冒険者ギルドからの連絡を待ちながらスローライフの日々を過ごした。

街の名物料理を食べてみたいというフィーリを連れて、海鮮料理のお店でタコのカルパッチョに挑戦するも、タコを初めて食べるというフィーリはその独特の触感に目を白黒させていた。

また別の日には、ほうきと絨毯に乗って半日近く追いかけっこをし、島中の注目を浴びてしまったり、街のシンボルである岩山のてっぺんから夕日を眺めたりもした。

「……あれ、また三日月カフェからチョコの実の採取依頼が出てるわよ」

そんなある日、立ち寄った冒険者ギルドの依頼掲示板にオーナーさんからの依頼が出ていた。

報酬は３個で１０００フォルと、相場としては安いのだけど、あたしとオーナーさんの仲だし、今更気にしない。

手早くチョコの実を採取し、先日と同じように三日月カフェへ直接納品に向かう。

店内に足を踏み入れると、ちょうどランチタイムが終わった時間のようで、お客さんの姿はなかった。オーナーさんに声をかけようとした時、壁に貼られた見知らぬメニューに目が留まった。

「あれ？　この魔法のチーズケーキと錬金クッキーのセットってなに？」

「なにって新商品だよ。ちょうど焼き上がったところだから、食っていってくれ」

店の奥から出てきたオーナーさんはそう言い、大きな器をあたしたちの前に置いた。

勧められるがまま口に運ぶと、数日前に錬金術で作ったものと同等か、それ以上の味だった。

「……おいしい。このチーズケーキ、すごくあっさりしてるけど、なにか隠し味が入ってるの？」

「秘密だ。それより、探し人は見つかったのかい？」

紅茶を淹れてくれながら、オーナーさんが心配そうに訊いてきた。

スローライフの傍《かたわ》ら、冒険者ギルドにもちょくちょく足を運んでいるのだけど、大魔法使いに関する情報は一切なかった。

「全然駄目ね。この島にいるって聞いたんだけど、未だに目撃情報すらないの」

「いったい、どんな奴を探してるんだ？　特徴は？」

ため息まじりに言うあたしを見かねて、オーナーさんがそう尋ねてくる。そこでフィーリがあたしに代わって、大魔法使いを探していることや、その特徴について話して聞かせた。

「銀の腕輪をした、深緑髪の魔法使い……？　待てよ。どこかで……」

それを聞いた彼は口元に手を当て、考え込んでしまった。

「……思い出したぞ！　あの魔法使いの姉ちゃんか！」

やがて顔を上げ、叫ぶように言った。

「え、まさか大魔法使いに会ったことあるの？」

「大魔法使いなのかどうかはわからんが、二人の言う特徴が当てはまる奴なら、十日ほど前に来たぞ。久々の客だったから覚えていた。ミルクラテを飲んでいたな」

オーナーさんはうんうんと頷く。思えば、人を探しているとは言ったものの、その特徴までは伝えていなかった気がする。こんな近くに目撃者がいたなんて。

しかも十日前というと、あたしたちがこの島に来る直前だ。運悪く入れ違いになってしまったのかもしれない。

「その女の人、どこに行くとか言ってなかった？」

「旅が好きだとは言っていたが……そうだ。滝の街が気になると話していた」

「滝の街？　それって、ここから近いの？」

「船で本土に渡って、港から延びる街道を東に行った先だ。道中に険しい山があるし、危険だぞ」

その話を頼りに、万能地図で滝の街の位置を確認する。港を挟んで、海辺の街の反対方向だ。確かに途中に山があるけど、あたしたちには絨毯やほうきがあるし、大丈夫だと思う。

「オーナーさん、貴重な情報ありがとう！　その街、行ってみるわ！」

「ありがとうございます！」

あたしとフィーリはオーナーさんの手を握り、心からお礼を言った。

「そうか……行っちまうのか。人探しが終わったら、また来てくれよ」

どこか寂しそうに言うオーナーさんに今一度お礼を言い、船の時間を尋ねると、本土行きの船は夕方に出るとのこと。今から準備しても十分に間に合いそうだった。

急いで宿を引き払って港へ向かうと、ちょうど船がやってきていた。桟橋のほうから、大勢の人がこちらに向けて歩いてくる。あたしたちは通行の邪魔にならないよう、道の端に寄った。

「やっぱり、人気の島なんですねぇ」

自前のトランクを椅子代わりに座るフィーリが、その人波を見ながら呟いた。

そんな彼女に相槌を打ちつつ、人々が通り過ぎるのを待っていると、ふいに声が聞こえた。

「お父さんのお店、繁盛してるって聞いたけど……ホントかな？」

「もう、ミーシャったら。商人さんたちは嘘つかないわよ。ネリネもあの頃は小さかったけど、この島のことは覚えてる？」

「うん！　お父さんのお店の場所も覚えてるよ！」

それは三人の親子連れだった。母親に連れられた二人の娘さんは、あたしやフィーリと同じくらいの年齢に見える。楽しそうに会話をしながら、すぐ隣を通り過ぎていった。

「……あの人たちって、もしかして」

「メイさん？　どうかしたんですか？」

「なんでもない。それより、そろそろ船に乗るわよー」

そうはぐらかして、あたしは乗船を待つ列へと向かった。

……オーナーさん、今度はうまくやっていけるといいわね。

第二話

「滝の街と時の砂時計」

Tam Kawakami presents

The slow life of a traveling alchemist

あたしは旅する錬金術師メイ。

大魔法使いが滝の街セレムへ向かったという情報を得たあたしたちは、船で本土へと戻り、そこから街道を東に進んでいった。

ほどなくして険しい山道に差し掛かるも、ほうきと絨毯を使って難なく悪路を突破した。

山頂を過ぎ、道が下り坂になったかと思うと、すぐに視界が開け、眼下に街が見えてきた。

「メイさん！　あれ見てください！　すごいですよ！」

背後からフィーリが跳ねるような声を出す。あたしも思わず目の前の光景に心を奪われる。

まるで街に降り注ぐかのように、巨大な滝がそこにあった。陽光を受けてキラキラと輝き、時折虹や水煙をまといながら、街へと落ちていく。

実際は街の奥に滝があるのだろうけど、まるで街全体が滝のベールに包まれているような錯覚に陥ってしまう。

「さすが滝の街と呼ばれるだけあるわねー。すごい迫力」

「建物もカラフルでオシャレですし、早く行ってみましょう！」

言うが早いか、フィーリはほうきの速度を上げ、あたしを追い越していく。

「もー、そんなに慌てて木にぶつかっても知らないわよー！」

フィーリの行動にあたしは苦笑しながら、その背中を追いかけたのだった。

そしてたどり着いた滝の街は、その建物の多くが赤茶色のレンガ造りで、赤や黄色、オレンジ色の屋根が印象的だった。街中に水路が張り巡らされているためか、植物も多い気がした。

なんとなく、周囲にマイナスイオンが溢れている気がした。

「……メイさん、何か召喚でもするんですか？」

街の入口で両手を広げてマイナスイオンを浴びていると、フィーリが怪訝《けげん》そうな顔をした。

「し、しないわよ。というか、この世界って召喚魔法あるの？」

「マスターがそんな魔法もあると言ってました。特別な技術らしく、わたしは使えませんが」

言いながら、フィーリはレインコートを羽織ってあたしの前を行く。

「あれ？　フィーリ、どうしてレインコートなんて着てるの？」

「だって、空は晴れてるのに雨が降ってくるんですよ。わたしも不思議に思ってるんです」

そう言って空を見る。あたしも一緒になって見上げるも、天気は快晴。雲ひとつない。

まさか、狐の嫁入り……？　なんて考えた時、空から水が落ちてきた。

完全に不意を突かれ、服の右半分がぐっしょりと濡れてしまった。

「うへぇ……なによこの水」

「ははは、お嬢さん、この街は初めてだね？」

濡れたローブの端を持ち上げていると、通りかかった男性が笑いながら話しかけてきた。

「この街、晴れていても雨が降るの？」

「まさか。その水は滝の水だよ。あれだけ大きな滝だからね。風向きによって街のあちこちに水が運ばれるのさ。この街で表を歩く時は、雨具が必須だよ。君たちも気をつけて」

男性は大きな傘を見せながらそう説明してくれたあと、笑顔で立ち去っていった。

その背中を見送りながら、あたしは色々と合点がいった。

この街にレンガ造りの建物が多いのは、滝からの飛瀑《ひばく》で湿度が高く、湿気に弱い木が建材として使えないからで、街中に緑が多いのは、同じく湿気の影響で植物の育ちが早いからだろう。

「えへへ、トランクに入れてたレインコート、さっそく役に立ちました」

服を濡らしてしまったあたしを後目に、フィーリはそう言ってフードをしっかりとかぶった。

このレインコートはあたしが調合したもので、布と油、シリコーン石が素材になっている。

撥水性は申し分ないけど、問題はそのデザイン。カエルをイメージしたような薄緑色の生地に、フードにはクリクリとした目玉が二つ。フィーリはともかく、あたしはとても着られない。

「宿についたら、あたしも防水対策考えなきゃ……」

ため息まじりに呟いて、あたしはフィーリの手を取り、宿屋を探し始めたのだった。

「……これは魔法使い様。滝の街セレムへ、ようこそいらっしゃいました」

「この子はそうだけど、あたしは錬金術師です」

いつものようにそう伝えるも、あごひげを生やした宿屋の主人は不思議そうな顔をした。

「はて。金の腕輪をされているので、てっきり高名な魔法使い様とお見受けしたのですが」

彼はそう言って、あたしとフィーリの左手首を見た。そこには連絡用のトークリングがある。

「あー、これは違うんです。錬金術の道具で、魔法使いのランクを表す腕輪じゃないんですよ」

そう説明しながら、あたしはかつて魔法使いの国で聞いた話を思い出していた。

実際に見たことはないけど、金の腕輪は魔法使いの中でも最上位を意味するものらしい。今になって思えば、トークリングのこの見た目は、それと間違えられても仕方がないように思えた。

……こんな誤解を生む道具を自ら作ってしまっていたとは。錬金術師メイ、一生の不覚だわ。

「腕輪の種類を知っているということは、この街にはよく魔法使いが来るんですか？」

「時々来られますね。なんでも、滝の近くで魔力を含んだ石が採れるとかで。まぁ、魔力のない私たちにはよくわからないのですが」

フィーリが質問すると、頭をかきながらそう教えてくれた。

魔力を含んだ石？　そんなものがあるのね。何かの素材になるかもしれないし、覚えておこう。

それから宿帳に記入しながら、宿屋の主人に大魔法使いの特徴を伝え、似た人物が宿泊していないか尋ねてみた。この人は魔法使いに詳しいようだし、もしかしたら知っているかも……と期待したのだけど、条件に合う宿泊客はいないとのことだった。

……やっぱり、この街でも冒険者ギルドに頼るしかなさそうね。

その後、案内された部屋は一階奥の角部屋で、窓の外は生い茂る草やぶに覆われていた。

そこで着替えを済ませると、あたしたちは雨具を手に、冒険者ギルドへと向かう。

この街の冒険者ギルドは滝に比較的近い場所にあり、近づけば近づくほど、まるで雨のように絶え間なく水が降ってくる。

「うわー、これは結構きついわねー」

「まるで土砂降りの雨ですねぇ。レインコートの中まで水がしみそうです」

フードの端を押さえながらフィーリが言う。

しばらくして冒険者ギルドが見えてくるも、外に依頼掲示板は置かれていなかった。今の状況からしてそれも当然だと思いながら、ギルドの扉を開けた。

「いらっしゃいませー。いやー、今日の滝は一段とすごいですねー」

滝の水が屋根に当たる音が響く中、いつものニコニコ顔で受付の女性が声をかけてきた。

予想通り、常夏の島の受付さんと全く同じ顔だ。初めて会うはずなのに、既視感がすごい。

「あのー、人探しの依頼をお願いしたいんですけど」

「それでしたら、こちらの書類に記入をお願いしますー」

女性は笑顔を崩さずに言い、あたしは受け取った書類に羽根ペンを走らせる。

……ところで、もしこの街でも大魔法使いが見つからなかったら、行く先々で同じ書類を何度も書かなきゃいけないのかしら。それってなかなかに大変よね。

「この書類って、控えとかもらえないんですか？　この先も使うかもしれないので」

「行く先々の冒険者ギルドで……ってことですか？　偽造防止のため、控えはお作りしていないのですが、ご希望とあれば各地の冒険者ギルドに同じ依頼を出すこともできますよー」

「へー、そんなことできるんだ。どうやって書類を送るの？」

予想外の回答に、思わず素が出た。さすが冒険者ギルド。便利なシステムがあるじゃない。

「伝書鳩ですよー。追加料金が発生しますが、ご利用されますか？」

「使う使うー！」

受付さんの提案を受け、あたしは即座に首を縦に振った。

追加料金は痛いけど、毎回書類を書くのも手間だし、ここは大いに利用させてもらいましょ。

まぁ、この街で大魔法使いが見つかれば、それに越したことはないのだけど。

「……はい。これで登録完了です！　各地のギルドに鳩を飛ばしておきますので、今後は別の冒険者ギルドで同じ内容の依頼書を書く必要はありませんよ！」

あっという間に手続きが終わり、受付の女性が完成した書類を手にそう説明してくれる。

「そうそう、新しい街の冒険者ギルドに行ったら、依頼を出している旨は必ず伝えてください。その際に、泊まっている宿を聞かれると思いますので」

おそらく何か情報が入った場合、宿のほうに連絡をくれるのだろう。

「了解。でも、この街で大魔法使いが見つかるのが一番だから、何かわかったらすぐに教えて」

「もちろんです！　お任せください！」

受付の女性は自信満々に胸を叩いた。それを見て安心したあたしとフィーリは、結果に期待しながら冒険者ギルドを後にしたのだった。

……しかし、それから数日が経つも、大魔法使いを発見することはできなかった。

焦っても仕方がないと思い、あたしたちは情報収集をしつつも、スローライフを楽しんでいた。

「店長さん、またお昼食べに来たわよー」

「おう！　メイちゃんたち、いらっしゃい！　好きな席に座ってくれよ！」

あたしたちは今日も『たきつぼ亭』にお邪魔していた。何度か通ううち、すっかり顔なじみになってしまったのだ。

　このお店はその名の通り滝つぼの近くにあり、テラス席から大迫力の滝を見ることができる。

「二人は今日もおまかせランチでいいのか⁉」

「それでよろしくお願いしまーす！」

　その分、水音もすごくて、大声を出さないと店長さんと会話ができないのが欠点だった。

　叫ぶように注文を伝えてから、轟々と水を落とす滝に目を向ける。

　遠くから見るのは綺麗だけど、その近くで生活するとなると大変そう。四六時中水が流れているわけだし、雨で滝の水量が増えたりすると、音がうるさくて夜眠れなくなるらしい。

「相変わらずすごい水の量ねー」

「これでもだいぶ落ち着いたんだぜ！　一週間経って、雨の影響もようやく落ち着いた感じだ！」

　そう口にした時、パンの入ったバスケットを運んできてくれた店長さんが笑顔で言った。

「あとは、水の味が戻ってくれたら申し分ないんだが……メイちゃん、どうだい？」

　続いてそう言い、あたしの前に置かれたコップに視線を落とす。

「そーねー。臭いもないし、汚れてもいないんだけど、なーんか変な味がするのよ」

　そのコップの水を一口飲んでから、そう告げる。

　この街は生活用水として水路へ引き込んだ滝の水を利用していて、このお店の料理や飲料水にも同じ水が使われている。その水の味がどこか変なのだ。

「言われた通り、煮沸もしてみたんだが。何とも言えない味だよなぁ。以前はこんなことなかったんだが」

「わたしは何も感じないです。普通のお水ですよ」

あたしと店長さんの反応に、フィーリは一人首をかしげている。

うーん？　フィーリには普通なの？　なんかモヤモヤするわね。

「まぁ、水もそのうち良くなるかもしれねぇし、今日のところは我慢してくれ。デザート、一品サービスするからよ」

あたしの胸の内を察したのか、店長さんはそう言ってデザートメニューを見せてくれた。

フィーリが目を輝かせながらそれを受け取るのを見つつ、あたしは彼にお礼を言った。

食事はもちろんのこと、たきつぼ亭はスイーツが人気なのだ。中でも、目の前の滝をイメージしたモンブランケーキが好評で、フィーリもそれがお気に入りだった。

「ほいよ。今日のメインはジェノベーゼだ。たんと食ってくれ」

スイーツの注文を済ませてしばらくすると、メイン料理のパスタが運ばれてきた。

挨拶をしてからフォークを手にし、まず一口食べてみる。

……バジルとにんにくが利いた少し濃い目の味付けで、クセになるおいしさだった。

だけど、味が濃いとどうしても喉が渇くので、水の入ったコップに手が伸びる。

そして水を一口飲むと、やはり違和感がある。

のどごしが悪いというか……本当、この感覚はなにかしら。

料理は仕方ないとして、今後は容量無限バッグに保管してある水を飲むことにしよう。

再びパスタを口に運びながら、あたしは水筒の調合方法について考えを巡らせたのだった。

食事を済ませて、あたしとフィーリが街の市場を歩いていると、露天商から声をかけられた。

「お嬢さんたち、おひとつどうだい？　名物のセレム真珠、安くしとくよ？」

適当に相槌を打ちながら、並べられた商品を見ると、どうやらアクセサリーを売っているようだ。

「メイさん、この街、真珠が名産なんですかね」

フィーリがダジャレっぽいことを言いながら、目の前の髪飾りを手に取った。それは少し細目のバレッタで、中央に三つ並んだ真珠は、それぞれが陽の光を受けて七色の光沢を放っていた。

「これとか、メイさんに似合いそうじゃないですか？」

「確かに綺麗よねー。細工も細かいし、デザインも嫌いじゃない……って、2万フォル⁉」

フィーリから受け取ったそれを目の高さまで持ち上げて、一緒についてきた値札を見て驚く。

「い、いくらなんでも高すぎるわよ……なんでこんなにするの？」

「いつもならもう少し安くできるんだが、ここ最近は材料のセレム真珠がめっきり入ってこなくなってな。これでもだいぶ頑張っているんだぜ」

あたしが尋ねると、店主からそんな言葉が返ってきた。

それでも簡単に手を出せる金額ではないと伝えると、店主も慣れているのか、食い下がることなく解放してくれた。

「もう少し交渉すれば、安くなりそうでしたのに。メイさん、欲しかったんじゃないですか？」

　店を離れた直後、フィーリが不満そうに言う。この子がこんなふうに言うなんて珍しい。

「無理は言えないわよー。あの人だって商売なんだから」

「それでも、買おうと思えば買えましたよね？　メイさん、結構お金貯めこんでますし」

「人を守銭奴みたいに言わないの。スローライフする上でも、生活費はあるに越したことないんだから。それに、あの真珠も錬金術で作れたりするかもしれないし……」

「……そこのキミ。今、錬金術と言ったかい？」

　フィーリと話をしながら歩いていると、また別の露天商から声をかけられた。

　見ると、フード付きのローブを身にまとった人物が地面に座り込んでいる。

　声からして女性のようだけど、その顔は半分以上隠れていて、表情は一切読み取れない。

「ボクは旅をしながら錬金術の道具を売り歩いているのだけど。良ければ覗いていかない？」

「ほう。錬金術の道具とな」

　錬金術という単語に、あたしの本能が反応してしまう。

　思わず立ち止まり、彼女の前に並べられた品物を見ると、ポーションや錬金ボムといった、見慣れた道具があった。どれも本物のようだ。

「このポーション、いくらなの？」

「２５０フォルさ。この街の周辺は素材になるグリーングラスが少ないから、少し高めだよ」

　値段を尋ねると、そう教えてくれる。使用する素材も合っていた。

もしかしてこの人、錬金術師なのかしら……なんて考えた時、見慣れぬ品が目についた。

「ねぇ、この砂時計みたいな道具は？」

「これかい？　これは『時の砂時計』という道具だよ。残念ながら壊れているんだけどね」

「時の砂時計……ちょっと触らせてもらってもいい？」

「構わないよ。念を押しておくけど、壊れているから置物にしかならないよ」

そう言う店長から砂時計を受け取り、じっくりと見てみる。

その木枠は白く、大きさは15センチほど。ガラス部分がひび割れているものの、光に透かしてみると中の砂がキラキラと虹色に輝いている。

「確かに錬金術の道具っぽいし、素材分解してみれば修理できるかも」

「素材……なんだって？」

「なんでもないわ。これ、いくら？」

「かの伝説の錬金術師ルメイエが生み出した品だからね。説明書付きで1万フォルだよ」

「1万フォルかぁ……よし、買った」

「ちょっとメイさん！　さっきと言ってることが違うじゃないですか！　お金は大事ですよ！」

即決すると、フィーリがあたしと店長の間に割って入り、両手を広げて声を荒らげた。

「壊れているものを買うなんて、もったいないのでやめましょう！　きっとニセモノですよ！」

「偽物とは心外だね。もし最初から偽物を売りつけるつもりなら、壊れているなんて教えないよ」

突然割り込んできた少女に対し、店長は少し語気を強めて言葉を返した。

「その道具が本物なんて証拠でもあるんですか？」

フィーリは店長のほうへ振り向き、怖気づくことなくそう続ける。

そっか、伝説の錬金術師ルメイエ。フィーリはその存在を知らないんだっけ。

「はは、証拠ときたか。ちょっと待っておくれよ」

フィーリに気圧されたのか、店長は視線をそらすと、背後の鞄に手を伸ばす。

「……あった。これがその砂時計の説明書なんだけど、ここにしっかりとルメイエのサインが入っているよ。これで納得してもらえるかい？」

示された箇所を見ると、しっかりとサインが書かれていた。そのサインを含め、説明書の文字は錬金術師の街で見たルメイエの筆跡に似ている気がした。

「うー、確かにありますけど、そのー、あのー」

証拠を見せられたフィーリは言葉に詰まり、しどろもどろになっていた。

「信用ならないなら、値段も半額にしてあげるよ。それでも不満なら、返金にも応じるさ」

その様子を見た店長は余裕綽々《よゆうしゃくしゃく》にそんな提案をしてきた。

「わ、わかりました。返金にも応じてくれるんなら……その、いいですよ」

そこでようやくフィーリが折れて、あたしは砂時計を購入することができたのだった。

「……メイさん、壊れているっていう品物をどうして買っちゃったんですか？」

「んー、錬金術師の直感ってやつかしら。壊れてても、偽物って感じは全然しなかったし」

それでもなお、どこか不満そうに言うフィーリを連れて宿に戻り、時の砂時計を詳しく調べる。

説明書によると、これは一定範囲内の人や物の時間を進めたり、戻したりできる道具らしい。

……すごい。まさかの時間操作系の道具だ。これは使いこなせれば、色々と便利そう。

そう考えながら砂時計をいじるも、どれだけやっても効果は発動しなかった。

「……やっぱり壊れてるのねぇ。一度、素材分解するしかないか」

そんな結論に至り、時の砂時計を容量無限バッグに放り込んで素材に戻し、出てきた素材からレシピ本でその作り方を調べていく。

「必要素材は時の砂、神木フェルツ、錬金ガラスにドラグーンソウル……」

予想はしていたけど、一つとして聞いたことのある素材はなかった。

素材分解後に手元に戻ってきたのは時の砂と神木フェルツのみで、残る二つの素材は自力で調合しなければいけない。まずはドラグーンソウルの調合に着手する。

「必要なのは竜の心臓に、竜の逆鱗、竜の髭……」

ドラグーンソウルという名前の通り、必要素材は見事にドラゴンづくしだった。

これまで何度かドラゴンと遭遇し、そのたびに素材を確保してきたけど、手持ちで足りるかしら。

「えーっと、素材ノートに竜素材一覧をまとめておいたはずだけど……」

容量無限バッグから素材ノートを引っ張り出し、そこに書かれた内容に目を通していく。

ちなみにこのノートは素材の詳細を教えてくれないレシピ本の代わりに、これまで入手した素材の特徴や採取地についてまとめたもの。ふとした時に役に立つし、縁の下の力持ち的存在だ。

「……うん。これなら多分足りるわね。竜素材たちよ、出てこい！」

そう叫びながら容量無限バッグから竜素材を取り出し、次々と錬金釜へと放り込む。

「よーっし、まずはドラグーンソウルが完成！」

錬金釜から飛び出してきたのは手のひらサイズの球体で、内部に赤と青の炎が渦巻いている。

「半透明で綺麗ですねぇ。ドラゴンの素材でこんなものができるなんて意外です」

完成品を見て、それまで部屋のソファーで魔導書を読んでいたフィーリが近寄ってきた。

「魂っぽいでしょー。あとは錬金ガラスねー。この調子でいくわよー」

勢いに乗って錬金ガラスの調合に取り掛かる。必要素材はクリスタルと妖精水晶《ようせいすいしょう》で、容量無限バッグに手を突っ込み、まずはクリスタルを取り出す。

次に妖精水晶……って、あれ？　そんなの持ってたかしら。

再び容量無限バッグに手を突っ込んだものの、一抹の不安が頭をよぎる。

試しに、妖精水晶よ出てこい……と念じてみるも、その手は空を切った。

「えー、ここに来て素材が足りないの？」

ここまで調子良く来ていた分、あたしは落胆しながら容量無限バッグの口を閉じる。

今になって思えば、妖精水晶なんて素材、初めて聞いた気がする。

「名前も似てるし、妖精石《ようせいせき》の親戚だったりしないかしら……」

そう考えながら、必死にレシピ本をめくる。

「……あった！　必要素材は……妖精石が四つ！　これなら行けるわよ！」

「……悲しんだり喜んだり、メイさん、本当に錬金術が好きなんですねぇ」

意気揚々と容量無限バッグに手を突っ込むあたしを、フィーリは笑顔で見守ってくれていた。

「当たり前じゃない。錬金術はあたしの生きがいよ。調合中とか最高に楽しいの……んがっ⁉」

そこまで言って、あたしは素《す》っ頓狂《とんきょう》な声を出してしまう。

「嘘でしょ……今度は妖精石が足りない……」

バッグから取り出せた妖精石は三つで、あと一つ足りなかった。

これまで作った道具の中から、妖精石を使っているものを選んで素材分解する手も考えたけど、元々妖精石は手持ちが少なく、なんとかやりくりしていた状態で、再利用も難しそうだった。

「妖精石って採取地も限定されるのよねー……悔しいけど、時の砂時計の調合、しばし保留！」

自分自身に言い聞かせるように言って、調合道具一式を片付ける。

それから思いっきり背伸びをすると、背後にある窓の向こうで、草が擦れる音がした。

とっさに視線を向けるも、音の正体は確認できなかった。猫でもいたのかしら。


そんなことがあった次の日。あたしとフィーリは朝から冒険者ギルドを訪れていた。

「……すみません。例の件ですが、未だ進展なしです」

ギルド内に足を踏み入れると、すぐに受付の女性が飛んできて、胸の前でバツ印を作った。

例の件とは、おそらく大魔法使いに関することだと思う。

「前の街でも全然見つからなかったの。あまり気にしないで」

「そう言われましても……これは冒険者ギルドの信用にも関わる話なので……」

彼女は深々と頭を下げながら、本当に申し訳なさそうに言う。

「こっちまで申し訳なくなるから頭を上げてよ。それより今日は、別の用事で来たの」

そう言って、室内に設置された依頼掲示板の前へ移動する。

今日は時の砂時計を購入したことで減った資金を稼ぐため、仕事を探しに来たのだ。

「採取系の依頼で、できるだけ報酬が良いのない？　あ、魔物素材の採取はなしで」

「そうですね。これなんてどうです？　まだ掲示板に張り出していない依頼なんですが」

ぱたぱたとカウンターに戻った受付さんが、奥から一枚の書類を持ち出してくる。

フィーリとともに目を通すと、そこには『セレム真珠の納品』と書かれていた。

「セレム真珠って、この街でよく売られているあの真珠ですよね？」

「そうですよー。この街の名産で、滝つぼの底に生息するセレム貝から採れるんです」

フィーリが尋ねると、受付さんは笑顔でそう教えてくれた。

真珠といえば海で採れるイメージがあるけど、淡水でも採れるのね。

「……セレム真珠1個につき、５０００フォルも報酬がもらえるの？」

引き続き依頼書を見ていると、その報酬額に驚く。

「セレム真珠の収穫には危険が伴いますので、相場としては安いくらいです」

……ちょっと待って。これと似たような台詞、常夏の島で聞いたような気がする。

「危険が伴う……そのセレム貝は実は凶暴で、中の真珠を取られまいと襲いかかってくるとか？」

「まさかー。そんなことはありませんよー。元々、滝つぼは危険な場所というだけです。今月もすでに二人、帰らぬ人となっています」

最初の笑顔から一転、神妙な顔つきで言った。それを聞いて、あたしは思案する。

実際に滝つぼに入ったことはないけど、あたしには酸素ドロップがある。溺れる心配はない。それに海竜の靴を履けば、多少の水流は気にせず移動できるはずだ。

「メイさん、何か考えがあるんですか？」

「んー、あるといえばある……かな。少なくとも、溺れ死ぬことはないと思うわよ」

「それなら、その依頼受けます！」

あたしが質問に答えるが早いか、フィーリは元気良く言い、依頼書を受け取った。

「ありがとうございます！　最近はセレム真珠の納品が減っていて困っていたんですよ！　滝つぼに謎の魔物が出るなんて噂も聞きますが、所詮は噂！　お二人ならきっと大丈夫！　よろしくお願いします！」

最後のほう、受付さんがしれっと怖いことを言っていたけど、フィーリは気にする素振りも見せずに、依頼書を懐にしまい込むと外へ飛び出していった。

そんなフィーリのあとを追うと、さほど時間をかけずに滝つぼへとたどり着くことができた。

「こうやって間近で見ると、すごい迫力ねー」

フィーリと二人、轟音を響かせる滝を見上げる。圧倒的な存在感だった。

「ここに飛び込むんですよね。では、気合い入れていきましょう！」

そう言いながら、フィーリはローブのボタンに手をかける。

「まさか、そのまま飛び込むつもりじゃないでしょうね。あたしに策があるって言ったでしょ」

呆れ顔で言い、容量無限バッグから超・防水スプレーを取り出す。

この道具は以前、人魚の国に行くために作ったもので、一度使えば効果は丸一日持続する。どれだけ大量の水も強力に弾くので、たとえ水に潜っても服や髪が濡れないのだ。

「……なんですか、この怪しげな道具は」

「怪しげって言わないの。どんな水も完璧に弾いてくれる、すごい道具なんだから」

「え、そんな便利な道具があるなら、雨具を作る必要なかったんじゃないですか？」

「……べ、別にいいじゃない。雨具があったほうが街を楽しめたでしょ。ほら、スプレー使うから目と口を閉じて。いくわよー。ぷしーっと」

なんとも言えない顔をするフィーリにそう言ってから、その全身にスプレーを吹きつけて防水対策を施す。続けて自分の体にも、同じようにスプレーを吹きかけた。

「見た目は何も変わっていませんが、本当に服のまま水に入って大丈夫なんですか？」

「濡れなくはなったけど、そのままだと溺れちゃうわよ。この酸素ドロップを使うの」

「酸素ドロップ？」

こわごわと滝つぼを覗き込むフィーリにそう伝え、あたしは容量無限バッグから酸素ドロップを取り出した。これも超・防水スプレーと同じく人魚の国に行くために作ったものだ。

袋に入った青色の飴で、薄いサイダーのような味がする。素材に液体酸素を使用しているので、口に含んでいる間は酸素が供給されて、水中でも息ができるという道具だ。

「ほい、これ食べて」

袋から出した酸素ドロップを手渡してあげると、フィーリは一瞬躊躇したのち、口に含んだ。

「あ、おいしいです！　なんか、しゅわしゅわしてます！」

「それが酸素だかんねー。これで水の中でも息ができるから」

そう伝えると、フィーリはダッシュで滝つぼへ向かい、その水に顔をつけた。

「本当です！　息ができました！　メイさん、すごいです！」

しばらくして戻ってきて、本当に嬉しそうに顔をほころばせる。超・防水スプレーの効果もあるのか、その顔も長い銀髪も、一切濡れていなかった。

「注意点として、酸素ドロップは噛まずに舐めること。そうすれば一粒で丸一日は効果が続くわ」

そう説明しつつ、あたしも酸素ドロップを口にし、続いて海竜の靴を履く。

この靴はいわば、飛竜の靴の水中版。水色の生地に青い縁取りがされ、両サイドに魚のヒレがついている。このヒレのおかげで、水中での機動力が格段に上昇するのだ。

「これで準備万端！　それじゃ行くわよー！　うりゃー！」

助走をつけて、フィーリと滝つぼへと飛び込む。次の瞬間、不規則な水流に体を持っていかれそうになるも、海竜の靴で水を蹴り、なんとか体を安定させる。

「おわあああー!?」

一方、海竜の靴を履いていないフィーリは水中でくるくると回転していた。まるで洗濯機の中のような水の流れに、完全に巻き込まれてしまっている。

……そういえば、滝つぼには二種類の流れが対流していて危険……みたいな内容の番組を、元の世界でやっていたような気がする。

「フィーリ、あたしの手に掴まりなさい！　一旦上がるわよ！」

そんな彼女を見ていられず、その手を取って一気に水面へと浮上した。

「ぶはー！　死んじゃいます！」

水面に顔を出した直後、フィーリは空気を思いっきり吸い込みながら叫んだ。

酸素ドロップがあるので溺れないのだけど、慣れない水中でパニックになっていたようだ。

「大丈夫ー？　ほら、一度岸に戻りましょ」

その手を引いて滝つぼから出る。まだ目が回っているのか、フィーリはふらふらだった。

「メ、メイさん、その靴、わたしの分も作ってください」

滝から少し離れた場所に座り込んだフィーリが、あたしの海竜の靴を見ながら言った。

「残念だけど素材がないのよー。フィーリは魔法でなんとかできないの？」

「マスターは海の中に行く時、風魔法を使って空気の膜を作ると言っていました。でも、わたしはその魔法は使えないので……」

魔法使いなのだからなんとかできないのかと思い尋ねるも、フィーリは表情を曇らせていた。

そーいえば、何年も前に大魔法使いがやってきた……みたいなこと、人魚の国のセリーネ姫が言っていた気がする。海の中も自在に移動するなんて、本当、大魔法使いは万能なのねぇ。

「それなら……セレム真珠、あたし一人で採ってくるからさ。フィーリ、ここで待ってて」

「……できたらメイさんと一緒に採りたいんですけど」

そう提案をすると、フィーリは渋い顔をした。

「気持ちは嬉しいけど……そうねぇ。何かいい方法があるかしら」

あたしは適当な岩の上に腰を下ろすと、水流に負けない道具を求め、レシピ本を開いた。

「うーん……ビート板は何か違うし、魔法の足ヒレは……素材が足りないか」

それから小一時間レシピ本とにらめっこするも、これといった道具が見つからない。

せっかくフィーリが一緒に採取したいと言ってくれてるし、なんとか叶えてあげたいんだけど。

「……あの、少し休憩しませんか？」

その時、そんな声がした。顔を上げると、フィーリが両手にクレープを持って立っていた。

「え、これどうしたの？」

「メイさん、すごく集中していたので、市場で買ってきました。大瀑布クレープだそうです」

その片方をあたしに差し出しながら、笑顔を向けてくれる。お礼を言って、それを受け取る。

大きさの割に、ずっしりと重い。クレープの中には大量の生クリームが詰まっていた。

ちなみに、大瀑布とは滝のこと。この真っ白いクリームが滝をイメージしているのだろう。

「頭を使った時は、甘いものがいいそうです。マスターもそう言ってました」

「違いないわねー。ありがとー」

あたしはお礼を言ってレシピ本を閉じると、受け取ったクレープにかじりつく。

……うん。がっつりと甘い。取り込んだ糖分が、すぐにでも血流に乗って頭に届きそう。

隣を見ると、フィーリも近くの岩に背を預け、幸せそうにクレープをかじっていた。

……そっか。何も魔法や錬金術に頼らなくてもいいんじゃない？

その様子を見た時、あたしの脳裏にある考えが浮かぶ。原始的な方法だけど、試してみよう。

「……それで、なんで石を背負うことになるんですか？　重いんですけど」

あたしが用意した石入りのリュックを担ぎながら、フィーリは首をかしげていた。

「酸素ドロップがあるから溺れないんだし、体を重くして沈むことを考えればいいのよ。そうすれば水中でも体が安定するし、簡単に水流に流されることもなくなるはずよ」

「それはそうかもしれませんが、逆に浮上する時はどうすれば？」

「リュックの石をあたしに渡してくれれば軽くなるから、問題なく上がれるわよ。水の流れが怖いなら、また引っ張り上げてあげる」

「わ、わかりました。それでは、よろしくお願いします」

どうにか納得してくれたフィーリと並んで岸辺に立ち、大きく深呼吸。それから意を決して、水中へと飛び込んだ。

「おおおー、すごいです！　水の流れに負けてません！」

狙い通り、リュックの中の石が重りとなってフィーリの体はぐんぐん沈む。

あたしもそれに追従しながら、水中に目を凝らす。滝つぼとはよく言ったもので、その真下は滝から落下してきた石や水流によって削られ、本当に壺のような形をしていた。

「ずいぶん深いわねー。これは、溺れる人も出るわけだわ」

そうこうしているうちに、滝つぼの底へと到達する。見上げてみれば、はるか頭上に光を反射させる水面があった。体感で、水深は4メートルほどだ。

「……メイさん、セレム貝がいませんよ？」

そんなフィーリの言葉を受けて、あたしは視線を戻す。そこには無数の石が転がる白い砂地が広がるばかりで、それらしい貝の姿はなかった。

「この手の貝は基本、石の下や砂の中に隠れてるものなのよ。注意深く探せば……ほら、いた！」

目についた大きめの石を適当にひっくり返すと、その下に数匹の真っ白い貝が隠れていた。それを拾って容量無限バッグに放り込む。

「本当にいました！　これは大漁ですねー」

フィーリもあたしと同じように石をひっくり返しては、その下に隠れた貝を拾い集めていく。

……確かに大漁だけど、どこか簡単すぎる気もするような。

……その時、フィーリがめくった石の下から、一匹のセレム貝が飛び出してきた。

「え、この貝って泳ぐの？　しかも、めちゃくちゃ速い!?」

あたしは思わず身構える。おそらくホタテのように、水を噴射して泳いでいるのだと思う。

「メイさん、そっちに行きました！」

「……まかせといて！　よし、捕まえた！」

海竜の靴のおかげで、水中におけるあたしの機動力は高い。それこそサッカーのゴールを守るキーパーのように、華麗な横っ飛びで貝をゲットした。

「この貝、こんな元気なのもいるのねー。見つけたのはフィーリだし、あげるわ」

手の中でバタバタと動くその貝をフィーリに手渡し、あたしは採取作業に戻ったのだった。

「……うん。そろそろいいかしらねー」

その後も二人で貝を採り続け、結構な数のセレム貝を集めた。

一匹だけ元気に逃げ回る貝がいたものの、それ以外は大して動くことなく、楽に採取できた。

これはセレム真珠もそれなりの数が手に入ったのでは……なんてほくそ笑んでいると、足元に転がる綺麗な小石が目に留まった。拾ってよく見ると、それは出来損ないの小さな真珠だった。

「……これは、もしかして」

一瞬、嫌な考えが頭をよぎり、あたしは容量無限バッグから今まで採取した貝を引っ張り出す。

「うわー、この貝たち、全然真珠を持ってないじゃない！」

取り出したセレム貝を調べ、あたしは頭を抱えた。

採取した貝はその多くが弱っていて、全く真珠を持っていなかったのだ。

「フィーリも自分が採った貝を見てみて。これは結構まずいかも」

そう伝えると、彼女は戦々恐々としながら袋の中を確かめる。

「ほ、本当です。どの貝も元気ないですし、真珠もありません」

泣きそうな顔で言う。彼女もあたしと同じ有様のようで、逆さまにした袋からは、ほとんど動かない貝たちが何匹も転がり出てきた。

二人してショックを受けていると、その中に一匹だけ、元気に動く貝があった。

それはフィーリと二人で捕まえたセレム貝で、この貝だけが必死に砂の中へ潜ろうとしていた。

「フィーリ、諦めるのはまだ早いかも」

逃げようとする貝をしっかりと捕まえて、その口をこじ開ける。すると、中から虹色に輝く立派な真珠が転がり出てきた。それを拾い上げ、フィーリに手渡してあげる。

「すごいです！　紛れもないセレム真珠ですよ！」

本当に嬉しそうに、真珠を頭上に掲げる。その笑顔も真珠に負けず、キラキラと輝いていた。

「……それにしても、どうしてセレム貝が弱っちゃってるのかしらね」

「うーん、食べ物がなくなったから……とかですかね？」

真珠を持っていない貝を逃してあげながら、フィーリが首をかしげる。

「採取量が減ってるって言ってたし、何か原因があるんだろうけど……」

そう口にした時、ある考えが頭を掠めた。

この街の水が変なのと、滝つぼの貝が弱っていること、何か関係があるんじゃないかしら。

この街は基本、滝の水を飲み水として利用している。元を辿れば、同じ水だ。

「フィーリ、あたし気づいたんだけど……」

それをフィーリに報告しようとした時、目の前に突然七色のモヤが出現した。

何事かと思い身構えると、その中から巨大なヘビのような姿の魔物が飛び出してきた。

「まさか、これが噂の魔物なの!? フィーリ、あたしの後ろに隠れて！」

石の入ったリュックを背負うフィーリは素早く動けないので、あたしの背後にいるよう指示を出す。それからすぐに水中ボムを取り出して、先制攻撃を仕掛ける。

これは金魚花火のように水中での爆発力を高めた爆弾で、その威力は人魚の国で実証済みだ。

……だけど、その爆弾は作動することなく魔物を通り抜け、その先の砂地へと落下した。

「え、どうなってるの？ 爆弾が当たらない？」

あたしが困惑していると、魔物はこちらを威嚇するように咆哮する。とっさに見えない盾を展開して攻撃に備えるも、それ以上の動きはなかった。

「なんですかあの魔物、青い水玉模様が入ったタコなんて不気味すぎます！」

「いや、巨大なヘビでしょ？ 白と黒の体に、黄色い目がいっぱいついてるの」

「え、違いますよ。大きなタコです」

フィーリの言葉に反論するも、彼女は頑なにタコだと言った。

……つまり、あたしとフィーリで見えているものが違うということになる。

「爆弾も反応しないし、まさか、あれって幻なのかしら」

相変わらず襲ってくる様子のない魔物を見つつ、あたしは考える。

今になって思えば、魔物が出る直前に見えたあのモヤにも既視感があるような……。

記憶を辿ってみると、かつて出会った妖精のエミルが使っていた幻影の魔法に酷似していた。

「……もしかするとあの魔物、妖精が生み出した幻かもしれないわ」

「え、妖精がどうしたんですか？」

そう呟くと、状況が飲み込めていないフィーリは頭に疑問符を浮かべていた。

「昔、メノウの森で妖精に助けてもらったことがあるんだけど、その子が似た魔法を使ってたの」

「そんな魔法があるということだけは知っていますが、詳しくはわからないです」

「あたしの勝手なイメージだけどさ、この手の魔法って人の恐怖心に付け込んで来ると思うのよ。フィーリの場合、常夏の島で食べたタコのカルパッチョに衝撃を受けてたでしょ？」

「その影響で、タコの姿をした幻が生み出されたと？　確かにあの料理には驚きましたが……」

そこまで話したところで、フィーリは視線を魔物へと向ける。

あたしには変わらずヘビに見えるけど、フィーリにはタコに見えているのだろう。

「それで、この近くに妖精がいると思うんだけど……」

あたしは周りを見渡す。すると、魔物の背後の壁に小さな横穴を見つけた。

「フィーリ、あの穴に飛び込むわよ。リュック下ろして」

「は、はい！」

手に入れた唯一のセレム真珠をポケットにしまい、フィーリは背負っていたリュックを下ろす。

それが底に沈みきると、砂が舞い上がった。

重りがなくなり、水流に流され始めたフィーリの手を掴むと、あたしは一気に水を蹴り、その横穴へと飛び込んだ。

その後は不思議と魔物が追ってくることはなく、あたしたちは穴の奥へ進むことができた。

やがて光が見えたと思うと、唐突に空気のある場所に出た。

そこは立って歩けるほど天井が高く、その壁一面に光を放つコケが生えていた。洞窟の中だというのに、明るいのはそのためだろう。

加えて、そこには生き物かどうかもわからない半透明の球体がたくさん浮遊していた。

「これ、なんですかねぇ……ひぇっ」

フィーリが震える指先でそれに触れると、球体はまるでシャボン玉のように弾け、小さな四つの球体に分裂して四方に散っていった。

「こ、こんな場所に妖精さんが住んでるんですか？」

「メノウの森で出会った妖精たちも身を隠すように生活していたし、その可能性は高いかもね」

そんな話をしながら、幻想的な空間を歩く。壁に生えたコケに鼻を近づけてみると、クリームのような甘い匂いがした。

……採取したいけど、今は奥に進むのが先決ね。あたし、耐えろ。

錬金術師としての本能と戦いながら洞窟の奥へと進むと、急に広々とした空間が現れた。

そこには羽の生えた、小さな生き物がたくさんいた。間違いなく、妖精だろう。

その容姿も以前見たエミルにそっくりだった。唯一違う点と言えば、髪の色がアクアマリンを思わせる青色だという点。彼らはその髪と同じ色の瞳で、ほぼ同時にあたしたちを見た。

「えーっと、こんにちはー。錬金術師のメイですー」

努めて明るく挨拶をすると、彼らは顔を見合わせたあと、一斉に逃げ出した。

「ニ、ニンゲンが来たのですー！」

「姫様に報告するですよー！」

「早く、早く逃げるのですー！　隠れるのですー！」

「ちょっとー！　何もしないから落ち着いてー！」

そう声をかけるも、妖精たちは聞く耳を持たず。まさに蜂の巣をつついたような騒ぎで、押し合いへし合い、ぶつかりながら奥へと逃げていった。

まさかの展開にフィーリと言葉を失っていると、一匹の妖精が地面に倒れていた。

「あの、大丈夫ですか？」

フィーリが駆け寄って、地面スレスレに顔を近づけながら問いかける。

「た、食べないでほしいのです」

その妖精は地面に寝そべったまま、頭の上で手を合わせて懇願してきた。先の騒動で仲間とぶつかったのか、その羽は変な方向に曲がっている。

「ラティはもうダメなのですー！　おしまいなのですー！」

他の妖精たちはそんな仲間を遠巻きに見て、悲痛な声を上げていた。

「別に妖精を食べたりしないわよー。治してあげるから、動かないでねー」

できるだけ安心させるような声色で言って、容量無限バッグから取り出したポーションを垂らす。すぐに淡い光が妖精を包み込んだ。

「……あ、あれ？　飛べるのですよ！」

その光が収まると、妖精は小さな羽を羽ばたかせ、ゆっくりと浮かび上がった。

ポーションを直接口にしなくても効果があるのか少し不安だったけど、無事にその効力は発揮されたようで、あたしは胸をなでおろす。

「わーい！　ありがとうなのですー！」

よほど嬉しかったのか、ラティと呼ばれた妖精はあたしとフィーリの周囲を飛び回る。

その様子を見て、他の妖精たちも警戒を解いてくれたらしく、次第にあたしたちのほうへとやってきてくれた。

「……このたびは弟のラティを助けていただき、ありがとうなのです」

彼らに案内された先には、立派な貝殻の冠をかぶった妖精がいた。

自己紹介をしてから話を聞くと、彼女はこの集落を治める妖精姫で、ナディというらしい。

「あのー、つかぬことをお伺いしますが、メノウの森のエミル姫をご存知ですか？」

「知ってますよー。彼女は森の妖精姫で、ナディたち水の妖精とは旧知の仲なのです」

尋ねてみると、ふよふよと左右に揺れながら嬉しそうに答えてくれた。

水の妖精とな。予想はしていたけど、妖精の集落って世界各地にあるのねぇ。

「それで、お二人はどうしてこの集落にやってきたのですかー？」

「その、実は……」

笑顔を保ったまま言うナディに、ここにやってきた経緯を説明する。

「あららー、それはそれは、ご迷惑をおかけしましたー」

詳細を知ったナディは、滝つぼの魔物の幻影は自分が生み出した幻影だと白状し、謝罪をしてくれた。

「人を怖がるのはわかるけど、魔物の幻影を見せてまで追い払うのはどうかと思うわよ」

「違うのです。ナディたちは魔力に汚染された水の中に入るニンゲンたちが危ないと思い、魔法で追い返していたのです」

つい諭すように言うと、そんな言葉が返ってきた。他の妖精たちも一様に頷いている。

「それってどういうこと？」

「少し前から、何故か滝の水に魔力が含まれるようになったのですよ。その水は普通のニンゲンにとって害になるので、悪い影響が出る前に、やむなく魔法を使って追い返していたのです」

「じゃあ、この街の水がおいしくないのは、魔力が含まれてるからなのね」

そう口にした時、あたしは先日飲んだ水の味が、以前魔法使いの国で飲んだ魔力入りのコーヒーの味と似ていたことに気がついた。

魔力が原因なら、フィーリが平気そうにしているのも納得だ。この子は魔法使いだから、常日頃から魔力を扱っているし、魔力ドリンクだって飲んでいるのだから。

「……もしかして、ニンゲンたちはわざわざこの滝の水を飲んでいるのですか？」

ナディは驚いた表情で言う。他の妖精たちも、信じられないという顔をしていた。

「わざわざって言うか、それしか水源がないのよ。街中に水路引いて、がっつり飲んでるわよ」

「そ、そうですか……ニンゲンたちが心配です。長い間魔力を摂取し続けると、体調を崩してしまうこともあるので。特にこの滝の中は魔力が強いので、危険なのですよ」

「それって、あたし大丈夫？　防水スプレー使ってたとはいえ、結構な時間滝の中にいたけど」

話を聞いているうちに少し怖くなり、思わず自分の体を抱きながら尋ねる。

「大丈夫ですよー。弱い魔力は強い魔力のほうへと引っ張られるのです」

フィーリを指し示しながら、ナディが言う。

「じゃあ、あたしの中に溜まった魔力は全部フィーリに流れていったってこと？」

「そういうことになりますー。仲良く手を繋いでいましたしねー」

何が嬉しいのか、くるくるとその場で回りながら言う。その状況を知っているということは、ナディはあたしたちが滝つぼにいる時から、ずっと見ていたということになる。

「ふふん。メイさん、わたしに感謝してくださいねー」

そんな中、フィーリは勝ち誇った顔をしていた。結果論だけど、あたしはこの子に助けられていたらしいし、ここは素直にお礼を言っておいた。

「……それで、ラティの怪我を治してくれた魔法使いさんにお願いがあるのですが」

「あたしは錬金術師ね。さっき自己紹介したはずだけど？」

語気を強めて反論するも、ふわふわとした笑みではぐらかされてしまった。

「まぁ、慣れてるからいいけど……それで、お願いって？」

「この滝の水を綺麗にしてほしいのです。さっきも言った通り、ニンゲンたちが心配なのですよ」

先程とは打って変わって、ナディは真剣な表情でそう言う。

「ナディたちでは、幻影の魔法で追い返すくらいしかできないのです」

ため息まじりにそう付け加える。追い返したところで、根本的な解決にはならないだろう。

「……メイさん、なんとかしてあげましょうよ。それに滝の水が綺麗になれば、あの貝たちもきっと元気になります」

「それはそうかもしれないけど、なんとかって言われても……」

「どうかお願いするのです。お礼はしますので」

その時、ナディを筆頭に、その場にいた妖精たちが一斉に頭を下げてきた。

そうやって頼み込まれると、あたしは嫌と言えなかった。そのまま押し切られる形で、あたしは彼らの願いを聞き入れたのだった。


「しっかし、なかなか厄介なことになったわねぇ……」

水の妖精の集落から戻ってきたあたしは、その大きな滝の前でため息をつく。

「水を綺麗に……と言われても」

腕組みをして、しばし考える。水質汚染とはいえ、相手は魔力だ。プールみたいに塩素を投入すればどうにかできる問題でもなさそうだし、生き物が住めなくなってしまっては元も子もない。

「水から魔力だけを除去する道具か、原因そのものを突き止めて取り除ければ良いのだけど」

言いながら岸辺に近づき、水をすくって飲んでみる。心なしか違和感が強い気がした。

「むー、全然わかりません。普通においしい水です」

あたしの隣で同じようにしたフィーリはそう言って、首をかしげていた。

……これは、この子は当てになりそうにない。

「うーん、何か良い道具がないかしら……」

身近な岩に座り、容量無限バッグから錬金釜とレシピ本を取り出す。

水をろ過する道具とか調べてみるも、いわゆる家庭の蛇口に取り付けるようなものしかなく、滝から流れ落ちる大量の水を処理できるような大規模なものはなかった。

「このエンソ石……ってのが水の浄化に使えそうだけど、これこそ塩素よね。魔力には効果なさそうだし、生態系に悪影響を及ぼしそう。これはパスね」

ブツブツ言いながらレシピ本と格闘すること一時間。結局それらしい道具は見つからなかった。

「……駄目。良い道具が見つからなーい！」

あたしは叫んで、近くの地面に寝っ転がる。背中にゴツゴツした石が当たるけど、気にしない。

「それにしても、なんで急に滝の水に魔力が混ざるようになったんですかね。誰かが滝の上から魔力ドリンクでも流したんでしょうか」

青く澄み渡った空を見ていると、フィーリがそう言いながら滝を見上げていた。

そんなわけないでしょー……と言いかけて、あたしは二つのことを思い出す。

一つは、宿屋の主人がこの滝の近くで魔力を含んだ石が採れると言っていたこと。

もう一つは、たきつぼ亭の店長さんが大雨の影響で滝の水量が増えたと言っていたことだ。

「……魔力を含んだ石」

小さく呟いて、あたしは跳ねるように起き上がり、もう一度レシピ本を開く。

「何か良い道具でも思いついたんですか？」

「違うわよ。ちょっと調べたいことがあるの」

近くに寄ってきたフィーリにそう答え、あたしはレシピ本のページを素早くめくっていく。

このレシピ本はレシピに対応した素材が近くにある場合、素材を光らせて教えてくれる。

つまり、こうすることで周囲にある素材の名前がわかるのだ。

するとその時、目の前の石が一瞬光った。そこで手を止めると、目の前のページに載っていたのは魔力結晶のレシピ。必要素材として、しっかりと魔力石の名前があった。

「あった！　これが魔力を含んだ石ね！」

無造作に転がっていたそれを拾い上げる。一見普通の石だけど、よく見ると緑色の葉脈のようなものが無数に走っていた。

「確かに微量な魔力を感じなくもないですが、この石のせいで滝全体の水が汚れたんですか？」

近くに転がっていた別の石を拾い上げ、フィーリがいぶかしげな顔をする。周囲には同じような石がいくつも落ちていて、これらはどれも滝の上から落下してきたもののようだ。

「……この石は滝つぼの中にはなかったし、原因は滝の上にありそうね」

「上ですか？　なら、さっそく調べにいきましょう！」

そう意気込んだフィーリがほうきに飛び乗るのを見て、あたしも絨毯を取り出すと、滝の上へと進路を取った。

「これだけ近くで見ると、すごいですねえ。吸い込まれそうです」

「近づきすぎたら、本当に吸い込まれるわよー？」

ほうきに乗って滝のすぐ近くを飛ぶフィーリにそう声をかけ、絨毯で慎重に滝の上を目指す。

やがて滝の上流へ到達し、それに沿うように川を上っていく。しばらくして、川岸にある崖の一部が崩れ、大量の土砂が川へ流れ込んでいるのを発見した。

「あー、このせいだったのねー」

川の三分の一をせき止めるその土砂は、周囲を流れる水をわずかに濁らせていた。

あたしは絨毯から降りて、レシピ本を開く。魔力結晶のレシピを表示させると、それに反応するように、目の前の土砂が光を放ち始めた。

「うわー、ここにある石、ほとんど魔力石だわ」

思わずそんな声が漏れる。おそらく先日の大雨で崩れた崖に魔力石の鉱脈でもあって、川に落ちた大量の魔力石が水で洗われるうち、その魔力が川の中に染み出したのだろう。

「そうとわかれば、やることは一つよ。フィーリ、離れててね」

そう注意を促して、あたしは容量無限バッグの口を思いっきり開く。次の瞬間、目の前にあった土砂は光の粒子となって、一つ残らずバッグの中へ吸い込まれていった。

「はー、今ので全部回収できちゃったんですか？」

「そうよー。便利でしょー」

ぽんぽんと容量無限バッグを叩き、あたしは得意顔をする。続いて川面に近づくと、綺麗になった水を手酌ですくい、口に含んでみる。

……うん。おいしい。普通の水になってる。

汚染の原因はこれで取り除けたと確信し、あたしは妖精たちの下に報告へ向かった。

「魔力石の混ざった土は取り除いたし、これで大丈夫だと思うわよー」

「こんなに早く問題を解決してくれるとは、錬金術師はすごいのです。ありがとうなのですよ」

滝つぼの洞窟を抜け、妖精たちの集落にたどり着く。そこでナディに事の顛末を伝えると、驚かれるとともに、そう感謝された。

「これでナディたちも一安心なのです。約束通り、お礼を差し上げるのです」

彼女はそう言って、壁の一部を指差す。するとその壁がぐにゃりと歪み、新たな部屋が現れた。

幻術で隠されていたらしいその部屋には、薄いピンク色をした石がいくつも転がっていた。

小さな結晶が寄せ集まり、まるで花のような姿をしたそれは紛れもない妖精石だった。

「うわー、妖精石！　ちょうど欲しかったの！」

「それは良かったのです。どうぞ、好きなだけ持っていってくれていいのですよ」

ニコニコ顔のナディにお礼を言い、あたしは容量無限バッグへ妖精石を収めていく。

いやー、妖精のいるところに妖精石あり。これで妖精水晶が作れる。本当に助かったわ。

「あのー、このキラキラした砂はなんですか？　宝石のようにも見えるんですけど」

採取に夢中になっていると、フィーリが部屋の隅を見ながら言った。そこには七色に輝く砂が小さな山を作っていた。

「え、これってまさか、時の砂じゃない？」

あたしはその砂に見覚えがあった。時の砂時計を素材分解した時、同じものを見たのだ。

砂時計に使われていたのはほんの少量だったけど、それがこんなにたくさんあるなんて。

「よくご存知ですねー。これは普通の砂が長い年月をかけて変化したものと言われているのです。ナディたちには使い道もないので、必要ならば持っていってくれてかまわないのですよ」

「ありがとう！」

現状だと、時の砂時計以外の使い道はわからないけど、とびきりのレア素材であることは間違いない。もらえるだけもらっておきましょ。

時の砂と一緒に光るコケも少量採取させてもらい、あたしはほくほく顔で宿屋に戻った。

それからすぐに素材ノートをまとめると、さっそく時の砂時計の調合を再開する。

ちなみに調合に専念することをフィーリに伝えると、あの子は少し時間を潰すと言って部屋を出ていった。冒険者ギルドにセレム真珠を納品しに行ったのかもしれない。

「あの子もトークリングはつけてたし、大丈夫でしょ。それでは、楽しい調合タイム！」

部屋の中央に錬金釜を設置したあと、あたしは腕まくりをして気合を入れる。

まずは水の妖精たちから分けてもらった妖精石を使って妖精水晶を作る。必要な素材は妖精石のみなので、ちゃちゃっと調合してしまう。

「よーし、これで妖精水晶が完成！」

錬金釜から出てきたのは、元の妖精石よりサイズは一回り小さくなっているものの、薄いピンク色だった色合いが濃くなっていた。

「あとはこれにクリスタルを加えて……錬金ガラスのできあがり！」

続けて調合作業を行い、錬金ガラスを生み出す。見た目は手のひらサイズのガラス板だった。

「これで素材は全部作り終わったから……いよいよ時の砂時計本体の調合ね！」

あたしは興奮を抑えつつ、容量無限バッグから残る素材を引っ張り出す。

錬金ガラス、ドラグーンソウル、時の砂、神木フェルツ。それらを慎重に錬金釜へ投入し、ゆっくりとかき混ぜる。さすがに高度な調合なのか、究極の錬金釜でさえ完成まで数分を要した。

「よーし、でっきたー！」

ついに完成した時の砂時計を高々と掲げ、あたしは喜びを爆発させた。

「いやー、これまで色々な道具を作ってきたけど、一番大変だったかも」

「あ、完成したんですか」

その時、フィーリが宿屋に戻ってきた。

「ちょうど良かったです。実はメイさんに渡したいものが……」

「あ、ちょっと待っててねー。えーっと、説明書、説明書……」

「むー、話を聞いてください！　メイさんの錬金バカ！」

背後でフィーリが何か言っていたけど、今のあたしには堪えない。ルメイエが書いたという説明書を引っ張り出すと、かじりつくように目を通していく。

「はぁ……それで、この砂時計がそうなんですか？　確かに綺麗ですけど……」

そんな折、フィーリは机の上に置いた砂時計を手に取り、頭上へと持ち上げていた。

あたしは説明書から視線を少し上げて、その様子を見る。

あの子が時の砂時計をひっくり返すたび、虹色の砂が錬金ガラスの中を行き来して、なんともいえない輝きを放っていた。

「……って、フィーリ、ストップ！」

そこで我に返り、慌てて声をかけるも時すでに遅し。時の砂時計の効果で、淡い光に包まれたフィーリは、その身長が目に見えて伸びていく。

「な、なんですかこれ。わ、わわわ」

本人が慌てふためく間にも、その背はぐんぐんと伸び、あたしを追い抜いた。

うわぁ……顔つきも一気に大人っぽくなっちゃって。胸も……その、あたしよりある。

「あわわわ……」

そのあまりの変わりように、あたしは言葉を失い、その場にへたり込んでしまった。

そんなあたしを見てただならぬ気配を感じ取ったのか、はては急に高くなった視界に不安を感じたのか、フィーリは壁にかけられた鏡へ飛びついた。

「えええええー!?」

そして、宿中に響き渡るような大声で叫んだ。

「な、なんですかこれ。メ、メイさん、どうしてわたし、大きくなっちゃってるんですか!?」

今にも泣きそうになりながら、あたしに抱きついてくる。

「た、確かに胸も大きく……じゃなくて！　ちょっと落ち着きなさい！　今調べるから！」

「これが落ち着いていられますか！」

あたしの両肩を掴み、激しく前後に揺らす彼女をなだめつつ、手元の説明書を読み進める。

それによると、この道具は一定範囲内の人や物の時間をプラスマイナス10年分操作できるもので、その効果時間は30分。永久的なものじゃないと知って、あたしは安堵する。

その旨をフィーリに伝えると、彼女はその大きな胸をなでおろしていた。

「この砂時計、回転させた回数で経過年数を調整できるみたい。フィーリ、何回くるくるした？」

「えーっとですね。7回くらいです」

聞いてみると、フィーリは真剣な表情で指折り数えていた。大人な外見とその仕草のギャップに、あたしは思わず笑ってしまう。

「むー、何がおかしいんですか？」

「ううん、見た目は大人、頭脳は子ども……って思っただけ。それより、フィーリは一時的にあたしと同い年になったのね」

「そういうことになりますね！」

　時間が経てば元の姿に戻ると知ったからか、フィーリは屈託のない笑顔を見せる。

　……いやー、同性のあたしから見ても美人だわ。サラサラの銀髪に金色の瞳、すらっと高い鼻、大きな胸。しかも魔法使い。あたしが勝てる要素は微塵もなかった。

「同い年で、この差かぁ……」

　つい、心の声が口をついて出る。フィーリは元々可愛かったし、美人になる要素満載だったけど、実際に成長した姿を目の当たりにすると……なんというか、凹む。

「あのー、メイさん、ちょっとローブがきついんです。特に胸回りが」

「お生憎様。あたしよりサイズの大きい服なんて持ってないわよ。少しの間、辛抱なさい」

　そう伝えるも、フィーリはローブの端を引っ張りながら、そわそわしていた。

　時の砂時計で体が成長しても、服のサイズは変わっていない。魔法使いのローブはかなり伸縮性があるのだけど、それでもきつそうだった。

「せっかく大きくなったんだし、ちっちゃいフィーリに戻る前に、今の状況を楽しんでみたら？あたしとしてはちっちゃいほうが可愛いから、早く元に戻ってほしいけど」

　からからと笑いながら言う。それを聞いたフィーリが悪戯っぽい笑みを浮かべた。

「ふっふっふー。そーですかー。ちっちゃいほうが可愛かったと」

　言うが早いか、フィーリは時の砂時計を構える。

「え？　あの、ちょっとフィーリさん？　何をする気？　おやめあそばせ！」

「逃しません！　えーい！　えいえい！」

とてつもなく嫌な予感がした直後、フィーリがあたしに向けて砂時計を何度も振り下ろした。

とっさに逃げようとするも間に合わず、その効果によってあたしの背はぐんぐん縮む。すぐに服のサイズが合わなくなり、その裾を踏んづけて盛大に転んだ。

「う、嘘でしょー!?」

起き上がったあたしは、まず自分の目線の低さに驚く。それから這うようにして鏡に向かい、そこに映った姿を目の当たりにして、再び驚いた。

「ちっさ！　元のフィーリより小さいじゃないの!?」

「10年分の時間を戻してみました！　気分はどうですか？」

「いいわけないじゃない！　限界まで使うなんてひどい！」

ずるずると服を引きずりながらフィーリのそばへ戻りつつ、なおも叫ぶ。

襟元の狭い服だから脱げる心配はないけど、とにかく服が大きくて動きづらい。

「フィーリ、やってくれたわねぇ……！　時の砂時計、没収よ！」

「ふふーん、取れるものなら、取ってみてください！」

やっとの思いで近くに寄るも、フィーリは得意げに言って、砂時計を頭上高く持ち上げた。

「うわーん！　届かないー！」

現在7歳のあたしと、17歳のフィーリ。その身長差は歴然で、必死にジャンプするも、全く勝負にならなかった。

「なんの！　あたしには錬金術があるんだから！　いでよ、飛竜の靴！」

真っ向勝負を諦めたあたしは、紐の長さが合わなくなって床に落ちていた容量無限バッグへ手を伸ばす。その口を必死に開き、飛竜の靴を引っ張り出した。

「これで機動力確保よ……って、ブカブカじゃないのー！」

勇んで取り出した飛竜の靴は、サイズが大人用のままだった。当然、これじゃ履けない。

そんなあたしを見て、フィーリはお腹を抱えて笑う。あたしは悔しくて、地団駄を踏んだ。

「あの……お客様……？」

その時、部屋の入口から声がした。

二人一緒に視線を送ると、宿屋の主人がドアから顔を覗かせていた。

「別室のお客様から、この部屋が騒がしいと苦情が寄せられまして……ん？」

そこまで言って、主人は大きく目を見開き、あたしとフィーリを交互に見た。

「あの……こちら、錬金術師メイ様のお部屋では？」

「え、えーっと、そうなんですけど、その、あの」

入口近くのフィーリが振り返り、うろたえながら対応する。

その時、彼女が持っていた砂時計がテーブルの上に置きっぱなしにされているのに気づいた。

……ははぁ、急に話しかけられて、砂時計への注意がおろそかになったわねぇ。

「フィーリ、隙あり！」

そのチャンスを見逃さず、テーブルの上から砂時計をひったくる。一瞬遅れて気づいたフィーリが手を伸ばすも、あたしのほうが早かった。

「この砂時計、あたし以外使用禁止！」

奪還した砂時計を即座に容量無限バッグへと放り込む。これでもう、あたし以外は誰も砂時計に触れることができない。

「ぶーぶー、面白い道具だったのにー」

口を尖らせるフィーリの言葉を受け流し、あたしは宿屋の主人に事情を説明する。

「訳あって大人と子どもになってますが、そのうち戻りますので」

「そ、そうですか……？　よくわかりませんが、大変ですね……」

主人は狐につままれたような顔をしていたけど、詳しく説明したところで理解してもらえないだろうし。あたしはそのまま押し通した。

……ようやく完成した時の砂時計だけど、これは今後、人には貸さないようにしよう。

あたしの作った道具は誰でも使えるのが利点だけど、この砂時計は影響力がありすぎる。

幼くなった体が元に戻るのを待ちながら、あたしはそう心に誓ったのだった。

第三話

「麦畑にある一軒家」

Tom Kawakami presents

The slow life of a traveling alchemist

それから数日が経過し、滝の水が完全に浄化されたことを確認した。

一方で大魔法使いについては進展がなく、あたしたちは動くに動けず、街に滞在していた。

「ほいよ、モンブランケーキお待ち」

昼食を済ませてから冒険者ギルドで依頼の確認をし、そのままの足でたきつぼ亭でティータイム。これが最近のあたしたちのルーティーンになっていた。

「ところでフィーリ、結局セレム真珠は納品しなかったのね」

すっかり馴染んだテラス席で向かい合うフィーリは、手にしたセレム真珠を二本の指で目の高さまで持ち上げ、光に透かす。それは角度によって、七色の光を放っていた。

「いいじゃないですか。なんとなく、記念に持っておきたくなったんです」

彼女は済まし顔で言い、真珠を鞄に戻した。

続いてフォークを手にするフィーリを見ながら、あたしはティーカップに口をつける。

……うん。先に程よい渋みがやってきて、次に紅茶独特の香りが鼻に抜ける。おいしい。

「お久しぶりなのですー。水もすっかり綺麗になったようで、ひと安心なのです！」

その時、あたしのティーカップの中から、何の前触れもなく妖精姫のナディが現れた。

想定外の出来事に、あたしは危うくカップを落としそうになる。

「ちょっと、どこから出てきてんのよ⁉」

「水の妖精姫たるもの、水のあるところならどこでも瞬間移動できるのですよー」

カップをテーブルに置きながら叫ぶも、ナディはあっけらかんと言い、その場で得意げに回転してみせた。

「だからって、今まさに飲んでるカップから出てこなくてもいいじゃない。それに、こんなところに来て、人に見つかったりしないの？」

　思わず店長さんのほうに目をやるも、彼はカウンターの奥で黙々と皿を拭いていた。

「……もしかして、ナディさんの姿は店長さんには見えていないんですか？」

「ふふふー。お二人以外には見えないようにしているのです。これも妖精姫の力なのですよー」

　対面のフィーリが問うと、そんな言葉が返ってきた。妖精は幻影の魔法が使えるので、それを応用すれば自分の姿を隠すことができるのかもしれない。

「それでも声は聞こえてしまうので、あまり意味はないのですが」

「全然駄目じゃないの！」

　再び大きな声を出し、キョロキョロと周囲を見渡す。ランチタイムも終わった時間帯とあって、幸いなことにあたしたち以外にはお客さんの姿はなかった。

「それで今日はどうしたの？　こんな場所まで来たってことは、滝で何かあった？」

「そうです。滝つぼのセレム貝が元気になったので、お知らせに来たのですよー」

　あたしが尋ねると、胸の前で手を合わせながら、キラキラの笑顔を見せた。

「え、それをわざわざ教えに来てくれたんですか？」

「そうですよー。なにやら一生懸命、セレム真珠を探していた気がしたので」

「あの時はそうだったんだけどねー。第一、いくら貝が元気になったからって、真珠ってそんなにすぐにできるもんじゃないでしょ」

「いえ、真珠自体は、5日もあればできますけど」

「うそぉ!?」

またまた大きな声が出た。いやいや、真珠って普通、1年から3年はかかるはずでしょ?

「セレム貝が本気を出せば、あっという間なのですよー。彼らの生産性はすごいのです」

ナディは誇らしげに胸を張る。真珠を作るのに時間がかかるというのは元いた世界の常識であって、この世界では違うのかもしれない。

「それなら……フィーリ、どうする? 採りに行く?」

「うーん、そうですねぇ」

自分の鞄に視線を送りながら、フィーリは考える仕草をした。

本来なら命がけで行う貝の採取も、あたしの錬金術を使えば楽なんだけど……。

「あー、やっぱりここにいました!」

悩むフィーリを見ていた時、聞き覚えのある声が飛んできた。視線を送ると、冒険者ギルドの受付さんがあたしたちのほうへ走ってくるのが見える。

「あれ、そんなに慌ててどうしたの?」

「ついに連絡が入ったんです! 大魔法使い様の居場所がわかりましたよー!」

その知らせを受け、あたしとフィーリは声を揃えて立ち上がる。

「つ、つい今しがた、雪の街ケープの冒険者ギルドからこの手紙が届きまして……! 私、急いで報告に……ぜぇ、はぁ」

受付さんは息も絶え絶えに、その場に座り込んだ。それを見た店長さんは慌てた様子でコップに入った水を持ってきてくれた。

彼女はそれを一気に喉に流し込んでから、大きく息を吐いた。

きっとあたしたちを探して、街中を走り回ってくれていたに違いない。

ちなみにナディは他の人間が来たからか、また紅茶を通って姿を消していた。

「それで、雪の街ケープってどこにあるの？」

「ケープはですね。この街の街道を北に向かった先にあるセレム港から行けます。船は七日に一便しかなく、明日の夕方出港なので、急いでください」

落ち着きを取り戻した受付さんに尋ねると、そう教えてくれた。

その話を聞きながら万能地図で経路を確認してみると、この街に来る時に通った街道の反対側に、北へ向かう街道が延びていた。

「この距離なら、明日の朝に街を出発しても十分間に合うわね」

「そうですね！」

フィーリと額を合わせるように万能地図を見ながら、自分たちの移動手段も加味して話す。

「雪の街ケープはその名の通り寒いので、防寒対策は必須ですよ！　街が港から遠いということもあって、途中で行き倒れる人も多いと聞きます！」

受付さんが両手を広げながら言う。その顔は真剣そのもので、決して大げさではないのだろう。

「防寒対策……この街に毛皮を売ってるような場所、あったかしら」

そんな言葉が口をついて出る。容量無限バッグの中にも動物や魔物の毛皮が少し入っているけど、フィーリと二人分となると追加で調達する必要があるかも。

「……そういうことなら、こいつを持っていきな。俺からの餞別だ」

口元に手を当てて考え込んでいると、店長さんが大きな袋を床に置いた。

「え、これって毛皮？　しかも熊の？」

中を見てみると、そこには大きな熊の毛皮が二枚入っていた。

「おう。今でこそ店をやってるが、俺の本業は猟師なんだよ」

「じゃあ、これって店長さんが獲った熊なんですね。すごいです」

その毛皮を触りながら、フィーリが尊敬の眼差しで店長さんを見る。

「フィーリちゃん、おだててもケーキは出ねぇぞ。山のエサが少なくなると、熊は人里に下りてくるんだ。ほっとくと人や作物に被害が出るから、俺たち猟師の出番ってわけさ」

少し恥ずかしそうにしながら、店長さんがそう話をしてくれる。

「この毛皮はある種の記念品みたいなもんでな。持ってても仕方ないから、ぜひ使ってくれ」

「そういうことなら遠慮なく使わせてもらうわ。ありがとー」

あたしはお礼を言い、受け取った毛皮を袋ごと容量無限バッグへしまい込む。

「もしよろしければ、明日の朝までに服に仕立ててくれるお店を紹介しましょうか？」

その直後、受付さんが笑顔でそう提案をしてくれた。

「大丈夫。素材さえあれば、防寒具は自分で調合できるから」

「はー、錬金術ってそんなこともできるんですか。まさに万能ですね。おみそれしました」

自信満々に言うと、受付さんは驚きの声をあげ、店長さんは感心したように頷いていた。

この街でも色々と依頼をこなしてきたし、多少は錬金術が知られてきて、いい感じだわ。

「ふっふっふ。ポーションから爆弾、防寒具まで！　何でも作れる錬金術師。それがあたしよ！」

先日、時の砂時計を調合したのもあって、つい調子に乗ってしまう。

「ほう。それだけ自信があるんなら、旅に出る前にこの店の新メニューを考えてくれないか？　今度、滝をイメージした飲み物を売ろうと思っていてな。錬金術師様なら、すぐできるだろ」

その時、店長さんが腕組みをしながら、冗談とも本気ともつかない発言をした。

「ちょ、ちょっと待って。滝のような飲み物？　そんなのレシピ本にあったかしら……」

思わぬ難題を出され、必死にレシピ本をめくるも、それらしいレシピは見つけられなかった。

「……なんでも調合できるなんて言ってごめんなさい。調子に乗ってました」

そして、あたしは深々と頭を下げる羽目になった。すぐ後に皆の笑い声が降ってくる。

「まぁ、せっかくの常連客がいなくなるのは寂しいが、次の街に行っても頑張るんだぞ」

「一刻も早く大魔法使い様とお会いできるよう、お祈りしています！」

送別の言葉をくれた二人に改めてお礼を言って、あたしたちは旅立ちの準備のため、宿屋へと向かったのだった。

○○○

次の日の早朝、あたしたちは滝の街セレムを後にして、街道を北へ向かって進んでいた。

絨毯の上から見る朝日はため息が出るほどの美しさで、眼下には街道が細く延びている。

その左右には黄金色に輝く広大な麦畑が広がり、麦穂を風に揺らしていた。

「収穫前なのかしら。綺麗ねー」

金色の大海原を見渡してみれば、その波間にぽつりぽつりと、人家や風車といった建造物が見える。それらがアクセントとなって、この風景をより一層、幻想的なものにしていた。

「すごいですねぇ。これだけ麦があったら、パン食べ放題ですよ！」

隣を飛ぶフィーリは、ほうきを右へ左へと蛇行させながら、現実的なことを言う。

「育てている人がいるんだから、勝手に採取しちゃ駄目よー？」

「わかってますよー。メイさんと違って、素材にも困ってないですし」

「あたしだって麦には困ってないわよ！」

つい叫ぶように言うと、フィーリは笑いながらほうきを一回転させ、あたしと距離を空けた。

そのままほうきを制御して、すまし顔で空に浮かぶ。銀色の髪が朝日を反射して、キラキラと輝いていた。すごく絵になっていて、見とれてしまう。

「メイさん、どうかしたんですか？」

「なんでもないわよ。調子に乗って鳥とぶつからないでよねー」

誤魔化すように言って、視線を手元の万能地図へと移す。この速度で飛んだとして、港まであと半日もあればたどり着けそうだった。

「……あら？」

しばらく道なりに進んでいると、前方に人がうずくまっているのが見えた。

「フィーリ、前に人が倒れてるわ。止まりましょ」

そう声をかけて絨毯の速度を落とす。少し遅れて、フィーリもあたしに続いた。

街道の端にうずくまるその人は、どうやら女性のようで、見た目は二十代後半から、三十代前半。チュニックを身につけ、長く美しい銀髪を三つ編みにし、スカーフで覆っていた。

……この服装からして、農家さんみたいね。

「あの、大丈夫ですか？」

絨毯から降り、驚かせないように優しく声をかけるも、女性は足首を押さえてうめいていた。

近づいて様子をうかがうと、木の靴から覗くその右足首は赤く腫れ上がっている。

「……フィーリ、回復魔法！」

「ええっ、そんなもの使えませんよ！　専門外です！」

気が動転して妙なことを口走ってしまい、それが伝播したフィーリも困惑した表情を見せた。

……そうだった。フィーリは攻撃魔法専門で、回復魔法のたぐいは使えないのだった。

「もしもし、大丈夫ですか？　あたしは旅の錬金術師です」

容量無限バッグからポーションを取り出しながら、改めて女性に声をかける。

それでようやくあたしたちの存在に気づいてくれたのか、彼女は顔を上げた。

「錬金術師……？　どなたか存じませんが、ありがとうございます」

「どうも怪我をされているようですね。このポーションを飲んでください」

苦痛に顔を歪ませる女性へ、瓶に入った緑色の薬を渡し、飲んでもらう。

……しかし、目に見えるような効果は現れなかった。

「あれ？　ポーションが効かない？　そんなにひどい怪我には見えないのに」

「実はこの怪我、かなり前のものなのです。無理して動かしていたら、どうも悪化したようで」

不思議に思っていると、女性が体勢を変えながらそう呟いた。

なるほど、怪我をして時間が経つと、ポーションの効き目って下がるのね。勉強になったわ。

「それなら、これはどうですか？」

ポーションが効かないのならと、あたしは容量無限バッグからシップを取り出す。

これは布や軟膏を素材にしていて、元の世界にあった湿布と効果はほぼ同じ。かつて山裾の村でぎっくり腰を治療するために作ったもので、その効果はお墨付きだ。

「最初はちょっと冷たいですが、すぐに楽になると思いますので」

説明しながら、シップをその腫れた足首に貼ってあげる。効いてくれると良いのだけど。

「次から次に見たこともない道具が……錬金術師というのは、商人さんのようなものですか？」

「違います。錬金術師はこういう道具を作るのが仕事なんです」

少し語気を強めながら言い、その流れで自己紹介をする。

「錬金術師のメイさんというのですか。その、錬金術師という職業は初めて聞いたのですが、隣の女の子もそうなのですか？」

「いえ、わたしは落ちこぼれ魔法使いのフィーリです！」

視線を向けられたフィーリが明るく自己紹介をする。笑顔で落ちこぼれを強調していた。

「わたしはクレアと申します。この街道沿いで農家をしているのですが、買い出しから戻る途中、見ての通り動けなくなってしまいまして」

申し訳なさそうに言うクレアさんの傍らには、大きな麻袋が置かれていた。

重そうな荷物だけど、これを担いで街からここまで歩いてきたのかしら。

「それは……シップを貼って応急処置をしたところで、これだけ大きな荷物を運ぶのは無理でしょう。良ければご自宅までお送りしますよ」

あたしはそう言い、宙に浮かぶ絨毯を指し示す。それを見たクレアさんは目を点にしていた。

「このラシャン布、どうして浮いているんですか？」

「えーっと、これも錬金術のたまもので……説明すると長くなるので、どうぞ乗ってください」

クレアさんの肩に手を貸して、ゆっくりと絨毯へと誘う。

「なんだか、すごくふわふわしていますね」

絨毯の中央へ腰を下ろしたクレアさんは、その生地に触れながらそう感想を漏らした。

あたしは相槌を打ちながら彼女の荷物を載せ、それに続くように絨毯へ乗り込む。

そして街道に沿うように、緩やかに絨毯を飛ばした。

「……なるほど。メイさんとフィーリちゃんは二人で旅をしているんですね」

「そうです！　マスターを探しながら、スローライフもしてるんですよ！」

いつの間にか絨毯に乗っていたフィーリが、クレアさんと楽しげに話をする。

多少は足の痛みが緩和されたのか、クレアさんは饒舌だった。

彼女のほうが歳上のはずなのに、あたしもいつしか砕けた口調で話すようになっていた。

……うまく説明できないけど、謎の包容力を持つ人だった。

「あの脇道に入ってください。そこから道なりに進むと、赤い屋根の建物が見えてきますので」

やがて一本の脇道が見えてくると、クレアさんはそちらへ進むよう指示をくれた。言われた通りに絨毯を飛ばすと、一軒の家が見えてくる。

それは周囲を金色の麦畑に囲まれた大きな建物で、真っ白い外壁と赤い屋根が印象的だった。家の前には広い庭があって、そこには井戸と大きな枯れ木があった。

「広いわねー。さすが農家って感じ。どこで下ろせばいい？」

「向こうが母屋なので、そちらにお願いします」

移動しながら話を聞くと、この家は生活拠点である母屋と、食料や農具を保管する倉庫、そして作業小屋の三つの建物がくっつくように建っているのだという。

だから遠くから見たら、大きな一つの建物に見えるわけねー。

「ありがとうございます。おかげで助かりました」

「気にしないでー。困った時はお互い様よー」

フィーリから扉を開けてもらい、クレアさんに肩を貸しながら家の中へと足を踏み入れる。

生活の中心だという母屋は、土間のような玄関を抜けるとすぐに広いリビングがあった。

中央にテーブルと椅子が置かれ、奥にはドアが三つ。手前には小さなキッチンがある。

「えーっと、家族は……畑に出てるとか？」

いくつか並ぶ椅子の一つに座ってもらったあと、あたしは室内を見渡しながら尋ねる。

「いえ、その……わたしは一人暮らしなんです。夫は7年前に亡くなっていまして、娘は……ああ、出会って間もない方にお話しする内容ではなかったですね。すみません」

そこまで話したところで、彼女は苦笑いを浮かべて口をつぐんだ。

テーブルに子供用の椅子が備えつけられているのも、その時の名残のようだ。

「あのー、この荷物、どこに置けばいいでしょうか」

何とも言えない気持ちになっていると、絨毯に載せていたクレアさんの荷物をフィーリが引きずってきた。

「ずいぶん重そうな荷物だけど、何が入ってるの？」

「食料と……新しく買った農具がいくつか。今は麦の収穫時期なんですよ」

話題を変える意味も込めて訊いてみると、そう教えてくれた。

「そうなのねー。この家の周りって麦畑だらけだけど、クレアさんの畑ってどれ？」

「あの窓から見えている畑は全部そうですよ。今年はまだ、全然収穫が進んでいなくて」

椅子に座ったまま、正面の窓を指差す。小さな庭の向こうにどこまでも麦畑が広がっていた。

「あれ全部!?」

驚きのあまり、あたしとフィーリの声が重なった。

「そうなんですよ。明後日には商人さんが買い付けに来るので、頑張らないといけません」

腕まくりをしながら、屈託のない笑顔を見せる。どうやら冗談ではないらしい。

「待って待って。足を怪我してるのに、農作業するの？　それは厳しいんじゃない？」

「厳しいと言われても……やらないことには暮らしていけないので」

さも当然のように言う。それが農家というものなのかと、あたしは言葉を失った。

「普段ならもっと早く収穫作業に取り掛かれるんですが、今年は足の怪我に加えて、農具の調子も悪くて。やっと準備が整ったので、やれるだけやっておかないと」

笑顔を崩さずにそう続ける。いくら農具を新調したところで、現状では農作業は難しそうだ。

「もし収穫が間に合わなかったら、どうなるの？」

「他の農家さんも順番を待っているので、良くて後回しか、最悪発芽して買い取ってもらえなくなります。なので、今から不眠不休で収穫作業をしませんと」

あっけらかんと言い、彼女は立ち上がろうとする。あたしはそれを必死に押し留めた。

麦にも鮮度があるし、収穫から時間が経てば経つほど、その価値は下がっていく。買い取り価格が下がれば、農家さんの収入減に直結するわけだ。

もちろん、クレアさんの気持ちもわかるし、力になりたい自分がいるのも確か。だけど、今ここで手伝いを申し出れば、確実に雪の街行きの船には乗れなくなる。どうしよう。

「わかりました！　その収穫作業、わたしとメイさんがお手伝いします！」

あたしが葛藤していた、まさにその時。フィーリが右手を高々と上げて、そう宣言していた。

「ちょ、ちょっとフィーリ、いいの？」

クレアさんから少し離れた場所にフィーリを引っ張っていき、耳打ちをする。

「今日船に乗れなかったら、次は一週間後よ？　大魔法使い、追いかけなくていいの？」

「もちろん追いかけたいですが、船はまた来ますよね？　商人さんは待ってくれないですし、困った時はお互い様ですよ」

そう言葉を返されて、あたしは愕然となった。

同時に、いつの間にか自分優先で物事を考えていたことに気づき、激しい後悔の念に襲われた。

困った時はお互い様。ついさっき、自分で口にしていたはずなのに。

「……わかったわ。フィーリがそう言うのなら、あたしも収穫作業、手伝うわ」

フィーリにそう言って、あたしたちはクレアさんの下へ戻り、農作業の手伝いを申し出る。

「本当ですか？　わたしとしては嬉しい限りですが、お二人は旅の途中なのでは？」

「気にしないで、あたしも採取作業には慣れてるし、困った時はお互い様だもの。ね、フィーリ」

「はい！　その代わり、おいしいパンを食べさせてほしいです！」

「あはは、相変わらず食い意地が張ってるわねー」

「な、なんですか。食欲は大事なんですよ」

「ふふ……それじゃあ、晩ごはんは気合いを入れて作らないといけませんね」

隣に立つフィーリと軽いやり取りをしてみせると、クレアさんは口元を隠して笑い、手伝いを了承してくれた。

その後、空き部屋の一つをあてがわれたあたしたちは、荷物を置いてすぐに麦畑へ向かった。

「はー、近くで見ると、いよいよすごいわねー」

クレアさんが育てている麦は非常に背が高い品種で、あたしの身長をゆうに超えていた。

目の前にするとまるで黄金の壁のようで、思わず感嘆の声が漏れた。

「こんな感じの壁が、ずーっと向こうまで続いてるわけでしょ？　これまで一人で作業してたって話だし、どれだけすごいのよ」

あたしは腕組みをしながら、一旦庭まで戻る。そこには草刈り鎌を手にしたフィーリがいた。

「これだけ広い畑、二人でどうにかなるんですか？」

「どうにもならないと思うから、ここは人員を増やすしかなさそうね」

「……あの、人を雇うのですか？　この時期はどこも収穫作業が忙しく、人を集めるのは大変だと思いますが」

空飛ぶ絨毯に乗ったクレアさんが心配そうな顔で言う。足を怪我しているけど、あたしたちも彼女の指示は欲しいので、こうやって外に出てきてもらっているのだ。

「大丈夫よー。あたしの手にかかれば、人員なんてすぐに確保できちゃうから」

不安顔の彼女に親指を立てながら言って、あたしは庭先に錬金釜を設置。続けてレシピ本を取り出し、そのページをめくっていく。

「えーっと、これだけ広い畑だと、やっぱりこの子たちに頼ることになりそうねー」

無数のレシピの中から、あたしは『全自動草刈り鎌』を作ることにした。

必要素材は草刈り鎌と妖精石で、妖精石は滝の街セレムで大量に確保したから問題なし。

一方、草刈り鎌はこの場で調合することになる。その素材は木材と鉄だった。

「素材の数は足りてるし、ちゃちゃっと調合！」

決められた素材を錬金釜に放り込むと、やがて新品の草刈り鎌が飛び出してきた。

「よく切れそうな草刈り鎌ですね。木と鉄だけで、これが作れるんですか？」

クレアさんはまるで子どものように瞳を輝かせながら、あたしの調合作業を見ていた。

「それだけじゃないわよー。ここに妖精石を加えて再度調合すれば……全自動草刈り鎌の完成！」

「あの、見た目は何も変わっていませんが」

錬金釜から出てきたそれを凝視したあと、クレアさんは首をかしげた。

「いいから見ててー。さあ、この草を刈りなさい！」

完成した全自動草刈り鎌を手に、雑草が生い茂る庭の一角へ向かう。

そこで雑草を刈り取るように指示を出すと、草刈り鎌はまるで透明人間が持っているかのように空中へ浮かび上がり、すごい速度で周囲の草を刈り始めた。

　その光景を目の当たりにしたクレアさんとフィーリは、揃って目を丸くしていた。

「よーし、そこまで！　どう？　この道具をたくさん作れば、大勢の人に手伝ってもらうのと同じじゃない？」

　動きを止めた草刈り鎌を手に、あたしはそう胸を張った。

「確かにそうですが、収穫作業は刈って終わりじゃありません。刈った麦を作業小屋まで運んで、脱穀して、袋詰めまでしないといけません。その鎌にそんな仕事は無理でしょう？」

「その辺も考えてあるから心配しないでー。まずはこの草刈り鎌を10本ばかし作らないとね」

　言いながら錬金釜の下に戻り、あたしは全自動草刈り鎌の量産体制に入る。

「えーっと、妖精石は足りそうだけど、草刈り鎌の素材……特に鉄の数が微妙ね。足りそうになかったら、使わない道具を素材分解しようかしら……」

「あの、運んでもらった荷物の中に、街で買ってきた新品の草刈り鎌が何本か入っています。良かったら使ってください。数が足りないのなら、倉庫にも古いのがありますので」

　容量無限バッグの中身と相談していると、クレアさんがそう言ってくれた。

「え、使わせてもらっちゃっていいの？」

「はい。倉庫にある鎌は錆びていたり、刃こぼれしていますので、使えるかはわかりませんが」

「ありがとう！　研磨剤もあるし、錆びてても全然大丈夫！　フィーリ、探しに行くわよ！」

　クレアさんの言葉を受け、あたしはフィーリを連れ、倉庫へ向けて駆け出した。

　たどり着いた倉庫は母屋に並び立つ小さな建物で、農具置き場として使われている他、食料庫としての役割もあるらしい。よく見ればあたしたちが入ってきた扉とは別に、小さな扉が見える。母屋のキッチンに近いし、最短距離で食材を取りにいけるようになっているのだろう。

「メイさん、草刈り鎌ってこれですかね」

ジャガイモやニンジン、タマネギといった根菜類が貯蔵された木箱が並ぶ中、蓋の開いた大きな箱があった。

フィーリに言われて中を覗き込むと、そこには何本もの草刈り鎌が無造作に放り込まれていた。そのどれもが錆びついていて、このままだと使えそうにない。

「予想はしてたけど、これは一度、研磨剤で磨くしかなさそうねー」

箱の中から古い草刈り鎌を取り出しながら、そんな言葉を口にする。

「いやいや、ここは研磨剤を使うより、一度素材分解してから草刈り鎌を再調合するべき？　うーん、どちらにしても二度手間ねぇ」

ボロボロの鎌を見つめながらそう口にした矢先、あたしはいいことを思いついた。

「……そうよ。この錆びた草刈り鎌、時の砂時計で新品に戻せないかしら」

「え、そんなことできるんですかね？」

「あたしやフィーリの時間をいじれるんだし、草刈り鎌の時間をいじるくらい造作もないでしょ」

物は試しとばかりに、あたしは数本の草刈り鎌を手に取ると、庭へと戻ったのだった。

「クレアさん、この草刈り鎌って、どれくらい前に買ったやつ？」

倉庫から運び出した草刈り鎌を地面に置きながら、クレアさんに尋ねる。

「時期にばらつきはありますが、前に新調したのはだいたい6年くらい前ですかね」

そう教えてもらったあたしは少し考えて、5年分の時間を戻してみることにした。

「よーし！　草刈り鎌たちの時間よ、5年分、戻れー！」

続いてそう叫びながら、あたしは時の砂時計を5回ひっくり返す。

すると草刈り鎌たちは淡い光に包まれ、その錆や汚れがみるみる消えていく。

やがて10秒もしないうちに、見違えるような新品の草刈り鎌になった。

「すごいですね。これも錬金術なんですか？　まるで魔法です」

顔が映るほどにピカピカになった草刈り鎌を手に、クレアさんが驚きの声を上げていた。

「これを素材として使えば、研磨剤の節約になるわよー」

思惑通りに事が運んだあたしは、嬉々として草刈り鎌を錬金釜へと放り込んだ。

「あれっ？」

しかし、その鎌たちはすぐに錬金釜から吐き出されてしまった。

あたしは首をかしげつつ、別の草刈り鎌を手にし、同じように錬金釜へ入れてみる。

……だけど、結果は同じ。

どうやら、時間を操作したものは素材として受け付けてくれないようだった。

「うそー、楽できると思ったのに。さすがに無理なのかぁ」

「ズルしちゃ駄目ってことですねー。メイさん、どんまいです」

ぬか喜びに終わり、錬金釜の前に座り込んだあたしを、フィーリはそう慰めてくれたのだった。

「結局こうなっちゃったじゃないの、まったくもー」

錬金釜が素材を受けつけてくれないことにはどうしようもないので、時の砂時計の効果が切れるまで待ってから、改めて調合作業を行う。

錬金釜に研磨剤と草刈り鎌を入れて、ぐるぐるとかき混ぜる。やがて磨き上げられた鎌が出てきたら、それに妖精石を加えてもう一度調合。この作業を10回ほど繰り返した。

「時間かかったけど、これで準備完了！　さて、やるわよー！」

ようやく準備が整い、あたしたちは麦畑に立つ。

ちなみに収穫作業で服が汚れるからと、クレアさんが作業着を用意してくれていた。

彼女のお古らしいけど、フィーリの服に至ってはしっかりと仕立て直されていて、短時間で作ったとは思えない、見事な出来栄えだった。

「よーし、じゃんじゃん刈り取りましょう！」

クレアさんにその銀髪を三つ編みに結ってもらったフィーリが気合を入れる。

そんな彼女の隣には、全自動草刈り鎌が横一列になって並んでいた。

さらにその後方には自律人形たちがスタンバイしてくれていて、切った麦を作業小屋まで運んでくれる手筈になっている。

「えっとですね。根が抜けないように左手で押さえて、茎の奥に刃を当ててから、そこから引くように鎌を手前に動かして刈り取るんです。こうして、こうです」

絨毯に乗って畑に出てきたクレアさんが、実技を交えて教えてくれる。

「こうして、こうですか？」

「そうそう。フィーリちゃん、上手ですよ」

元々飲み込みの早いフィーリはすぐにそのやり方を覚え、クレアさんに褒められていた。

「あたしも負けてられないわねー。こうして、こうと」

「あ、メイさんはもう少し腰を落として切ってください。茎が残りすぎるのも良くないので」

「うぐっ……わ、わかりました……」

刈り取る時の姿勢は腰にくるので、無意識にかばうようにしていたらしい。フィーリは背が低いから、そこまで気にする必要はなさそうだけど。

「そうです。いい感じになりました。それでは、よろしくお願いしますね！」

それから何度かの練習を経て、本格的に収穫作業を始めた。

あたしたちと一緒に全自動草刈り鎌たちも動き出し、見事な切れ味で麦を刈り取っていく。

背後の自律人形たちはその切り倒された麦を手早くまとめ、運び出す。なかなかの連携だった。

「麦穂は脱穀して、ゆくゆく小麦粉になるとして、この大量に出る茎ってどうするの？」

「畑の堆肥にすることが多いですが、中に空洞があるので加工してストローにします」

ひたすらに手を動かしながら尋ねると、クレアさんが落ちていた茎を拾い上げて言った。

言われてみれば、この世界のストローはプラスチックじゃない。植物っぽいとは思っていたけど、あれって麦だったのね。

「他には帽子も作りますね。街に持っていくと、これが結構売れるんですよ」

「ああ、ストローハット……いわゆる麦わら帽子ってやつね。夏の定番って気もするし、軽くて通気性もいいから売れるでしょうねー」

雑談をしながら麦を刈り続けるも、進めど進めど金色の壁が立ちはだかった。

全自動草刈り鎌部隊の力を借りながら、その日は日没まで作業をすることになった。

「……うむ、さっそく腰と腕が痛い」

この日の作業を終えて、道具を片付けて母屋に戻ると、思わずそんな言葉が口をついて出た。

「慣れていないので当然ですよ。夕飯の準備をするので、休んでいてください」

クレアさんは室内に明かりを灯すと、フィーリと一緒にキッチンへと向かっていった。

「その怪我で食事まで作ってもらうのは悪いわよ。あたしも手伝うから！」

「調理は椅子に座ってやるので大丈夫ですよ。それに、フィーリちゃんも手伝ってくれますし」

「そうですよ！　料理のできないメイさんには、あとでお皿洗いをお願いします！」

あたしも手伝いを申し出たものの、二人からやんわりと断られてしまった。料理ができないのは事実だし、ここは大人しく引き下がる他なかった。

それにしてもこの二人、畑にいる時からやけに仲がいい気がする。

「……フィーリちゃん、タマネギの皮をむいてくれる？」

「はい！　ジャガイモの皮むきもやっておきます！」

「あ、そっちは手を切るといけないから、わたしがするわね」

……いつの間にか、クレアさんもフィーリに対して敬語じゃなくなってるし。

二人が調理に勤しむ中、手持ち無沙汰のあたしはテーブルにつき、その様子を眺めていた。

おそろいのエプロンを身に着け、似た装いの二人が並んで料理をするさまは、まるで親子のようだった。

「うっはー、目が、目がぁ……！」

包丁の音が小気味いいリズムを奏でていたと思うと、フィーリが顔を押さえて叫び声を上げる。

あー、あれはタマネギにやられてるわねぇ。

「あらあら……うちの畑で取れるタマネギは甘いけど、切る時にすごく目に染みるの。目を水で洗うといいわ」

「うう……これは最悪です」

フィーリは言いながら、近くの桶に入った井戸水でばしゃばしゃと顔を洗う。

そんな様子をどこか微笑ましく見ていると、クレアさんがこちらを振り返った。

「申し訳ないのですが、野菜が足りなくて。外の倉庫からニンジンとジャガイモを持ってきてもらえませんか？」

「それくらいお安い御用よー。このドアを使っていいのよね？」

外がすっかり暗くなっているということもあり、あたしはテーブルに置かれていた予備のランプを手にすると、キッチン脇の扉から倉庫へと足を踏み入れた。

「……うん？」

その直後、倉庫の外壁に何かがぶつかるような音と、かすかな鳴き声が聞こえた。

「周囲は一面の畑だし、野生動物くらい出るのかもしれないわね」

なんとなくそう呟いて、倉庫の奥へと向かう。明るいうちに一度訪れているので、特に迷うことなく目当ての野菜を手にすることができた。

収穫作業中にクレアさんから教えてもらった話だけど、この野菜は家の裏手にある野菜畑で作ったものらしい。麦だけじゃなく野菜まで育てているなんて、本当にすごいわよね。

……食材を持ち帰ってしばらくすると、夕飯の準備が整った。

「今日はありがとうございました。どうぞ、たくさん食べてくださいね」

クレアさんはそう言いながら、木の器にシチューをよそってくれる。

ジャガイモとニンジン、タマネギが入ったシンプルなシチューで、すごくおいしそうだった。

「パンもありますよ！　これもクレアさんのお手製だそうです！」

エプロンを外したフィーリが大きなカゴをどん、とテーブルに置いた。

クレアさん曰く、少し前の麦だそうだけど、農家の焼きたてパンであることに変わりはない。

これは絶対おいしいやつだ。

「それでは、いただきましょう」

最後にクレアさんが席についたところで、三人で挨拶をし、食事を始める。

まずはシチューを一口。野菜の甘味がこれでもかと溶け込んでいて、絶品だった。

そのシチューは焼きたてのパンとも相性抜群で、相乗効果でどんどん食が進む。

「少し離れたところに牧場があって、そこから分けてもらったミルクとチーズを使っているんです。お味はいかがですか？」

「最高ー。ジャガイモもホクホクだし、いくらでも食べられそう」

「タマネギも甘くておいしいです！　苦労して切った甲斐がありました！」

「良かったです。他人に料理を振る舞うのは久しぶりだったので、お口に合うか不安でした」

あたしたちの感想を聞いたクレアさんは満足そうな笑みを浮かべたあと、自らもシチューを口に運んだ。

「ところで今日、収穫作業はどのくらい終わったんですか？」

二つ目のパンに手を伸ばしながら、フィーリが尋ねる。

「そうね……半分ってところかしら」

「結構な速さで作業したと思うんだけど、あれで半分なのね。明日中に終わるかしら」

あたしはそう口にしつつ、コンバインって偉大な発明よね……なんて考えていた。

「それは大丈夫だと思いますよ。絨毯の上から見ていた限り、あの草刈り鎌さんたちの動きは素晴らしかったですし。錬金術ってすごいんですね」

「へっ？　いやー、それほどでもー」

胸の前で手を合わせながら、クレアさんが純粋な笑顔を向けてくる。これだけまっすぐに褒められると、どうしても照れてしまう。

一方、あたしが褒められるのを見ながら、フィーリは不服そうな顔でパンをかじっていた。

「もちろん、フィーリちゃんも頑張ってたわよ。お料理も手伝ってくれたし、ありがとう」

それに気づいたクレアさんがフォローしていたけど、フィーリは頬を膨らませたままだった。

夕食を堪能したあと、あたしはクレアさんと一緒に洗い物をする。

ちなみにフィーリは部屋へ戻っていた。久しぶりに魔導書を読むのだという。

「メイさん、あれだけお鍋をかき回しているのに、料理が苦手だなんて思いませんでした」

「あはは、一時期練習もしてたんだけど、気を抜くとすーぐ鍋を焦がしちゃうのよねー」

近くに生えているという、泡の出る草を使って食器を洗う。台所用洗剤に似た匂いがした。

「では、普段の食事はどうしているんですか？　フィーリちゃんに任せっきりなんです？」

「時々フィーリが作ってくれるけど、普段はほとんど外食か、錬金術でぱぱっと作っちゃうわね。フィーリと一緒に旅するようになったの、最近だし」

「気になってはいたんですが、どうしてフィーリちゃんと旅を？　何か目的があるんです？」

「色々あるけど、今はフィーリのマスターを探すのが目的かしらねー」

「出会った時にもフィーリちゃんが言っていましたが、そのマスターとは？」

「ほら、世界を旅する大魔法使いの話、知らない？」

「ああ……噂で聞いたことはあります。立派な方だと」

「あの子、その大魔法使いの弟子らしいのよー。今ははぐれちゃってて、探し歩いてるの。一応、雪の街にいるって情報はあるんだけどねー」

「……それでしたら、こんなところで油を売っている場合ではないですよ」

その時、クレアさんが洗い物の手を止めて立ち上がり、真剣な表情であたしを見てきた。

「本来の目的をないがしろにしてまで、わたしを手伝っていただかなくても大丈夫です。これ以上はご迷惑をかけられませんし、明日の朝一番に港へ……」

「ちょ、ちょっと待って。迷惑だなんてこれっぽっちも思ってないから！　クレアさんを手伝いたいって言ったのは、他でもないフィーリなのよ！」

まくし立てるように言うクレアさんをなだめるように、あたしは両手を左右に振る。

クレアさんの畑を手伝っているのは、あたしとフィーリの意思なのだ。それはわかってほしい。

「あたしもフィーリも、最後まで手伝うつもりでいるから。それに、次に雪の街行きの船が来るのは一週間後なの。どのみちすぐには行けないから、本当に気にしないで」

彼女を安心させるように、そんな言葉を付け加えておく。船が出ないのは事実だし。

「そ、そういうことなら……明日からもよろしくお願いします」

クレアさんは納得してくれたのか、控えめな声で言い、椅子に座り直した。

「……あの、ちょっといいですか」

あたしが胸をなでおろしていると、客室の扉が開いて、フィーリが顔を覗かせた。

「フィーリ、どうしたのー？」

「部屋で本を読んでいたら、外から変な声がしたんです」

「変な声？」

その返答を受けて、あたしとクレアさんの声が重なった。

「そうなんですよ。それで気になって耳をそばだてていたら、家の壁に沿ってぐるっと回って、畑のほうに行ったみたいなんです」

ぱたぱたと駆け寄ってくるや、身振り手振りを交えながら矢継ぎ早に話してくる。

「変な声ねぇ……もしかして、麦泥棒とか？」

「これまで、近所でそのような話は聞いたことがありませんが……」

クレアさんは口元に手を当てながら言うも、その顔には不安の色が見て取れた。

「あたしが調べてみるわ。少し待ってて」

言ってから、容量無限バッグから万能地図を取り出す。これなら周囲に人がいれば一目瞭然だ。

「特に人はいないわね……あまり考えたくないけど、魔物だったり？」

そんな考えに至り、続いて索敵モードにしてみる。声の正体が魔物であるなら、これで発見できるはずだけど……。

「あっれー？　魔物の反応もない……どういうことかしら」

万能地図を見ながら、あたしは首をかしげる。

「メイさん、ちょっと外の様子見てきてもらえませんか？　もしかしたらオバケかもしれません」

そんな折、フィーリが心底不安そうにあたしを見てきた。

オバケとか、いるわけないでしょー……と言いかけて、あたしは固まる。

この世界は異世界で、妖精やドラゴンだっているのだ。幽霊がいたって何ら不思議はない。

……元の世界でも、幽霊を捕まえる映画やゲームがあったわよね。それっぽい道具、作っておくべきかしら。対幽霊用掃除機とかさ。

「メイさん、これ使いますか？」

あたしが一抹の……いや、かなりの不安を抱えていると、クレアさんが真剣な顔で農作業用の鋤《すき》を差し出してきた。

「ありがとう。こう見えて、あたしは旅しながら狼や飛竜とも戦ってきたんだから、大丈夫よ」

自分を鼓舞するように言って、あたしは飛竜の靴を履く。

次にランプを手にすると、フィーリとともに外の様子を見に向かった。

「向こうです。向こうから変な声がしました」

先に外に出たあたしに対して、フィーリは玄関扉に張り付くようにしながら、わずかな隙間から闇の中を指差す。もう一度万能地図を見るも、やはり何の反応もなかった。

「もし身の危険を感じたら、すぐに扉を閉めるのよ」

フィーリにそう伝えて、あたしは暗闇の中へと慎重に歩みを進める。

庭の真ん中を突っ切ると、ランプの明かりに心細さを感じる。こんなことなら懐中電灯のような道具を作っておけば良かったと、あたしは後悔した。

……その時、麦畑の中をガサガサとうごめく音がした。

視線を向けるも、その正体はわからない。だけど、何かがいる。万能地図にすら映らない、なにかが。

まさか本当に幽霊なのかと背筋が寒くなった時、その音が一層大きくなり、思わず身構える。

「ぷぴー、ぷぴー」

次の瞬間、麦畑から飛び出してきたのは、数匹のうり坊……イノシシの子どもだった。

「え？　なにこの子たち、かわいいー」

うり坊たちは人間が怖くないのか、全く警戒することなくあたしの足にすり寄ってくる。

「あっはは、くすぐったいってば。やめなさいって、もー」

足元に向けてそう声を発するも、ますますじゃれついてくる。これは可愛すぎる。

……って、いけない。あまりの可愛さに我を忘れそうになっていた。

「こんな小さな動物なら、万能地図に表示されないのも納得よね。敵意がないから、索敵モードにも引っかからないし」

ぷぴぷぴ言いながら足元にすり寄るうり坊たちを見つつ、そんなことを考える。

もしかすると、倉庫に野菜を取りに行った時に感じた気配もこの子たちだったのかも。

「メイさん、どうかしたんですか？　かわいいオバケでも出たんですか？」

その時、フィーリが不思議そうな顔をしつつ、ランプを手にあたしの下へとやってきた。

「ほら見てよ。幽霊の正体見たりなんとやら。イノシシの子どもだったのよー」

「わー、わー、かわいいですー」

足元を指差しながらそう教えてあげると、フィーリは膝に手をつきながら身をかがめ、一気に頬を緩ませた。

「どこから迷い込んだのかしらねー。近くにそれらしい山とかないのに……うん？」

フィーリと一緒に和んでいると、再び麦畑のほうから音がした。心なしか、音が大きい。

……そのすぐ後、巨大なイノシシが飛び出してきた。

「うわわわわ！　フィーリ、危ない！」

あたしはとっさにフィーリを抱き上げると、そのまま飛竜の靴の力で大ジャンプ。一息で倉庫の壁に取り付くと、その壁を蹴ってもう一度跳躍。屋根の上まで一気に駆け上がった。

「び、びっくりしたぁぁ……飛竜の靴、履いてて良かったぁぁ……」

「メイさん、なんですかあれ⁉」

「た、たぶんお母さんイノシシね。子どもにちょっかい出されたと思って、怒ってるのかも」

眼下に見えるイノシシは明らかに興奮していて、麦畑から庭の中に至るまで、縦横無尽に走り回っていた。

「こらー！　畑の中を走り回るなー！　せっかくの麦が駄目になるでしょー！」

そう叫ぶも、イノシシが聞き入れてくれるはずがない。まさに猪突猛進だ。

「今更だけど、うり坊がいるならその親がいるのも当然よね……」

ため息まじりにそう呟いた時、フィーリがあたしの腕の中で震えていた。

「むむむ……クレアさんの畑をよくも！　焼きイノシシにしてあげます！」

怖がっているのかと思いきや、そう言って魔法使いの杖と火属性の属性媒体を掲げた。どうやら彼女は恐怖ではなく、怒りに震えていたらしい。

「フィーリ、ストップ！　怒る気持ちもわかるけど、落ち着いて！　こんな場所で火魔法なんて使ったら、畑も焼けちゃうわよ！」

あたしは素早くフィーリの手から属性媒体をひったくる。ぷすんと音がして、フィーリの魔法は不発となった。

「大きなイノシシですね。5年ものといったところでしょうか」

胸をなでおろした矢先、背後から声がした。振り向くと、そこには空飛ぶ絨毯に乗ったクレアさんがいた。

絨毯の操作方法は教えてあげたけど、ここまで使いこなしているとは思わなかった。

「予想外のごちそうが畑にやってきてくれましたね。メイさん、捕まえちゃいます？」

今まさに畑に飛び込んでいくイノシシを見ながら、のほほんとした口調で言う。

クレアさんは畑がやられているのを悲観するどころか、ごちそうがやってきたとポジティブに考えていた。この発想がなければ、農家さんはやっていけないのだろうか。

「いやいや、それは駄目！　捕まえちゃうと、残されたうり坊たちが生きていけなくなるから！」

あたしはそう反論してから、何かいい方法がないかと考えを巡らせる。

捕まえるのはもってのほかだけど、このまま放っておくわけにもいかない。

これ以上の被害を抑えつつ、お母さんイノシシに大人しくなってもらえないかしら。

そうこうしているうちに、お母さんイノシシの暴走はエスカレートし、母屋の壁に体当たりを始めた。これはもう一刻の猶予もなさそうだ。

「ええい、こうなったらこの道具に頼るわよ！」

言うが早いか、あたしは容量無限バッグから時の砂時計を取り出すと、フィーリをクレアさんに任せて、一人で地上へと舞い戻る。

クレアさんが5年ものだとか言ってたし、4年くらい時を戻せば大人しくなるでしょ！

「さあ、あんたの相手はこのあたしよ！」

地面に下り立つと、すぐに見えない盾を二枚同時に展開。それから大きな音を立てて、お母さんイノシシの注意を引き付ける。

その思惑通り、お母さんイノシシは鼻息荒く、突進攻撃を仕掛けてきた。

「盾たち、信じてるからね！」

あたしは姿勢を低くして、防御姿勢をとる。展開した二枚の盾たちもそれに反応するように前方へ移動し、続く突進攻撃をしっかりと受け止めてくれた。

「うまくいった！　えーい！　ちっちゃくなれー！」

その動きが止まった一瞬の隙を突いて、あたしは時の砂時計を振りかざす。

その巨体を淡い光が包み込んだかと思うと、あれよあれよと言う間に、お母さんイノシシは他のうり坊たちと区別がつかないくらいに小さくなってしまった。

それでもなお、懸命に見えない盾に向かって突進攻撃を仕掛けてくる。

「やーん、やっぱり可愛いー」

「ぷ、ぷぴぷぴー！」

ようやく自分の身に起きた変化に気づいたのか、お母さんイノシシはぷぴぷぴと鳴きながら逃げ去っていき、その背を他のうり坊たちが慌てて追いかけていった。

「びっくりさせてごめんねー。30分すれば元の姿に戻るから、少しの間我慢してねー」

その姿が見えなくなるまで見送り、あたしは安堵の息を漏らしたのだった。

「上からは何をしたのかよく見えませんでしたが、追い払っちゃったんですね」

その時、絨毯に乗ってクレアさんとフィーリが地上へと下りてきた。

「一応ねー。しばらくしたらまた来るかもしれないけどさ」

「その点は心配いりませんよ。イノシシは臆病な動物なので、一度怖い目にあった場所にはしばらく近づきませんので」

クレアさんの言葉を聞いて、ほっと息をつく。麦畑への被害は明るくなってみないとわからないけど、当面の危機はひとまず去ったらしい。


翌朝、あたしたちは食事もそこそこに、麦畑の被害状況を確認しに向かった。

昨日のうちに半分近く収穫していたことが幸いしたのか、そこまでの被害は出ていなかった。

畑の麦は背が高く、イノシシが好まなかったのだろう……と、クレアさんは言っていた。

なんにせよ、被害が少なくて良かったと安心し、今日も収穫作業を始めたのだけど……。

「……いきます！　ウィンドカッター！」

本日の収穫作業はフィーリの独壇場となっていた。

「メイさん！　新しい属性媒体ください！」

「あー、はいはい。また風属性でいいのね？」

笑顔で右手を差し出してきたフィーリに、作ったばかりの属性媒体を手渡す。

「ありがとうございます！　ウィンドカッター、五連発！」

直後に風属性の初級魔法をぶっ放し、風の刃で広範囲の麦を一気に刈り取っていく。

「フィーリちゃんの魔法、すごいですねぇ。でも、どうしてこんなことに？」

昨日と同じように絨毯に乗って畑に出たクレアさんが、何とも言えない顔をしていた。

「昨日の夜、クレアさんにあたしだけが褒められたのが気に食わなかったみたいなの。だから、今日は朝からフルパワーでやるって言ってたわ」

「あらら、そんな理由が……」

「でもあの子って、本人も言う通り落ちこぼれで……時々魔法を盛大に外すのよね。それが心配」

　そう口にした矢先、整然と麦を刈っていた風の刃の一部が急にコントロールを失い、一定時間空中を蛇行したのち、庭に生えた枯れ木の枝を断ち切った。

「……ほらね」

「ほ、本当ですね……あの木は大切な木なので、気をつけてほしいです……」

「やんわりと伝えとく……」

あたしはそう返事をしつつ、麦畑の中ではしゃぐフィーリを見やる。

あの子もあとのことを考えているのか、風の刃は地面に対して水平に、なるべく低く撃ち放たれていた。これはこれで魔法の練習になっていそうだ。

……それに、なんだかんだでフィーリも楽しそうだし。

「あたしが錬金術を使って人の役に立ちたいように、あの子も魔法を使って人の役に立ちたいのかもしれないわねー。さすが大魔法使いの弟子」

誰にともなく呟いて、あたしはその豪快な収穫作業を見守ったのだった。

フィーリのおかげで収穫作業は午前中で終わり、昼休憩を挟んで脱穀作業に移る。

本来ならしばらく麦穂を乾燥させてから脱穀するそうだけど、今回は時間がないので、多少の品質低下はやむなしで、すぐに脱穀するみたいだ。

「この尖った刃の間に穂先を引っ掛けて実を取るんです。こんな感じです」

その脱穀作業もクレアさんが教えてくれた。まるで千歯《せんば》扱《こ》きを思わせるような道具で、細長い刃が櫛のように並んでいる。

収穫した麦の背が高いこともあり、その刃に麦をセットするだけでも一苦労だった。

クレアさんは慣れた手つきで大きな麦の束を取り回していたけど、体の小さいフィーリは手にした麦から逆に振り回され、見事に転んでしまっていた。

「むー、メイさん、なんとかしてくださいよー」

麦畑で無双していた時とは打って変わり、フィーリが憮然とした表情で言う。

彼女の言う通り、こんな状況だといくら時間があっても足りない。

そう判断したあたしはレシピ本を開き、良い道具がないか調べてみる。

「……ほう、全自動脱穀機」

「え、そんな道具があるのですか？」

その名前を聞いたクレアさんはレシピ本を覗き込んでくるも、やはり読めないようだった。

あたしもそこまでピンポイントな道具が見つかるとは思わなかったので、内心驚いていた。

「やっぱり麦が主食の世界だから、こういった道具もあるのかしら」

あたしは妙に納得しつつ、必要素材に目を通す。そこには麦とテンカ石、鉄、風車草《かざぐるまそう》、そして全自動シリーズではお馴染みの妖精石が名を連ねていた。

……この中だと麦がすごく浮いている気がするけど、サンプルとして取り込むのかしら？

「どうですか？　メイさん、作れそうですか？」

クレアさんに続いて、フィーリがあたしの手元を覗き込んでくる。

「ほとんどの素材は足りそうだけど、鉄の使用頻度が地味に高いのよねぇ。これは作ったばかりの草刈り鎌部隊、さっそく解体しないといけないかも」

「あ、使っていない鉄ならありますよ。ちょっと待っていてください」

フィーリ相手に呟いた時、クレアさんがそう言い、絨毯に乗って倉庫のほうへ向かっていった。

不思議に思いながら、あたしは他の素材を準備しておく。麦は収穫したものを数本拝借し、テンカ石、風車草、妖精石は自前のものを用意しておいた。

……しばらくすると、クレアさんが絨毯いっぱいに鍋や釜を載せて戻ってきた。

「え、これはなに？」

「古くなったり、穴が空いて使わなくなったものです。この農場のための道具を作ってくれているんですし、わたしにも協力させてください」

クレアさんは笑顔で言い、運んできた鍋たちを地面に置く。

「ありがとう！　これなら使えるわ！」

あたしはお礼を言って、その鍋釜を容量無限バッグへと回収させてもらい、素材分解する。

それから再度素材として取り出し、調合作業を行った。

やがて錬金釜の虹色の渦から、えらく大きな機械が飛び出してきた。

その見た目は朱色の箱で、横幅が1メートル弱、高さがそれより少し高いくらい。その上下には横長の口がついていた。

「ふむふむ。上の口に麦穂を指し入れると、下から脱穀された実が出てくるわけね」

クレアさんが持っていた道具が千歯扱きなら、これは一昔前のモーター式脱穀機って感じね。

レシピ本に書かれた説明に目を通し、あたしはそう納得した。

「それじゃ、さっそく動かしてみましょ。下の口に受け皿を置いてから、上の口に麦の穂を入れて……あれ？」

意気揚々と麦の穂を担ぎ上げ、上部の口にセットしてみるも、全自動脱穀機は無反応だった。

角度を変えてみたり、別の麦で試してみたりするも、結果は同じだ。

「珍しいですね。メイさんが調合を失敗しちゃうなんて」

「えー、道具自体は完成してるし、まだ失敗って決めつけないでよー。おかしいわねー」

あたしは首をかしげながら、全自動脱穀機の周囲をぐるぐる。やがて、あるものを見つけた。

「……はて。この魔法陣は何かしら」

脱穀機の右側面に、これ見よがしに魔法陣が刻まれていた。もう一度レシピ本に目を通すと、全自動脱穀機を動かすには、ここから魔力を供給する必要があるらしい。この手の道具はこれまで妖精石の力で動くものばかりだったので、魔力供給が必要な道具なんて初めてだった。

「……しかし、魔力とな」

魔法陣を見つめ、腕組みをしながら呟く。あたしが用意できる魔力といえば魔力ドリンクくらいしかないけど、それを魔法陣にぶっかけたところで効果があるのか疑わしい。

「動かなければただの箱ですね。どうするんですこれ」

フィーリが脱穀機に背中を預けながら言った。それを見たあたしは、この子が大量の魔力の持ち主であることを思い出した。その魔力、少し分けてもらおう。

「フィーリちゃん、ちょっとこっちへいらっしゃい」

「はい？」

あたしは笑顔で言って、困惑するフィーリの手を引き、魔法陣のそばへと連れてくる。

「な、なんですか、この見るからに怪しい魔法陣は」

「ちょっとお願いがあるんだけど、ここに魔力注いでくれない？」

「え、嫌です。お断りします」

得体の知れない魔法陣に言い知れぬ恐怖を感じたのか、フィーリはじわじわと後退する。

「ほんのちょーっとでいいから、この魔法陣に魔力ちょーだい！　脱穀機の起動に必要なの！」

そう懇願するも、彼女は渋い顔をしたまま脱穀機を見つめる。

「あとで魔力ドリンクにして返すから！　フィーリしか頼める人がいないの！　お願い！」

「……あの、フィーリちゃんの魔力があれば、その道具は動くんですか？」

もう一度頼み込んでいた時、クレアさんが近くにやってくる。

「そうなの！　これが動けば、さっきの道具を使うより圧倒的に早く脱穀作業ができるのよ！」

あたしはここぞとばかりにアピールする。実際問題、この脱穀機が使えないとなると、明日までに脱穀作業を終わらせるなんて、とても無理だ。

「そうですか……フィーリちゃん、協力をお願いできない？」

「むー……クレアさんがそこまで言うのなら」

クレアさんにまで頼み込まれては、フィーリも嫌と言えないようで、渋々と魔法陣に手をかざす。すぐに淡い光が発せられ、まるでエンジンがかかったかのように、全自動脱穀機が唸りを上げて動き出した。

「ありがとう！　よーし、今度こそ！」

あたしは気を取り直し、麦の束を投入口に差し入れる。

すぐにバリバリと心地のいい音がし始め、麦穂が綺麗に脱穀された。

「え、もう一束終わってしまったんですか？」

クレアさんが驚いた顔で、処理が終わった麦を見やる。

「圧倒的に早くなるって言ったでしょー。自律人形たち、じゃんじゃん持ってきてー」

スタンバイさせていた自律人形たちにも声をかけて、収穫した麦を運んできてもらう。

背の高い麦の取り回しこそ大変だけど、皆で協力すればなんとかなりそう。

「受け皿にどんどん麦が落ちてきます。どんな仕掛けになっているんですかねぇ……ぷわっ⁉」

フィーリが興味深そうに下の口を覗き込んでいると、その顔に向けて強い風が吹いた。

「気をつけてー。素材に使った風車草が風を起こして、悪い麦と良い麦を選別してるらしいから」

「そ、そういうことは早く言ってほしいです……ぺっぺっ」

「まぁ、風選《ふうせん》の作業までしてくれるわけですね。すごいです」

髪と顔を麦まみれにしたフィーリを後目に、クレアさんは再び驚いた顔をしていた。

……こうして本格的な脱穀作業に着手したあたしたちは、急ピッチで作業を進めたのだった。


「……あのお人形さんたち、まだ頑張ってくれているんですね」

日が沈んでもなお、作業小屋から聞こえてくる脱穀機の音を聞きながらクレアさんが呟く。

「あの子たちに任せておけば、明日の朝には袋詰めまで終わってるわよー。ちょくちょく様子は見に行くから、心配しなくても大丈夫」

夕食後、三人でお茶を飲みながらそんな会話をする。

あれから日没までひたすら脱穀作業をしたのだけど、全体の半分しか終わらなかった。いくら効率が上がったとはいえ、麦の量が多く、残りは自律人形たちに任せることにしたのだ。

彼らは学習能力も高いし、なにより不眠不休で頑張ってくれる。本当に頼もしい限りだった。

「ところで、あの道具に注いだ魔力はどのくらい保つんですかねぇ」

フィーリはそう言いながら、お茶の代わりに魔力ドリンクを飲んでいた。昼間の約束通り、使わせた魔力を魔力ドリンクで返したのだ。

「しばらく大丈夫だと思うけど。もし夜中に止まったら、フィーリを叩き起こすしかないわね」

「えぇ……おちおち寝てもいられないってことですか？」

冗談半分に言うと、フィーリはその大きな三つ編みを投げ出すようにテーブルに突っ伏した。

「……そういえばその三つ編み、クレアさんにしてもらったのよね？」

「はい。メイさんは料理だけでなく、髪を結うのも苦手だとフィーリちゃんから聞いたので」

フィーリに向けた言葉だったのだけど、クレアさんが答えてくれた。

「え、ちょっとフィーリ、そんなことまでクレアさんに話したの？」

「あー、三つ編みを結ってもらった時、そんな話をしたような、しなかったような……」

思わず尋ねると、彼女は視線を上に向けながら、わざとらしい口調で言う。

確かにフィーリに三つ編みを頼まれて、できなかったことがあるけど……だってフィーリの髪、ウェーブがかかってて編みにくいんだもん。

「せっかくですし、三つ編みの練習をしてみませんか？」

自分の中で必死に言い訳を考えていると、クレアさんがそう提案し、ゆっくりとフィーリの背後へと移動した。その歩き方からして、彼女の足はだいぶ良くなってきたみたいだ。

「フィーリちゃん、ちょっとほどくわね」

そう言うと、クレアさんは慣れた手つきでフィーリの三つ編みを解いた。そしてランプの明かりを受けて琥珀色に染まった髪に、ゆっくりとブラシをかけていく。

「メイさん、ちょっとやってみてください。おかしな点があれば教えますから」

ブラッシングが一通り終わったところで、あたしが呼ばれた。少し緊張した面持ちで、クレアさんの隣に座る。

「えーっと、まずは髪を三束に分けて……」

「あ、均等にするのではなく、真ん中の毛束を多目にすると崩れにくくなりますよ」

……さっそくダメ出しされてしまった。そういうものなのね……。

「結う時は、右の毛束を真ん中で交差させて、次に左の毛束を真ん中に持ってきて……こうです」

「こうして、こうでこう？」

見よう見まねでフィーリの髪を結っていく。多少、それっぽくはなったような。

「いい感じですね。フィーリちゃんの髪はウェーブがかかっていて崩れやすいので、この編みが緩すぎると解けてしまうんですよ。なので、きつめに編んであげるといいです」

「きつめに……ぎゅっぎゅっと」

「……メイさん、痛いです」

「あ、ごめん……」

直後、フィーリがそう訴えてきた。どうやら夢中になりすぎていたらしい。

「今度は優しくするから、もう一度やらせて」

「もー、痛くしないでくださいよー」

……それから30分ばかり、フィーリの髪を結ってはほどき、結ってはほどきを繰り返した。だけどいくら練習しても、あたしの腕前はなかなか上達しなかった。

「むー、やっぱり何度やっても、クレアさんのほうが上手です」

「こ、これからうまくなるのよ。もう一度最初から」

「え、まだ続けるんですか？　そろそろ本読みたいんですが」

「あたしが納得できるまでやるのよ。ランプあるんだし、本はここで読みなさい」

「髪結われながらとか、集中できませんよー！」

「……ふふっ。本当に仲がいいですね」

あたしたちのやり取りを見ながら、クレアさんが吹き出すように笑い、そう言葉を紡いだ。

どこか気恥ずかしい気持ちになりながら、あたしたちも釣られるように笑ったのだった。

翌日の早朝。やけに腰の低い商人さんが数台の荷馬車を率いてやってきた。

「いやはや、これはどうも。今日はお世話になります」

自律人形たちの協力もあって、全ての麦は脱穀され、袋詰めされている。出荷の準備は万端だった。

「それでは、麦1袋４０００フォルでの買い取りでよろしいですか？」

「はい。それでよろしくお願いします」

クレアさんと商人さんの間で価格が決められ、麦の詰まった袋を荷馬車へ運ぶ作業に移る。

商人さんが連れてきた数人の従者さんに混ざり、あたしとフィーリもその作業に加わった。

ちなみにこの荷馬車はどれも、リャマとロバが混ざったような生き物が牽引していた。

時折、ぶえー、と独特の声で鳴くので、気になって従者さんに訊いてみると、リャバという名前と、速くは走れないが体力があり、長距離の移動に向いている動物だと教えてくれた。

「しっかし、今年はクレアさんとこ、豊作だねぇ」

「こりゃあ、ここ数年で一番なんじゃないか？」

積み込み作業をする従者さんたちの中から、そんな会話が聞こえてくる。

ふっふっふー。これだけの量をものの数日で収穫できたのも、錬金術のおかげなんだから！

内心誇らしく思いながら、次々と積み込まれていく麦袋に目をやる。今朝確認したところ、全部で１００袋あったから、一年間の労働の対価が40万フォルということになる。時期によっては他の作物も育てているそうだけど、農家さんも楽じゃないわね。

「あー、大将！　もう無理だ。これ以上は載らねぇよ！」

その後も作業を続けていると、荷馬車の上にいた従者さんから声が飛んできた。

その荷台を見ると、どれも麦袋がぎゅうぎゅうに詰め込まれていた。

「ちょっと待ってよ。まだ半分も載ってないじゃない！」

あたしがそう叫ぶと、クレアさんと話していた商人さんもひょこひょことやってくる。

「いやいや、今年は思いのほか豊作だったのですね。この時期にこれだけの量を収穫されているとは。これならもう数台、馬車を増やすべきでしたね。こちらも見込み違いでした。いやいや」

困っているのかいないのか、よくわからない口ぶりだった。

「どうやっても、これ以上載せられないの？」

「そうですね。荷馬車の車輪が駄目になってしまいますし、リャバたちもきつくなるでしょう」

頭を掻きながらそう続ける。いわゆる過積載の状態だ。確かに危険だろう。

「いやいや、困りましたね。本日のところは一旦これで引き上げさせていただいて、後日改めてお伺いする方向でよろしいでしょうか？」

「あの、後日とは……いつ頃になるのでしょう？」

商人さんからそう問われたクレアさんは、困惑した表情でそう言葉を返す。

「そうですね。順番を待たれている他の農家さんを回ってからになりますので、早くても半月後になりますね。いやいや、申し訳ございません」

「半月後!?」

あたしとフィーリは声を揃えた。いくらなんでも間が空きすぎる。

「半月も経ったら、麦の品質はどうなるの？」

「当然下がりますし、比例して買い取り価格も下げざるを得ませんね。申し訳ないですが」

「本当に申し訳なく思ってるんなら、半月後の買い取り価格は据え置きなさいよ！」

「そう言われましても、こちらも商売ですので。いやいや、勘弁してくださいませ」

あたしも食い下がるも、この手のクレームには慣れているのか、のれんに腕押し状態。腰も低く物腰は柔らかいけど、譲らないところは譲らない。まさに商人という感じだった。

「それでは、また半月後に来ますので」

……ひたすらに謝り倒し、結局商人さんはその日の午後、荷馬車を率いて帰ってしまった。

当然、麦の代金は荷馬車に積み込めた分しか支払われなかった。

「あの商人さん、本当に融通がききませんねぇ」

作業小屋に残された大量の麦袋を前に、フィーリは腰に手を当て、憤りを隠さずにいた。

「フィーリちゃん、そう言わないであげて。あの人も仕事だし、わたしのために順番待ちをしている他の農家さんに迷惑はかけられないわ」

クレアさんはまるでこの事態を想定していたかのような落ち着きっぷりだった。

もしかして、過去にも似たようなことがあったのかしら。

「でもクレアさん、この買い取ってもらえなかった麦はどうするの？」

「そうですねぇ。半月も放置していたら虫もわきますし、乾パンにでも加工して、保存食として自分たちで食べるしかないですね」

「いやいや、いくら保存食にしたって、一人暮らしでこの量は無理でしょうよ」

クレアさんの隣に立って、一緒に無数の麦袋を見渡す。あの袋一つから、いくつのパンが作れるのだろう。

「……そうです！　パンを焼いて直接売るというのはどうでしょうか！　クレアさんのパン、おいしいですし！」

その時、フィーリが閃いたとばかりに右手を掲げながら言った。

「直接売るって、どこで？」

「立派な街道があるじゃないですか！」

その場でくるりと反転して、街道がある方角を指し示した。あたしとクレアさんも釣られるように同じ方角を見る。

「あの街道は船が来る日以外、ほとんど人が通らないんですよ。仮に通ったとしても、船旅に備えて港で保存食を買う算段でいますから、お店を出したところで大して売れないんです」

ため息交じりに言う。その口ぶりからして、何度か試したことがあるのだろう。

「言われてみたら、滝の街からここまで、クレアさん以外の人とはすれ違わなかったわね」

「そうでしょう。なので、ここでお店は厳しいんです」

そう言って苦笑いを浮かべた。どうも、諦めてしまっているようにも見える。

かといって、あたしがこの麦を買い取るわけにもいかないし……なにか良い手段がないかしら。

あたしは作業小屋の中に腰を下ろし、レシピ本を開く。この本にも麦を使った料理は数多く載っているし、何かヒントになるようなものがあるはずだ。

　クッキーやケーキといった定番レシピが目につくものの、これから船に向かうであろう人々が買うかというと、そうではない気がする。

「むー、保存食よりパンのほうが絶対おいしいですのに。どんな保存食なんですか？」

「さっきも言ったけど、乾パンなの。パンを干して乾燥させたもので、そのままだとカチカチで歯が立たないから、ハンマーで砕いて、水でふやかして食べるのよ」

「……おいしくなさそうです」

「正直、あまりおいしくはないのよ。農家で作った場合、ミルクやお砂糖で味付けして食べるのだけど、船の上だとどちらも貴重品だから」

　レシピ本をめくるあたしの傍らで、クレアさんとフィーリがそんな会話をしていた。

　……そういえば、あたしも旅に出てすぐ、その乾パンを食べたことがある。クレアさんの言う通り、あまりおいしいものではなかった。

「……そっか、おいしい保存食」

　その時、あたしはピンときた。そして無数に存在する麦のレシピの中から、乾パンのレシピを見つけ出す。

　この世界にあるものと名前こそ同じだったけど、レシピ本に載っていたのは元の世界の非常食でお馴染みの四角いビスケットの乾パンだった。

　さらに詳しく調べると、必要素材は小麦、塩、砂糖、油と水とある。簡単に手に入るものばかりだったので、その場で調合してみる。

「メイさん、何を作ったんですか？　お菓子？」

「乾パンよー」

　誇らしげに言って、小袋に入ったそれをフィーリに手渡す。

「え、クレアさんの言っていたものと、だいぶ違いませんか？　全然パンじゃないです」

「さしずめ、メイ印の乾パンってとこかしら。まぁ、騙されたと思って食べてみて」

　そう言って乾パンを勧めると、フィーリはおずおずと口に運び、目を見開いた。

「香ばしくておいしいです！　少し甘いですし、いくらでも食べられそうです！」

　まるでリスのようにカリカリと夢中で乾パンをかじる。どうやら気に入ってくれたよう。

「クレアさんも食べてみてー」

「錬金術で作った乾パン……ですか？」

「そう！　あたしの元いた世……故郷だとこれが乾パンなの。麦の消費量も多くて、栄養満点よ」

「おいしいですね。これならそのまま食べられますし、保存も利きそうです」

　同じものをクレアさんにも食べてもらうと、高評価をいただけた。

「これなら船の乗客相手に売れると思わない？　次に船が来るまでに、あたしが大量に作るからさ。この麦、全部売り切っちゃいましょうよ！」

　目の前で山となっている麦を指し示しながら、あたしはそう提案する。

クレアさんはしばらく悩んでいたけど、やがてその熱意が通じたのか、あたしの案を受け入れてくれたのだった。

翌日から、あたしは乾パンの調合作業に取り掛かった。

素材を錬金釜に入れてかき混ぜるだけの単純な作業なのだけど、なにせ麦の量が量だ。時間がかかるのなんの。

脱穀作業のように自律人形たちに任せることもできないので、あたしがやるしかないのだ。

「えーっと、次の船が来るまであと三日だっけ。いや、乗客が移動を始めるのはその前日からだって言ってたし、実質二日？　ま、間に合うかしら……」

一心不乱に錬金釜をかき混ぜながら、そんなことを考える。

クレアさんに詳しい話を聞いたところ、ケープ行きの定期船はその移動に三日かかり、それから丸一日ケープ港に停泊して補給やメンテナンスを受け、再び三日かけてセレム港へ戻ってくるというサイクルで運行されているらしい。

それで往復一週間かかる……という話なのだけど、港が街から離れている分、船に乗るために前日から移動する人たちも多い。

つまり、乾パンを売るとしたら、その二日間が勝負なのだ。

「うおお、頑張れあたし！　負けるなあたし！」

自らを鼓舞しながら、必死に調合を行う。すでに腕が痛いけど、弱音を吐いてる場合じゃない。

ちなみにフィーリはクレアさんと一緒に街道に設置するテーブルを用意したり、看板を作っている。クレアさんは絵がうまく、可愛らしい乾パンの絵が描かれた看板ができあがっていた。

……乾パンに謎の手足が生えていたのが、ちょっと気になったけど。

そして二日後。調合した大量の乾パンを容量無限バッグへと収め、あたしたちは朝から街道で通行人に向けて乾パンを売り始めた。

「メイ印の乾パン、いかがですかー？」

「おいしい保存食、販売中ですー！」

この二日間、不眠不休で頑張ったあたしは疲労困憊。顔色も悪いので、代わりにクレアさんとフィーリにお店に立ってもらう。彼女たちは最高の笑顔を振りまきながら接客をしてくれていた。

「……この店、保存食を売っているのか？」

「はい！　今なら試食サービス中ですよー」

その時、一組のカップルがお店の前で足を止めた。

そこへフィーリがすかさず試食用の乾パンを差し出す。いきなり現れた露店の商品なんて、普通は怪しくて買わないので、あたしはこの試食サービスを考案したのだ。

「これが乾パン？　俺が知ってるのと違って、うまいなぁ。港で買うつもりだったけど、ここで買わせてもらうよ。妻の分を合わせて20食分、もらえるかい？」

「ありがとうございます！　合計で２０００フォルになります！」

試食をした男性はその場で乾パンを購入してくれ、満足顔で去っていった。

「お父さん、何かお店が出てるよ！」

「本当だねぇ。何を売っているのかな？」

「おいしい乾パンです！　試食してみませんか？」

続いて家族連れが足を止める。すぐにフィーリがその人懐っこさを発揮し、試食を勧めていた。

「あら、ニノと年もそう変わらないのに、お手伝いして偉いわねぇ」

「初めて食べる味だけどおいしいし、子どもたちの分だけでももらおうかな」

「ありがとうございます！　全部で１８００フォルです！」

「……お嬢さんたち、このポーションは売り物かい？」

その家族の後ろから、紳士風の男性がやってきた。その彼はあたしが対応する。

「売り物ですよー。この辺りの相場より少しお安くしていて、２００フォルです」

「ほう。それなら、５本ほどもらおうか」

「ありがとうございますー。ところでお客さん、保存食はもうご用意されました？」

ポーションを手渡しながら、あたしはすかさずそう切り出す。

乾パンに興味はなくとも、この人のように店頭のポーションに惹かれてくる人はいると踏んでいた。そんな人を、あたしは逃さない。このポーションはいわば、撒き餌のようなものだ。

メイ印の乾パンの知名度は皆無だけど、一度試食してもらえればその味はこの世界の乾パンとは比較にならないし、売る自信はもちろんあった。

「いやー、かなり売ったわねー」

……日が暮れるまで粘り、本日の営業は終了となった。

クレアさんの家に帰宅して売上計算をしたあと、夕食をとりながら今日の反省会を開く。

「今日だけで、四割ほどの乾パンが売れました。皆さんのおかげです。ありがとうございます」

丸一日お店に立ち続けたというのに、クレアさんは疲れた顔ひとつせず、そうお礼を言った。

「試食品を用意するというやり方は大成功でしたね。徒歩で港に向かっていた人の多くが乾パンを買ってくれました。ただ……」

そこまで言って、彼女はトマトスープを飲んでいた手を止めた。

「問題は……馬車で通り過ぎていった人たちですね」

そしてため息をついた。馬車を使うということは、要するにお金持ちの人たちだ。猛スピードで通り過ぎてしまうから、声をかける暇もないのだ。

「あの人たちが乾パン買ってくれたら、売上も一気に伸びそうなんですけどねぇ」

かつて食べた鉱山カレーを思わせる真っ赤なスープにパンを浸しながら、フィーリが呟く。

「……そうだ。魔法使いのフィーリが宣伝したら、売れるんじゃないかしら」

「え、宣伝ですか？」

「そう。お店の少し手前で待ち構えて、走ってきた馬車にほうきを横付けして宣伝するのよ」

「な、なんでわたしなんですか？　メイさんが絨毯に乗ってやっちゃ駄目なんです？」

「錬金術師のあたしより、魔法使いのフィーリがやったほうが宣伝効果あると思うの。お願い！」

あたしは顔の前で手を合わせて、フィーリに頼み込む。

「……んもー、今回だけですからね！」

フィーリは少し視線を泳がせたあと、そう了承してくれた。

うんうん。これで明日は馬車相手に商売ができそうね。新たな販路開拓よ！

小さく握りこぶしを作ったあと、あたしは残りのスープにとりかかったのだった。

……夕食を済ませてしばらくすると、フィーリから外に呼ばれる。

またイノシシでも出たのかと急ぎ向かうも、フィーリは空を指差して感嘆の声を上げていた。

「メイさん、空を見てください！　ほら、また流れました！」

「流れ星……？　ううん、これって流星群？」

空を見上げると、頭上の赤い星を中心に、いくつもの流星が放射状に広がっていた。

「すごいですよ！　こんなたくさんの流れ星、初めて見ました！」

そう言いながら、フィーリはあっちにふらふら、こっちにふらふら。どうも危なっかしい。

「ほらほら、落ち着いて。いい感じの切り株があるから、ここに座りましょ」

あたしは言って、おそらく薪割りに使われている大きな切り株に腰を下ろした。

フィーリも同じように腰を落ち着けつつも、意識は常に空の上にあるようだった。

「知ってる？　流れ星が消える前に願い事を三回唱えると、その願いは叶うって言い伝え」

「そんなものがあるんですか？　今度見えたら狙ってみます！」

あたしの言葉を聞いて、フィーリはその星空に負けないくらい瞳を輝かせた。

「ほら、さっそく光ったわよ」

「マスターに早く会いた……あ、消えちゃいました」

一瞬の煌めきを見つけ、早口で言うも、流れ星はすぐに消えてしまった。

「むー、三回とか、絶対に無理じゃないですか？　その言い伝え、本当なんです？」

「あたしの故郷じゃ、皆試してたわよー。成功したって話は……あまり聞かなかったけどさ」

「やっぱり駄目なんじゃないですかー！　期待して損しましたー！」

手足をバタバタと動かし、悔しさをあらわにするフィーリをなだめてから、あたしは今一度夜空を見上げる。

元の世界と違って空が澄み切っていて、人工的な明かりもほとんどない分、星々が際立って見えた。それこそ、どんな小さな流星だって見えるくらいに。まさに星が降ってきそうな、圧巻の夜空だった。

「あらあら、二人で外に出て、どうしたんです？」

その時、クレアさんが不思議そうな顔をしながら窓から顔を出した。

「流れ星がすごいんです！　クレアさんも一緒に見ませんか？」

「まぁ、もうそんな時期なのですね。ちょっと待っていてください」

彼女は驚いた声で言い、家の中に引っ込んだ。しばらくして、大きな毛布を手に外へ出てくる。

「クレアさん、それは？」

「イノシシの毛皮で作った毛布です。夜は冷えますし、大きいので三人で使いましょう」

言いながらフィーリを挟んであたしの反対側に座り、毛布を広げてくれる。

いくつかの毛皮を合わせて作られているのか、ところどころ毛の色合いが違っていた。

「ありがとうございます！　これは温かいですね！」

ふわふわの毛布の中に埋まりながら、フィーリが嬉しそうな声を出す。

あたしもじんわりと体が温まるのを感じながら、天体ショーの続きを楽しんだのだった。


そんな流星群の翌日。あたしたちは今日も街道に立つ。

昨日より明らかに馬車の数が増えていて、徒歩で港へ向かう人は逆に少なかった。

その理由は単純で、船は夕方に出港するので、のんびり歩いていたら間に合わないのだ。

「メイ印の乾パン、いかがですかー？　おいしい保存食ですよー！」

あたしとクレアさんが少ない通行人へ必死に声をかける中、フィーリは昨日の約束通り、ほうきに乗って宣伝係として奔走していた。

「魔法使いの少女から話は聞いている。魔法の乾パンとやらをもらおう」

「は、はいはいー。ありがとうございますー」

そのおかげで、多くの馬車のお客さんを捕まえることに成功していた。していたけど……。

「……ねぇフィーリ。どうして魔法の乾パンなんて名前になっちゃってるの？」

「えーっとですね。最初は『錬金術で作った乾パンです！』って宣伝していたんですけど、怪しまれてしまったので、とっさに『魔法使いのわたしが作りました！』って言っちゃったんです。信用を得るためだったとはいえ、それからはもう修正不可能で……」

「あー、それで魔法の乾パンなんて屈辱的な名前になってしまったと」

「い、いいじゃないですか。どっちにしても売れるんですから！」

宣伝から戻ってきたフィーリに尋ねると、彼女はそう言葉を返し、苦笑いを浮かべていた。

「まぁ、言っちゃったものはしょうがないし、現に売れてるからいいけどね」

どこか腑に落ちない気持ちがありつつも、あたしはそう言って自分を納得させたのだった。

……その後も結構な勢いで乾パンは売れていく。というのも、馬車のお客さんは基本珍しいもの好きなので、自分たちの食料としてだけでなく、旅先へのお土産として、乾パンを大量に買ってくれるのだ。

「それにしても、一度に60食分も売れるとは思いませんでした。豪快な方々でしたね」

「本当よねー。まさに大口取引だわ。このまま売り切っちゃいましょ」

クレアさんとそんな会話をしていると、再び立派な馬車があたしたちの前に停まった。

やがて降りてきた初老の男性を、あたしたちはとびっきりの笑顔で迎えたのだった。


……皆で頑張った甲斐あって、乾パンはその日のうちに全て売り切ることができた。

ひとしきり喜んだあと、次に雪の街行きの船が出るのは一週間後だという事実に気づく。

今更どうしようもなく、次の船が来るまでの間、あたしたちはクレアさんの家でスローライフをさせてもらうことになった。

「メイさん、火力が強すぎです。また焦げちゃいますよ？」

「あーうー、じゃあ、これくらい？」

この日は家の裏にある野菜畑の収穫作業を手伝い、採れたての野菜で料理に挑戦していた。

「今度は火が弱いです。野菜が生焼けになります」

かまどにくべる薪の数を調整するあたしを見ながら、フィーリが呆れた声を出す。

――普通の料理を作れるようになって、わたしの苦労をわかってください！

そうフィーリに言われ、こうやって料理修行を始めたのだけど……なかなか上達しない。

特に火力の調節が苦手だ。元の世界だとコンロのつまみを回すだけで調節可能だというのに、この世界では薪の量で調節しなければならない。この微妙な加減が未だにわからないのだ。

「メイさん、ここにあったレタスの外葉、知りませんか？」

かまど相手に四苦八苦していると、クレアさんがキッチンを見渡しながら訊いてきた。

「え、一緒に鍋に入れちゃったけど」

「ああ……外側の葉は苦くて硬いので、よけておいたんですが」

「もうまとめて炒めちゃったわよー！」

あたしは叫んで、ぐるぐると意味もなく鍋をかき混ぜた。

……どうやらとことん、あたしに料理は向いていないようだった。

「……はぁ。スローライフは楽しいけど、お料理修行は、つらい……」

その日の午後、あたしは天を仰ぎながら、あてもなく庭を歩いていた。

元の世界では料理する機会は皆無だったもんなぁ……料理番組は好きだったけど。キューちゃんの三分クッキングとか、どっちが料理でショーとかさ。

こんなことなら、お母さんから少しでも料理を学んでおくべきだった……なんて後悔していると、庭に生えた枯れ木の下に佇むクレアさんを見つけた。

「クレアさん、その木がどうかしたの？」

「いえ、今年も花が咲いていないな……と思いまして」

近づきながら尋ねると、寂しげな声が返ってきた。珍しく結われていない銀髪が風にそよぐ。

「この木、花が咲くのねー」

「ええ、この木は麦刈りの時期になると、枝いっぱいにピンク色の花を咲かせていたんです」

「じゃあ、ちょうど今くらい？　それにしては、蕾《つぼみ》すらついていないような……」

「ええ、木が弱っているのか、ここ数年は蕾もつけてくれないんですよ。かつては麦の収穫を終えてから、家族でお花見をするのが楽しみだったのですが」

昔を思い出すように目を伏せながら言ったあと、クレアさんは母屋へと戻っていった。

「そういえば収穫作業の時、この木は大切なもの……って言ってたわよね」

一人呟いて、あたしは木を見上げる。幹には無数のツタが巻き付いていて、枝には一枚の葉もついていない。本当に元気がないようだ。

クレアさんにはすごくお世話になっているし、旅に戻る前に何かお礼がしたい。

この思い出の木に花を咲かせることができれば、この上ないお返しになりそうだけど。どうにかならないものかしら。

生気のない枝を見つめ、思案する。仮に有機肥料を調合しても、すぐに花は咲かないだろうし。

「メイさん、そんなところで何してるんですか？」

その時、ほうきに乗ったフィーリが空からやってきた。

「この枯れ木に花を咲かせようと思ってねー」

まるで昔話のような台詞を口走るあたしを見て、フィーリは首をかしげた。

「ほら、あたしたち、あと数日でこの家を離れるでしょ。だからそれまでに、クレアさんに何かお礼をしたいと思ってね」

「それで、この木なんですか？　それまたどうして？」

木の幹に触れながら、フィーリが訊いてくる。あたしは先程のクレアさんの話をそっくりそのまま、彼女に話して聞かせた。

「なるほど、つまりこの木はおじいちゃんというわけですね」

「へっ？　おじいちゃん？」

「違うんですか？　花を咲かせなくなったということは、てっきりそういうことかと」

ああ、年老いたって意味ね。確かに栄養面じゃなく、そっちの可能性もあるかも……。

一理あると思いながら、フィーリとともに木を見上げていた時、ある考えが浮かんだ。

「……そっか。この手があったわ！」

「え、何かいい方法でも思いついたんですか？」

「思いついたわよー。フィーリ、これからお花見するから、ちょっとクレアさんにお弁当を用意してもらって。サンドイッチとか、簡単なのでいいから」

「サンドイッチとお花見がどう関係するんですか？」

「お花見と言ったらお花見弁当でしょー。いいから、お願いね」

「……よくわかりませんが、伝えてきます」

フィーリは再び首をかしげつつも、ほうきにまたがって母屋のほうへ飛んでいった。

そんな彼女を見送ってから、あたしは枯れ木へと向き直る。

さーて、やりますかー。


……小一時間後、クレアさんたちがお弁当を手に母屋から出てくる。

それを確認したあたしは、手にしていた道具を使う。枯れ木全体が淡い光に包まれたかと思うと、少しの間をおいてピンク色の花が枝の端々まで咲き誇った。幾重にも花びらを重ねたそれは、元の世界の八重桜を連想させた。

「え、どうやったんです？　これも錬金術ですか？」

木の下までやってきたクレアさんとフィーリは、突如として満開の花をつけた枯れ木を驚きの表情で見上げていた。

「ふっふっふー、これを使ったの」

あたしは得意げに言い、持っていた時の砂時計を二人に見せる。

「これでこの木の時間を10年前に戻したの。まだ元気に花をつけていたであろう、10年前にね」

「はー、メイさん、考えましたね」

種明かしをすると、フィーリは木を見上げながら感嘆の声をあげた。

「そういうこと。ほら、座って座って。時間がないから」

あたしは一足先に木の根元に腰を下ろし、二人も隣に座るよう促す。

時の砂時計の効果は30分で、その時間が過ぎれば、この木は元の枯れ木に戻ってしまう。今は一分一秒が惜しい。

フィーリを中心にして、その左右にあたしとクレアさんが座る。そんなあたしたちの前には、大きなバスケットが置かれていた。

「あ、どうぞ召し上がってください。フィーリちゃんから突然言われたので、こんなものしか用意できませんでしたが」

あたしの視線に気づいたのか、クレアさんがそう言ってバスケットを開く。中にはたくさんのサンドイッチが入っていた。

「我が家でお花見といえば、このリンゴジャムを挟んだサンドイッチが定番だったんです。夫には甘すぎると不評でしたけど、娘は大好きだったので」

懐かしそうに言いながら、あたしたちにそのサンドイッチを手渡してくれる。

フィーリと一緒にお礼を言って、一口食べてみる。作った彼女が言う通り、確かに甘かった。

「あ、わたし、これ好きです！」

一方のフィーリはお気に召したようで、最初の一切れをあっという間に平らげると、次のサンドイッチに手を伸ばしていた。

「ふふ、フィーリちゃん、たくさんあるから落ち着いて食べてね」

「はい！」

笑顔のフィーリを見ながら、クレアさんは満足そうな笑みを浮かべていた。

——家族を亡くして久しいクレアさんにとって、この時間が良い思い出となりますように。当時の思い出と、少しでも重なりますように。

あたしはそう願いながら、頭上に咲きこぼれる花を見上げたのだった。

第四話

「雪の街と二人の絆」

Tom Kawakami presents

The slow life of a traveling alchemist

ケープ行きの船が出る日、クレアさんは街道まであたしたちを見送りに出てくれた。

「クレアさん、色々とお世話になりました」

「お世話になりました！」

「……もう。お礼を言うのはこっちですよ。色々と手伝っていただき、ありがとうございました」

フィーリと並んでお礼を言うと、クレアさんは苦笑したあと、深々と頭を下げた。

「……それよりあの道具たち、本当にもらってしまっていいのでしょうか」

「構わないわよー。素材はほとんどクレアさんからもらったものだし、使うことないと思うから」

ちなみに彼女が言う道具たちとは、全自動草刈り鎌や全自動脱穀機のことだ。容量無限バッグに入れれば持ち運びは可能だけど、持っていったところで用途が限定されすぎて使わないと思う。脱穀機もフィーリに魔力をチャージしてもらったし、問題なく動くはずだ。

「どこで手に入れたのか聞かれたら、旅の錬金術師が置いていったって宣伝しといてください」

「わかっています。メイ印の乾パンの話も付け加えておきますね」

人差し指を立てながら伝えると、とびきりの笑顔とサムズアップが返ってきた。

旅先でのこういった行いが、ゆくゆく錬金術師の知名度を上げることに繋がるのだ。さすが、クレアさんはわかってくれているらしい。

「それじゃ、名残惜しいけど、そろそろ行くわね。本当にありがとう」

「わたしもここ数日、賑やかで楽しかったです。近くに来たら、また寄ってくださいね」

「はい！　また来ます！」

もう一度お礼を言って、あたしは絨毯に、フィーリはほうきへと乗り込む。

「……お二人とも、お元気で」

クレアさんに手を振り返しながら、あたしはゆっくりと絨毯を発進させた。

彼女はその姿が見えなくなるまで、ずっと手を振り続けてくれていた。


それから街道に沿って進んでいくと、一時間ほどでセレム港へたどり着いた。

そこは想像していたよりもずっと大きな港で、乗船券売り場のほか、無数の露店やテントが並んでいた。遠くには馬車が何台も停まっているのが見える。

「あの人たち、皆あの船に乗るんですかね？」

乗ってきたほうきをトランクへ固定しながら、フィーリが呟いた。

「そうみたいねー。大きな船だし、たくさん乗れそうよね」

言いながら、視線を馬車の群れから船へと移す。常夏の島へ行く時に乗った船より大きく、立派な帆船だった。

「船のチケット買ってくるから、お腹が空いてたら露店で何か買ってもいいわよ？」

「はい！　ちょっと覗いてみます！」

その言葉を待っていたかのように、フィーリは声を弾ませた。

「人も多いから、連絡用にトークリングだけはつけときなさいよー！」

「わかってまーす！　あ、トランクお願いしますね！」

金色の腕輪に太陽の光を反射させながらそう言葉を返し、フィーリは人波へと消えていった。

その背を見送ってから、あたしは残されたトランクを手に、乗船券売り場へ足を向けた。

乗船券売り場がある建物に足を踏み入れると、そこにはチケットを買い求める長蛇の列ができていた。

「うっわー、これはだいぶ時間かかりそうねー」

そう声に出した時、そこにいた人々の視線が一斉にあたしへ向いた。

「……うん？　なになに？　どうしたの？」

思わず室内を見渡すと、彼らはすぐに視線をそらし、顔を見合わせてヒソヒソ話を始めた。

その内容を聞き取れずにいると、眼前の列が左右に割れ、あたしはカウンターへと導かれる。

「……これは魔法使い様。本日はどのようなご用件で？」

カウンターの向こうにいた男性はうやうやしく一礼したあと、そう尋ねてきた。

「ちょ、ちょっと。あたしは魔法使いじゃないわよ。錬金術師」

周囲からの視線が気になり、小声でそう訂正する。男性は首をかしげた。

「違うのですか？　では、その腕輪は？　金の腕輪は高位の魔法使いの証のはずですが」

「あー、これは一種のアクセサリーというか、とにかく違うんです」

……忘れてた。この腕輪をしていると、妙な誤解をされるんだった。

つまり、ここにいる人たちはトークリング……金色の腕輪をしたあたしを見て、高名な魔法使いだと勘違いしたらしい。そんなんじゃないのに。あたし、錬金術師なのに。

……だけど、これまでも街中でトークリングはつけていたのに。どうして今日に限って、ここまで反応が違うのかしら。

「ご冗談を。ほうきもお持ちじゃないですか。すぐに特別室の手配を……」

男性は言いながら、あたしの持つトランクにくくりつけられたほうきへ視線を送った。

これかー！　これのせいかー！

「あー、これはその、あたしのじゃないんですよ！」

動揺を隠すように、そのほうきをトランクごと抱きしめる。

「ということは、本当に魔法使い様ではないと？」

「さっきから違うって言ってるでしょー。てゆーか、魔法使いは特別室なんてあるの？」

「ええ。海運ギルドにとって魔法使い様はお得意様なので、配慮するように上から言われてるんです。雪の街ケープは魔法使い様から人気のある街ですから、船を利用される方も多くて」

あたしが魔法使いじゃないとわかったからか、男性は若干言葉を崩しながら教えてくれた。

言われてみれば、この場にも魔法使いらしき服装の人がちらほら。彼らに人気があるってことなら、大魔法使いが立ち寄っていても不思議はないわね。

「それでは、錬金術師さんはどの客室を利用されます？」

「そーねー。ところでこの船って、子供料金って対応してない？」

「10歳以下のお子様は半額にできますが、本人確認をしませんと……」

男性は困ったように頭を掻いた。10歳以下なら、フィーリはギリギリ子供料金対象のはずだ。

「メーイさーん！　乗船券買うのに、いつまでかかってるんですか⁉」

その時、あたしのトークリングからフィーリの声がした。

「おおっと……もしもし？　フィーリ、ちょうど良かったわ。乗船券売り場まで来て」

「……よくわかりませんが、建物の前にいるので、すぐに行きます」

「カウンターの目の前にいるから。よろしくねー」

フィーリとの通話を終えると、再び周囲の視線があたしに集まっていた。

「……あの、今のはなんという魔法ですか？」

「へっ？　魔法じゃないわよ。これはトークリングっていう錬金術の道具で……」

そう説明をしようとした矢先、背後の扉が開く音がして、フィーリがやってきた。

ぐるりと建物内を見渡して、奥にあたしの姿を見つけると、トコトコと寄ってくる。

「メイさん、何か用事ですか？」

「乗船券を子供料金で買うのに、本人確認がいるのよー。おじさん、この子がそうなの」

言いながら、フィーリの肩に手をやる。男性はカウンター越しにフィーリの顔をじっと見た。

「なるほどね。君、年はいくつだい？」

「10歳です！」

「年齢は大丈夫だね。働いていると子供料金にはできないんだが、何か仕事はしてるかい？」

「一応、魔法使いをやってます！」

フィーリがキラッキラの笑顔で言う。その左手には光り輝く金色のトークリングがあった。

それが目についたのか、男性が驚愕の表情で固まった。

「……魔法使い様、ようこそいらっしゃいました」

かと思うと、すぐに姿勢を正して深々と一礼する。

「これは失礼。お連れの方が魔法使い様でしたか。すぐに特別室を手配いたします」

「結構です！　この二等客室でお願いします！　子供料金適応で、片道１１５０フォルのやっ！」

「いやいや、魔法使い様を二等客室などにお泊めしては、私が上に怒られてしまいます！」

「あたしたちは気にしないから！　早く発券して！　はい、お金！」

「せ、せめて船内レストランの食事券を受け取ってください！　お願いします！」

状況が飲み込めないフィーリが首をかしげる中、あたしと男性は押し問答を繰り広げる。

最終的にあたしが食事券を受け取ることで、ようやく乗船券を用意してもらえたのだった。

「ふへぇ……なんか疲れた」

ヘロヘロになって外に出て、預かっていたトランクをフィーリに返す。

「よくわかりませんが、レストランのチケットがもらえて良かったですね」

彼女は純粋な笑みを浮かべて言い、その細い指先でチケットを弄ぶ。

「レストランは夜だけよー。それより、露店で何か買ったの？」

「それがですねぇ。お店はたくさんあるんですが、どこも乾パンしか売ってないんです。しかも、例のおいしくないやつです」

フィーリはわざとらしく口を尖らせて言った。

この港にある露店は、船の乗客を狙って商売をしているのだろう。あたしたちの乾パンを買ってくれた人の中にも、港で乾パンを買う予定だという人が多くいたし。

「それは残念だったわねー。船旅の途中で食べる、甘いお菓子とかあれば良かったのにね」

「まったくですよー。しばらく糖分不足になりそうです」

「あはは、もし甘いものが欲しくなったら、あたしが調合してあげるから」

「……メイさんの錬金術に期待しています！」

「調子いいわねー」

からからと笑いながら桟橋まで歩みを進め、係員さんにチケットを渡して船に乗り込む。

これから数日間の船旅が待っているのだから、航海中に防寒具も調合しておかないと。

熊の毛皮を提供してくれた、たきつぼ亭の店長さんには本当に感謝ねー。

○○○

三日間の船旅を経て、あたしたちはケープ港へ到着した。

「さ、寒いです……！」

「うあー、覚悟はしていたけど、すごいわねー……」

船を下りると、そこには見渡す限りの雪景色が広がっていた。

山も木も、全てが白く染まっていて、灰色の空からは今にも雪が落ちてきそうだった。

「メイさん、息が白いですよ。顔が痛いです」

寒いのはわかっていたから、毛皮のコートだけでなく、毛糸の帽子に手袋、耳あて、マフラーなど、考えつくあらゆる防寒具を調合し、完全防備でやってきた。それでも寒い。

「そういえば、あれだけ乗ってた乗客たち、どこに行ったのかしら」

すぐ近くに港の建物が見えるけど、セレム港にあったものに比べて小さなものだった。あそこに乗客が集まっているとは考えられない。

「船が着岸してすぐ、たくさんの犬ぞりに乗って街に行っちゃいました」

「え、犬ぞり？」

思いがけない単語に、あたしはそう聞き返す。

元の世界でも積雪地帯で使われていたけど、この世界にもあるのね。

「そうです。船の中で、朝からそのチケットを売ってたんですが、メイさん、起きてくれなくて」

「言われてみれば、何回か揺すられたような……犬ぞり、チケット制だったのねぇ」

「乗ってみたかったです……」

フィーリが呟くように言った時、ひときわ冷たい北風が吹いた。

ううぅ……寒い。これはあまり長居できそうにない。

「とりあえず、ケープの街を目指して出発しましょ。ここから街道を北上すればいいから」

「それは大賛成ですが、街道ってどれですかね」

そう言われ、辺りを見回してみると、一面の銀世界。街道なんて全くわからなかった。

「万能地図を見ながら進むわ。風が吹くと特に寒いから、フィーリはあたしの後ろをついてきて」

容量無限バッグから取り出した地図を開きながら、そう伝える。この地図、見た目はスマホの地図アプリのようだけど、手袋をしたままでも操作できる。これはありがたかった。

「メイさん、ほうきを持つ手がかじかむんですが。手袋、意味ないです」

「少しの辛抱だから、我慢しなさい。じきに慣れるわよ」

自分を鼓舞する意味も込めてそう言い、あたしは絨毯を飛ばした。

冷たい風に耐えながら、20分ほど飛ぶと、体がある程度寒さに慣れてきた。

時を同じくして、雲が切れて太陽が顔を覗かせる。気温も上がり、移動も多少楽になった。

「もう少しで街が見えてくるわよー。天気も良いし、余裕出てきたかも」

「あのー、余裕があるのなら、ちょっとやりたいことがあるんですが」

「やりたいこと？」

「はい。雪って見るの初めてなので、もっと近くでじっくり触ってみたいんです」

背後に視線を送ると、フィーリが眼下に広がる雪原にその目を輝かせていた。

　その表情を見て、あたしは察した。マスターに早く会いたい気持ちも当然あるんだろうけど、そこは10歳の女の子。初めての雪の誘惑には勝てないみたいだ。

「わかったわよー。まったく、しょうがない魔法使い様ねー」

　軽い口調でそう返したあと、あたしは絨毯の速度を落としていく。

　ここなら誰の迷惑にもならないと思う。街についてからだと、思いっきり遊べないかもだし。

「メイさん、いきますよー！」

「ばっちこーい！」

　街道から少し外れた場所で、フィーリと雪玉を作り、一対一で雪合戦をして遊ぶ。

　両手に雪玉を持った彼女は、本当に楽しそうにしていた。初めての雪だし、思いっきり遊ばせてあげましょ。

　気づけば風も止んでいて、楽しそうな声と雪をさくさくと踏みしめる音だけが聞こえていた。

「……あれ、メイさんの足元に何かありますよ？」

　童心に返って遊んでいると、フィーリがそう言ってあたしの足元を指差した。

　見ると、雪原に似つかわしくない青々とした植物が雪の中から顔を覗かせている。

「へー、こんな場所にも植物が生えてるのね」

　それはフキノトウのような見た目をした緑色の植物で、レシピ本を使ってその名前を調べてみると、ユキモグリというらしい。

　名前も似てるわね……なんて考えながら手を伸ばすと、素早く雪の中へ潜り込んでしまった。

「採取しようとしたら潜りおった……！　なるほど、だからユキモグリと」

さすが異世界の過酷な環境で育った植物。採取も一筋縄ではいかない……なんて考えつつ、真っ白い地面に視線を巡らせる。

すると、そこら中に植物や木材といった、素材になりそうなものが目についた。

「あ！　あそこにもユキモグリが生えてるじゃない！　向こうには真っ白い花がある！」

「もー、急に錬金術師モードになるんですからー！」

地面ばかり見ているあたしに対し、フィーリが両手を上げて憤慨する。

「ねぇ、一緒に遊んであげたんだから、今度はあたしの素材採取を手伝ってくれない？」

「はいはい。わかりましたー。わかりましたよー」

やれやれ、といった様子のフィーリと手分けして、雪国限定の素材を採取することにした。

先のユキモグリのような植物のほか、凍った木の枝や葉っぱ、雪そのものも素材になる。

この容量無限バッグはその名の通り、いくらでも物を入れることができて、この中にあるものはまるで時間が止まったかのように鮮度が保たれる。

つまり、この中に入れた氷や雪は溶けることがないのだ。

常夏の島で氷の確保に苦労したあたしは、ここぞとばかりに雪を採りまくったのだった。

……そんなふうに採取に夢中になっていると、段々と天候が怪しくなってきた。

あれだけ晴れ渡っていた空は再び灰色の雲に覆われ、強い風とともに雪がちらついてくる。

「フィーリ、街に向かって全速力！」

「む、無理です！　風が強すぎますよー！」

その天候悪化に気づいて、あたしたちはすぐに街を目指すも、時すでに遅し。恐ろしいほどの強風に降り積もった雪が巻き上げられ、一寸先も見えない状況に陥る。いわゆるホワイトアウトの状態で、移動なんてとても無理だった。

「て、手元の万能地図すら見えない……！　フィーリ、万能テントに避難するわよ！」

強い横風でほうきから振り落とされそうになるフィーリを支えながら、絨毯を雪の上に軟着陸させる。その後、やっとの思いで万能テントを設置し、その中へ転がり込んだのだった。

「うう……雪、怖いです」

万能テントの中で雪まみれになった防寒具を脱ぎながら、フィーリは半べそになっていた。

どういう仕組みかわからないけど、この万能テントは外気温の影響を受けない。

この中にいる限りは安全なので、あたしたちはここで吹雪が収まるのを待つことにした。

「ひとまず着替えて、風邪ひかないように毛布でも羽織っときなさいよー」

満身創痍のフィーリにそう伝え、あたしも服を着替えたあと、ホットチョコラテを調合した。

「はぁぁ……あったかいです……生き返りますー……」

それをマグカップに注いで彼女に手渡してあげると、とろけそうな笑みを浮かべていた。

これは常夏の島で採取したチョコの実と牛乳を素材にしたもので、つまりはホットココアだ。

あたしも同じものを調合し、口に運ぶ。この甘さと温かさが五臓六腑に染み渡る。

「さっきまで晴れてたのに、急に天気悪くなったわねー」

「窓の外も真っ白になっちゃってます。時々揺れますが、このテント、壊れたりしませんよね？」

「大丈夫よー。少し休みましょ」

努めて明るく言って、テント内に設置されたソファーに腰を落ち着ける。

フィーリもあたしに倣ってソファーに座り、トランクから魔導書と日記帳を取り出した。

そんな彼女の様子を見ていると、あたしは急にまぶたが重くなったのだった。


「……メイさん、もう暗くなりましたよ。そろそろ起きませんか？」

……フィーリの声であたしは目を覚ます。

いい感じに体が温まったせいか、あのままソファーの上で寝てしまったらしい。

どこか不安顔をした彼女に謝りながらソファーから起き上がり、窓の外を見る。すでに夜の帳が下りていて、時折風の音がしていた。

「この様子だと、今日はここで夜を明かすことになりそうねー」

万能地図を取り出しながら言い、天気図モードに切り替えて周辺天気を確認してみる。

……広範囲が雪雲に覆われていた。これはしばらく動けそうにない。

「……大自然の力の前には、人間なんて無力なのね……」

そんなことを口走りつつ、あたしは夕食を作るため、錬金釜を設置したのだった。

……それから二日が経過するも、吹雪は止むことがなかった。

　このテントの中は安全で快適なんだけど、とにもかくにもやることがない。

　こんなに長い間、このテントから出られない状況なんて初めてかもしれない。

「雪、止まないかしらねー」

「止んでほしいですよねー」

　フィーリも同じ心境らしく、雪がついて外が半分以上見えない窓を眺めつつ、ため息をついた。

「早く雪の街に行きたいです。このままだと、マスターがどこかに行ってしまうかもしれません」

「こんな天気だし、大魔法使いも動けないわよー」

「熱の膜で体を覆う防寒魔法があると、以前マスターから聞きました。わたしは使えませんが」

「そんな魔法あるの？　なんか火属性っぽいけど……それでも、船がないんだから移動は無理よ。安心しなさい」

「それはそうですけど……やっぱり不安なんです。早く雪、止んでほしいです」

　もう一度そう言うと、フィーリはソファーへ向かい、ぼふん、と仰向けにひっくり返った。

「暇だと色々考えちゃうもんねー。魔導書読んで、勉強したら？」

「もう読み上げちゃいましたよー」

　そう提案してみるも、彼女は天井を見上げたまま、そんな言葉を返してきた。

　かくいうあたしも素材ノートをまとめ終わっていて、暇を持て余している。

　かといって、暇つぶしに素材ノートをめくっていると、素材を採りに行きたい衝動に駆られてしまう。周囲に多くの素材があるというのに手を出せないのは、精神的にもきついものがある。

思わず窓に張り付く。柔らかいガラスのような、ビニールのような不思議な感触。だけど、外気の冷たさは全く感じなかった。

「わたしも魔法の練習したいです。魔力が溢れすぎて、なんかこう、ムラムラします」

ソファーに寝っ転がったまま、フィーリは空中に文字を書くように杖を動かしていた。

「そうだ。どうせやることもないんだし、魔法について教えてくれない？」

「え、本気ですか？」

「もちろん本気よー。この間の脱穀機みたいに、あたしの道具にも魔力を使うものが出てきたしさ。魔法について、少し勉強しとこうかと思って」

そう言いながら、フィーリの目の前へと移動する。魔法について学びたい気持ちは当然あるけど、こうすればこの子も暇じゃなくなるし、色々考えなくて済むはずよね。

「わかりました。それでは、この本の内容から教えますね。言っておきますが、かなり初歩的なものですよ？」

フィーリは見慣れた魔導書を胸の前に掲げながら言う。読みあげたと言っていたし、その中身は全て頭に入っているのだろう。

「よろしくねー、フィーリ先生」

あたしはその場で正座をする。魔法の授業なんて初めてだし、どんな感じなのかしら。

「……つまり、魔力の源である魔素――一般的に言うところのマナは世界中に溢れていて、あらゆる動植物や空気中に存在すると言われています。そのマナが具現化して実体を持ったのが『精霊』で、その精霊と契約して魔力を行使できる人間のことを総じて『魔法使い』と呼びます」

「ふむふむ。『マナ』に『精霊』に……」

「古来より、存在する地水火風の四属性魔法に加えて、近代では氷と雷、光と闇の四つの属性が新たに確認されています。その中でも、光と闇の魔法は扱いが難しく、消費魔力も多いんですが、ひときわ強力なものが多くて……」

「えーっと、地水火風……それに氷と雷、光と闇……がく」

「強力な魔法ほど、精霊と契約する際に交わす『契約書』の内容が多くなります。それが呪文詠唱を長くする要因の一つでもあるんですが、わたしのように多めの魔力を支払うことで、呪文を短縮し、魔法の発動を早めることができます」

「……」

「魔法は各属性につき、初級魔法、中級魔法、上級魔法、最上級魔法、究極魔法とランク分けがされています。中には二種類の属性を同時に扱う複合魔法というのもあるのですが……って、メイさん？　聞いてます？」

「……はっ」

　肩を揺すられて、あたしは目を開ける。難しすぎて、完全に意識が飛んでいたようだ。

「ごっめーん、地水火風がどうこうって辺りから、意識飛んでた」

「思いっきり最初のほうじゃないですかー！　せっかく話してあげたのにー！」

両手を突き上げて怒るフィーリ先生に謝りながら、やはり自分は錬金術以外駄目なのだと痛感したのだった。

……その後、お怒りのフィーリ先生をなんとかなだめて、錬金術に関係しそうな魔力の部分だけ、もう一度ゆっくりと教えてもらった。

「魔力がそこら中に存在するっていうのなら、その魔力と反応させる道具とか作れそうよね。もしくは、魔力をかき集める道具とかさ」

説明を受けて一番に思いついたのは、魔力と反応させて威力を強化した爆弾だ。

一つ持っておけば、いざという時に切り札として使えるかもしれない。

「んー、それっぽい道具、載ってないわねー」

思案しながらレシピ本を見るも、いい感じのレシピは載っていなかった。

「その本に載ってないんじゃ、さすがに作れないんじゃないですか？」

「ううん。これまでの経験上、爆弾素材と何かで作れるはずよ。たとえば、魔力ドリンクとかさ。ちょっと試してみるわ」

テントの中に錬金釜を設置しながら、そう口にする。

だてに錬金術師として経験積んでいない。なんとなくだけど、この調合はうまくいきそうな気がするのだ。

まずは適当な爆弾素材を錬金釜へ投入して、続いて容量無限バッグから魔力ドリンクを取り出し、追加投入。あとはかき混ぜるだけ……。

「おわあぁ!?」

……次の瞬間、錬金釜から虹色の噴水が湧き上がった。

全く予想していなかった事態に、あたしはその場に尻餅をついた。

おそるおそる起き上がって錬金釜の中を覗き込むも、そこには完成した道具はおろか、素材の姿すらなかった。爆発によって、跡形もなく消えてしまったらしい。

「い、今の、なんですか」

爆発に驚いたのか、テントの壁際まで逃げていたフィーリが震える声で言った。

その声を聞いて、あたしは少し冷静になる。

「……調合、失敗しちゃったみたい……」

できるだけ平静を装ってそう呟くも、自分の声が震えているのがわかった。

あの光の噴水、錬金術師の街で見た覚えがある。確か、調合に失敗した時に起こる現象のはずだ。あたし、調合に失敗したんだ……。

「ほーら、いわんこっちゃないです!」

錬金釜の縁に両手を置いたまま、がっくりとうなだれるあたしに、フィーリが呆れ顔で言う。

「そ、そんなふうに言わなくてもいいじゃない。あたしだってショックなんだから」

しおれたように言うと、フィーリは一瞬真顔になり、あたしの近くに寄ってきた。

「やっぱり、レシピ本にないものは作れないのかしら。うまく言えないけど、なんかこう、できそうなんだけど」

　どこかもどかしさを感じるあたしの言葉を聞きながら、フィーリは黙考していた。

「……他の素材で試してはどうですか？　魔力石とか、妖精石とか。魔力に関係するものと言われると、それくらいしか思い浮かびません」

「ありがとう！　試してみる！」

　フィーリの助言を受けて、あたしはその後、魔力ドリンクの代わりに魔力石を入れてみたり、妖精石を入れてみたり、はては属性媒体を入れてみたりと、素材を変えて試行錯誤をしてみた。けれど、錬金釜はその都度爆発し、調合は全て失敗してしまった。

「あー、やっぱり無理なのかしら……」

　思いつくあらゆる手を尽くすも、それらしい道具を生み出すことはできなかった。

　究極の錬金釜も万能ではなく、やはりレシピ本にないものは作れないのだと痛感しつつ、これまでチートアイテムに頼りきっていた自分の実力はこんなものなのかと、幻滅さえした。

「メイさん、気を落とさないでください。とりあえず、ごはんにしましょう。お腹が膨れれば、きっといい考えが浮かびますよ」

　フィーリは明るい声で言いながら、テント内に備え付けられたキッチンへと向かう。

　これ以上フィーリに気を使わせるわけにもいかず、あたしは魔力を使った道具の調合を一旦棚上げにしたのだった。

　そんなことがあった翌日。

「おお、晴れた！」

「絶好の旅日和ですよー！」

　ようやく吹雪が止み、空はすっかり晴れ渡っていた。

「早く、早く街に行きましょう！　また天気が悪くなる前に！」

「もちろんよー。それじゃ、しゅっぱーつ！」

　天候回復を確認したあたしたちは、一目散に外へ向かうと、半分雪に埋もれた万能テントをしまい込む。次に各々の乗り物へ乗り込むと、新雪を散らすほどの速度で雪原を進んでいく。

　しばらくすると、ケープの街が見えてきた。

　白い雪と青い空の間に、黒っぽい二階建ての建物が身を寄せ合うように並び、屋根にとりつけられた煙突から真っ白い煙を立ち昇らせていた。

「へー、なんかオシャレな街ねー」

　素直な感想を口にしながら、あたしたちは建物と同色の黒い門をくぐる。

　目の前に広がる石畳も建物と同じ黒色で、道の脇に積まれた白い雪とのコントラストが美しい。

　そんな石畳の上を、しっかりとコートを着込んだたくさんの人が行き交っていた。

「メイさん、これからどうするんですか？」

「そうねー。まずは宿を決めましょ」

　フィーリの手を引いて、近くに設置されていた街の地図に目を向ける。

……半分以上凍っていて、全く読めなかった。えーっと、宿はどこにあるのかしら。

「お嬢さんたち、この街は初めてかい？」

その時、毛皮の帽子を深々とかぶった男性が声をかけてきた。

「そうなんですよー。宿を探してるんですが、地図がこんな有様で……」

「はっはっは。ここ数日、すごい吹雪だったからなぁ。宿なら少し進めば左側に見えてくる。この大通りから見て右側は住宅地で、左側は観光客向けの宿や店が並んでる。覚えておくといいぞ」

「そうなんですねー。ありがとうございますー」

教えてくれた男性にお礼を言い、道の左右を確認する。確かに左側はやけにきらびやかだった。

「それで、宿はこの街に何軒かあるんだが、俺の親友がやってる『雪うさぎ』って宿があるんだ。ロイドに紹介されたって言えばサービスしてくれると思うから、ぜひ泊まってやってくれよ」

男性はそう言うと、手を振りながら去っていった。

……もしかしてあの人、旅人に宿屋を紹介する仕事でもしているのかしら。

少し考えて、あたしたちはその『雪うさぎ』という宿に行ってみることにした。

「こんにちはー。あの、ロイドさんに紹介されて来たんですけど」

「いらっしゃい。お嬢さんたちもあいつに声をかけられたのか」

対応してくれた中年の男性は、にこやかな笑みを浮かべながら言った。おそらく亭主だろう。

「と、いいますと？」

「あいつは毎日のように客を連れてきてくれるんだ。客引きはやめてくれと言ってはいるんだが」

亭主さんの口ぶりからして、宿の紹介はあのロイドさんが勝手にやっていることらしい。

「おおかた、自分の名前を出せばサービスしてくれると言ったんだろう？　あいつの決め台詞さ」

困った顔をしながらも、彼はどこか嬉しそうだった。その表情に安心感を覚えたあたしたちは、この宿に泊まることを決めたのだった。

「ところで、お嬢さんたちは昨日の吹雪の中を移動してきたのかい？　船もなかったはずだが」

差し出された宿帳に名前を記入していると、亭主さんが不思議そうな顔で言った。

三日間吹雪に耐えていたこともあり、妙なタイミングで街に来てしまったらしい。

「まぁ、こう見えて旅する錬金術師なので。吹雪なんて、どうってことないです」

「はぁ、錬金術師？」

胸を張ってそう答えるも、亭主さんは首をかしげた。

ダメ元だったけど、やはりこの街でも錬金術師は知られていないようだった。

「ともかく、子連れで旅は大変だろう。代金は一人分で構わないから、ゆっくりしていってくれ」

続けて彼はそう言ってくれた。あたしたちはお礼を言い、数日分の代金をまとめて支払う。

「確かに頂いたよ。さて、部屋はこっちだ。階段があるから、気をつけてくれ」

金額を確かめたあと、亭主さんは鍵を手にカウンターを出て、近くにある階段を登り始める。

それについていくと、二階に到着してすぐ、妙な位置に扉があることに気がついた。

「廊下のこっち側、全部窓よね？　なんで一箇所だけ扉があるの？　先に部屋なんてないのに」

「時期によっては一階部分が全て雪に埋まることがあるんだ。そんな時、この扉から出るのさ」

「じゃあ、夜に寝ぼけて扉を開けてしまったら、下に落っこちちゃうんですか？」

「はっはっは、普段は鍵をかけてるから、落ちる心配はないさ」

怯えた表情のフィーリを見ながら、亭主さんが笑う。

うーん、ここまで雪が積もるのかぁ……雪国って大変そう。

「それじゃあ、街の建物がどれも黒っぽいのも……？」

「黒い色は太陽の熱を集めるからな。先人の知恵ってやつだよ」

窓の外に見える黒々とした建物を眺めながら尋ねると、誇らしげな声が返ってきた。

「はー、さっきの扉もそうだけど、理に適《かな》ってるわねー」

そう納得しながら廊下を歩く。やがて目的の部屋にたどり着いた。

そこは二人で泊まるには十分すぎるほどの広さがあり、壁際にいくつかの棚と大きなベッドが一つ。少し離れて、椅子が二つついたテーブルセットが置かれていた。部屋の中央にはダルマストーブを思わせる大きな暖房器具があり、窓は全て二重窓になっていた。

「さっそくストーブを動かしてやろう。こいつは燃費がいいから、寝る前に薪をくべれば朝まで燃え続けるぜ。ロイドからの紹介だから、薪代はサービスだ。そこの棚にも薪はあるが、もし足りなくなったらフロントまで取りに来てくれよ」

慣れた手つきでストーブへ薪をくべながら、そう話してくれる。重厚そうなストーブからは、立派な煙突が天井へ向けて伸びていた。

「こんな感じのストーブって、この街じゃどこの家にもあるの？」

「大きさは違うが、だいたいどの家にもあるなぁ。なんてったって寒いからなぁ、この街は」

「なるほどねー。屋根から無数に上がってた煙は、ストーブの煙ってことねー」

「そういうことになるなぁ。よし、あとは紙くずを入れて……ちょちょいっと」

そんな話をしているうちに、亭主さんはテンカ石を打ち合わせ、一瞬で火を起こしてしまった。

その手際の良さに、作業を見つめていたフィーリは瞳を輝かせていた。

……テンカ石って、火打ち石にもなるんだったわね。最近、素材としてしか見てなかったわ。

「このテンカ石は置いておくから、好きに使ってくれ。それと、ここの食事は三食とも宿代に含まれているから、昼食はあとで部屋に持ってきてやるからな」

「ありがとうございますー」

おお、この宿は食事付きなんだ。最近素泊まりが多かったから、ちょっと嬉しい。

「あと、うちは夜に酒の提供をしてないんだ。酔っ払って廊下で寝られると、凍え死ぬからな」

続いて、さらっと怖いことを言われた。つまりこの街は夜になると、室内であっても平気で氷点下になるってこと？　雪国怖い。

一人で恐怖したあと、あたしはお酒を飲まないことを亭主さんに伝える。すると彼は安心した面持ちで部屋を出ていった。

食事を用意してくれるということで、あたしたちはストーブにあたりながら料理を待つ。

「はー、あったかいー」

「天国ですぅー」

二人並んでストーブへ手をかざす。冷えた体が指先からじわじわと温まってくるのを感じた。

「こうやって揺らめく炎を見てると、不思議と心が落ち着くわねー」

「わたしはマシュマロ焼きたくなってきます」

「あはは、ゼラチンを用意できたら、いつか作ってあげるわねー」

焼きマシュマロもおいしそうねー……なんて考えていると、扉がノックされ、亭主さんが昼食を持ってきてくれた。

「ほい、昼飯だぞー。たんと食べてくれ」

テーブルに置かれた大皿には、パンと茹でたジャガイモ、ソーセージが盛られていた。

「え、ソーセージ？」

思わず二度見する。サイズは小さいけど、ソーセージだった。久しぶりに見た気がする。

「ソーセージが珍しいのか？　トリア鳥の腸にその肉とスパイスを詰めて燻《いぶ》した保存食でな。日持ちもするし、ここらじゃよく食うんだ」

「トリア鳥のソーセージなの？　豚じゃないんだ」

「ブタ？」

亭主さんは知らないという顔をした。

……今思えば、この世界で豚を見たことがないような。基本、トリア鳥……鳥肉しか食べてない気がする。牛もいるけど、ミルクを出してくれるし、農作業も手伝ってくれるからか、食べる文化はないように思える。この前イノシシは見たけど、まだ家畜化はされていないのかしら。

「俺にはよくわからないが、旅をしていると色々な食い物に出会うんだろうな。うちの名物料理もうまいから、堪能してくれ」

彼はそう続けて、もうもうと湯気が立ち昇るスープをテーブルに置いてくれる。

「なんですかそれ。すごく熱そうです」

「チーズたっぷりの熱々スープだ。この街は寒いから、調理場から運んでくる間にどうしても料理が冷めちまう。そこでこのスープが考案されたんだ。これに食材をひたせば、いつでも熱々の料理が楽しめる。試してみてくれ」

言われるがまま、あたしとフィーリは食事の挨拶をして、フォークを手にとる。

まずはトリア鳥のソーセージを食べてみることにした。フォークを刺し、スープにくぐらせる。

「あっつ！　んー！　むむー……！」

その時、スープにくぐらせたジャガイモを一足早く口にしたフィーリが熱さに悶えていた。

それを見て、あたしはスープをまとったソーセージに何度も息を吹きかけたのだった。

……そんな熱々の昼食を済ませてから、あたしたちはこの街の冒険者ギルドへと向かう。

「うう、まだ口の中がヒリヒリします」

「急いで食べるから口の中を火傷するのよ。ああいう料理はエレガントに食べなきゃ」

そう言葉を返しながらも、あたしは内心安堵していた。この子が先に料理を食べてなかったら、口の中を火傷していたのはあたしのほうだったかもしれない。

……料理そのものは、チーズフォンデュみたいでおいしかったけど。

「エレガント……という言葉の意味がよくわかりませんが、なんか悔しいです」

「お上品……って感じかしら。まぁ、今回は勉強になったってことで、次から気をつけましょ」

ふてくされた声色で言うフィーリをなだめながら、大通りを歩く。

宿屋の亭主さんに聞いたところ、この街の冒険者ギルドは大通りの一番奥にあるとのこと。

その道すがら、左手側にお店がずらっと並んでいるのが見える。露店のようなものはなく、全てきちんとした店舗だった。日中で一番温かいであろうお昼過ぎでこの寒さだし、それこそ寒すぎて外で商売なんてできないのだろう。

その大通りを行き止まりまで進むと、雪に覆われた広い公園があった。

周囲を見渡すと、左奥にひときわ大きなお屋敷が見える。頑丈そうな柵に囲まれたそれは、領主の館のようだ。

そのお屋敷から公園を挟んで反対側に、冒険者ギルドの建物があった。

あそこに行けば、ようやく大魔法使いの居場所がわかるはずよ。

「あれですね。早く行きましょう」

同じくギルドの建物を発見したフィーリは足取り軽く、雪の上を跳ねるように進んでいく。

「気持ちはわかるけど、スノーブーツなんだから走ると危ないわよー」

そんな彼女にあたしはそう声をかけて、急ぎその後を追ったのだった。

「ど、どうもー。こんにちはー」

冷たい外気を遮断するための重い扉を開け、冒険者ギルドへと足を踏み入れる。

本来なら外にある依頼掲示板が室内にあること以外は、これまで訪れた他の街の冒険者ギルドと同じ作りだった。受付カウンターに併設された小さな酒場で、数名の冒険者が暖をとっていた。

「おやまぁ、子ども連れの魔法使い様なんて珍しいね」

「あたしは魔法使いじゃないです。錬金術師」

受付カウンターに向かっていきながらそう訂正するも、そこにはいつもの見慣れた顔の女性ではなく、一人のおばあさんが座っていた。

「錬金術師……はてね。この年になって初めて耳にする職業だよ」

おばあさんはかけていたメガネをずらし、あたしの顔をまじまじと見てくる。

同じように視線を向けていると、あることに気がついた。この人、これまで出会ってきた冒険者ギルドの受付さんと、どことなく似た雰囲気がある。

「あの、妙なことをお聞きしますが」

どうしても気になったあたしは、そのことについて尋ねてみた。

各地の冒険者ギルドに、親戚や家族が勤めていませんか？　と。

「ええ、娘や孫たちがあちこちの冒険者ギルドで頑張っていますよ。お嬢さん、知ってるのね」

受付のおばあさんはどこか嬉しそうに言った。

……まさか、この世界には代々冒険者ギルドの受付をする一族が存在しているのかしら。

「それで、今日はどういったご用？」

そんな突拍子もないことを考えていた時、おばあさんがニコニコ顔であたしに訊いてくる。

「滝の街の冒険者ギルドから、人探しの依頼書が届いていると思うんですが」

「ええ、届いているわよ。確か……これね」

彼女はカウンター脇の引き出しから一枚の依頼書を引っ張り出し、あたしたちに見せてくる。

「それです。その尋ね人が見つかったと聞いてきたんですが、今どこにいるかわかりますか？」

「その人なら、ちょうどそこにいるわよ。この街に長いこと滞在していて、うちの常連さんなの」

受付のおばあさんはそう言い、目を細めながら、無数のテーブルが並ぶ一角を指し示した。

そこにはこちらに背を向けて仲間たちと談笑する女性の姿があった。

あたしはすぐにフィーリに視線を送る。彼女は真剣な表情で頷いて、静かにそのテーブルへと近づき、声をかけた。

「……あの、マスター？」

「……え？」

フィーリの声に反応して女性が振り返る。

「……違います。マスターじゃありません」

その顔を見た直後、フィーリが落胆の色を隠さずに言う。

服装も魔法使いのそれで、髪色も依頼書にある常緑樹のような深緑色だった。

けれど、瞳の色が違った。オッドアイでこそあったけど、赤と緑の瞳。赤と青ではなかった。

「イーリスさん、その子、知り合いかい？」

「えーっと、知らない子だと思うけど……この街の子？」

仲間の冒険者からの問いかけに、イーリスと呼ばれた女性は戸惑いながら言葉を紡ぐ。

一方、話しかけられたフィーリはその質問に答えることなく、意気消沈した様子だった。

「……あの！　すみません！」

あたしは堪らずその間に割って入り、自己紹介をしたのちに事情を説明した。

「……というわけなんです。驚かせてしまって、ごめんなさい」

「大魔法使いを探して、こんな場所まで旅を？　大変だったわね……」

事情を知ったイーリスさんは頬に手を当て、心配そうにフィーリを見ていた。

その手をよく見れば、つけている腕輪は銅製。魔法使いのランクも、大魔法使いとは違う。

「……いきなりイーリスに声をかけといて、まったく人騒がせな女の子だなぁ」

その時、イーリスさんと同席していた魔法使いの男性がそんな台詞を口にした。

「ちょっとライル。あなた、酔ってるからってその言い方はないでしょう」

すぐに彼女が制止するも、一度口から出た言葉は戻らず。フィーリは一瞬、唇を噛みしめた。

「……先に宿へ帰っています」

フィーリは感情を押し殺すように言うと、そそくさと防寒具を着込み、足早に冒険者ギルドから出ていってしまった。

「……ごめんなさいね」

去っていくフィーリの背中をしばらく見つめたあと、イーリスさんがそう謝ってくれた。

ライルと呼ばれた隣の男性は彼女に注意されたのもあって、バツが悪そうに頭を掻いていた。

「あの、お二人とも魔法使いなのでしたら、何か大魔法使いの情報を知りませんか？」

「さあ……私たちも、彼女が戦場へ赴いたということしか知らないの」

言いながら、隣のライルさんへ目配せする。彼も知らないようで、首を横に振っていた。

「力になれず、本当にごめんなさい。フィーリちゃんのマスター、見つかることを祈っているわ」

「その……さっきはきついこと言って悪かったな。謝っていたと伝えておいてくれ」

二人はそう言って席を立つと、受付のおばあさんと少し言葉をかわし、去っていった。

先の二人から話を聞いたのか、おばあさんが依頼書を手に、悲しそうな顔をしてやってきた。

「おやおや、どうやら人違いだったみたいだねぇ」

「依頼書に書かれていたのと、髪の色は同じだったし、魔法使いだし、オッドアイも……色は違ったけど、それ自体が珍しいから。ここまで条件が一致してたら間違えてもしょうがないわよ」

おばあさんから受け取った依頼書の中身を再確認しながら、そう口にする。

そこに書かれていた瞳の色は、確かに赤と緑だった。依頼書の筆跡があたしのものではないので、滝の街の冒険者ギルドが依頼書を書き写した際、写し間違えてしまったのだろう。

あたしは苦笑したあと、その内容を修正して冒険者ギルドを後にしたのだった。

イーリスさんたちからも特に新しい情報は得られなかったし、これからどうしようかしら。

……小雪が舞う中、重い足取りで宿屋へ向かう。

帰ったらフィーリになんて声をかけてあげようかしら……なんて考えていると、大通りの途中にひょっこりと横道が現れた。何気なくその奥を覗き込むと、無数のお店が並んでいた。

「商店街みたいなものかしら」

誰にともなくそう呟いて、あたしはその横道に入ってみることにした。せっかくだし、フィーリが元気になるようなものでも売ってないかしら。

そう考えながら、左右をお店に囲まれた路地を歩く。

うさぎをモチーフにした可愛らしい小物を売るお店の隣に古い工房が鎮座し、その横には食堂らしき建物が見える。小綺麗な店ばかりの大通りと違い、多種多様な店舗が軒を連ねていた。

その狭い路地の中を多くの人が行き交い、雪の中でも活気に溢れている。

「あのペンダントは可愛らしいけど……なんか違うわね。向こうの子供用コートは……？」

半分凍ったショーウィンドウ越しに商品を眺めつつ、歩みを進める。

『手作りアクセサリー工房・素材持ち込み可能』

その時、そう書かれた看板が目に飛び込んできた。

「ほう。手作り工房とな」

素材を持ち込めると書いてあるし、ここで何か作ってもらうのもいいかもしれない。

そんな考えに至り、工房へ足を踏み入れる。すぐに一人の女性が対応してくれた。

「いらっしゃいませー。当店は手作りアクセサリー専門店になります！」

「素材を持ち込めるって聞いたんですけど、どんな素材でもいいんですか？」

「こちらの表にあるものに限られます。白銀狼の爪とかお持ちじゃないです？」

女性は営業スマイルを浮かべて言い、一枚の表を差し出してきた。

白銀狼？　この辺に生息する魔物かしら。初めて聞いたわ。

その素材は持っていないことを伝え、改めて表に目を通す。そこには白銀狼の牙を使ったブローチの他、雪フクロウの羽根を使ったピアスなど、一風変わった品物ばかりが並んでいた。素材を持ち込めば加工費用だけで、かなり安く作ってくれるらしい。

……そんな中にセレム真珠を使ったアクセサリーを見つけた。

「え、セレム真珠を素材にしたのもあるの？」

「ございますよ。遠路はるばる、滝の街から持ち込まれる方も少なからずいらっしゃいますので」

「じゃあ、その加工をお願いします！」

あたしは嬉々として言い、容量無限バッグに手を突っ込むも、そこにセレム真珠はなかった。

……そうだった。セレム真珠を採りに行ったけど、結局手に入れたのはフィーリだった。

「あー、すみません。ちょっと勘違いをしていまして……」

そう取り繕うも、どうにも決まりが悪くなったあたしは、何を買うでもなく工房を後にした。

あたしが次に立ち寄ったのは、その工房からさほど離れていないケーキショップだった。

甘いものが好きなフィーリを喜ばせたいという気持ちもあったけど、変わったお店だったのだ。

これまでも各地のカフェでケーキは売られていたけど、このお店には飲食スペースがなく、お持ち帰り専用。加えて、売られているケーキはその全てがホールケーキだった。

この世界で見たことのない販売形式に、つい足を運んでしまったのだ。

木製の扉を開けて店内に入ると、暖房は入っておらず、外にいるのと変わらなかった。

お客さんの姿もちらほらあるも、誰もが防寒具を着たまま買い物をしていた。

「いらっしゃいませー。本日のおすすめはドライフルーツ入りのケーキです！」

来店したあたしに気づいたのか、店員の女性がそう声をかけてきた。

その声に導かれるようにショーケースを覗き込むと、そこにはチョコレートケーキにチーズケーキ、フルーツケーキといった、見事にデコレーションされたケーキが並んでいた。

「どれもおいしそうだけど……このお店、なんでこんなに寒いの？」

「ケーキの品質保持のためです。寒ければ寒いほど、ケーキは長持ちしますから」

思わず体を抱きながら尋ねると、そう教えてくれた。

……なるほど。ケーキ屋なんて珍しいと思っていたけど、気温の低いこの街はいわば、天然の冷凍庫と同じというわけね。持ち帰ったケーキも、残ったら凍らせてしまえばいいわけだし。

そういうことなら、ホールケーキを買ってもゆっくりと楽しめそう。

「その声、どこかで聞いたことがあると思ったら……もしかしてメイちゃん？」

フィーリはどのケーキが好きかしら……なんて考えていた時、突然女性から声をかけられた。

振り返るも、その声の主は毛糸のマフラーと帽子で顔の半分以上を隠していた。

そのせいで顔はほとんどわからなかったけど、声には聞き覚えがあった。

「私よ。魔法使いの国で会った、ヘレナよ」

「あー！　ヘレナさん！」

思わず大きな声を出してしまう。それに驚いたのか、彼女はその特徴的な糸目を少しだけ開き、オールドローズの瞳であたしを見た。

「まさかこんな場所で会えるとは思わなかったわ。お久しぶりね」

「あたしもですよー。お久しぶりですー」

帽子とマフラーを外すヘレナさんに向き直り、あたしは弾んだ声を出す。

旅好きだとは聞いていたけど、こんな場所まで来てたなんて。すごい偶然ねー。

「さては、メイちゃんもここのケーキを買いに来たのね？」

ヘレナさんがショーケースを流し見ながら言う。

「ここのお店、有名なんですか？」

「ええ、魔法使いの間では有名よ。魔法使いの国以外では珍しく、魔力ケーキを作ってくれるの」

「魔力ケーキ？」

思わず聞き返す。マジックコーヒーみたいなものかしら。

「魔力がたっぷり含まれたケーキよ。まぁ、私は普通のケーキを買いに来たのだけど」

彼女はそう言うと、ドライフルーツがふんだんに使われたケーキを買い求めていた。

「悪いけど、今日はこれから用事があるの。また今度、ゆっくりお話ししましょう」

ヘレナさんはそう言うと、防寒具をしっかりと着込み、慌ただしく去っていった。

あの人、あれ一人で食べるのかしら。用事があるって言ってたし、旅の仲間でもいるの？

予想外の再会に嬉しい気持ちになりつつも、ふとそんな考えが頭をよぎったのだった。

「それで、お客様はどのケーキにされますか？」

「へっ？　えーっと、そうねぇ……」

そのタイミングで店員さんに声をかけられ、あたしは少し悩んでから、魔力ケーキを選択した。

魔力入りの食べ物の不味さはマジックコーヒーで知っているし、これはフィーリ用だ。

かなり大きなケーキだけど、あの子ならこれくらい、すぐに食べちゃうわよ。

「ありがとうございます。魔力ケーキは１５００フォルになります」

た、高い……さすが魔法使い価格だわ。

その金額に驚きつつも、あたしは代金を支払い、フィーリのためにケーキを購入したのだった。

……それから数日間を雪の街で過ごすも、フィーリは元気がなかった。

渾身の魔力ケーキもあまり効果がなく、逆にヤケ食いして気分が悪くなってしまったそう。

ヘレナさんを交えて三人で話をすれば、その気分も少しは晴れるのではないか……とも考えたけど、連絡手段がないのでヘレナさんと再び会うこともできずにいた。

「ここのシュトーレン、おいしいのよー」

一緒にスローライフをしつつ、採取作業やカフェに連れ出すも、あまり効果はなく。フィーリはため息をつく回数が増えていた。

マスターに会えるという期待が大きかった分、会えなかったショックも大きかったのだろう。

どうしたものかと頭を悩ませた結果、ある晴れた日にフィーリを公園へと連れ出した。

「メイさん、今日はここで何をするんです？」

「今日はね、雪をこうやって……」

これみよがしに言って、あたしは足元の雪を適当に丸めてフィーリの顔へ投げつける。

「……わぷ!?」

フィーリは完全に虚を突かれ、雪玉は彼女の顔面にクリーンヒット。しばし固まったあと、顔についた雪を払い落とし、あたしを睨みつける。

「な、な、なにするんですか！」

「ここ数日元気ないから、荒療治！　体を思いっきり動かせば、悩みなんて吹き飛ぶわよ！」

わざと明るい声で言って、あたしはもう一つ雪玉を作り、フィーリに投げつけた。

彼女はそれを軽い身のこなしで避けると、手早く自分の雪玉を作る。

「もー！　メイさんに何がわかるんですか！　頭の中、ぐるぐるしてるのに！」

「それがいけないのよ！　どうしようもないことで悩まない！」

続けてフィーリが投じた雪玉を華麗に回避しながら、あたしはそう口にする。

「あー！　やけに動きがいいと思ったら、飛竜の靴を履いてますね！」

「そうよー。錬金術師には錬金術師のやり方があるの！」

「……なら、わたしも魔法使いのやり方をさせてもらいます！」

飛竜の靴を見せつけながら言うと、フィーリは懐から二枚の属性媒体を取り出した。

魔法を使うのかと身構えると、彼女はそれを同時に発動させ、赤と緑のオーラをまとう。

「え、フィーリ、何したの？」

「魔導書に載っていたんですが、身体能力強化の魔法だそうです！　二つの属性を一度に使う、複合魔法の一種ですね！　こっそり練習していました！」

……なんですって？　身体能力強化？　そんな魔法があるの？

「複合魔法はこれまで使ったことがなかったので、わたしには使えないと勝手に思いこんでいたんですが、属性媒体を使ってみるとこれが意外と簡単でして！」

フィーリはどこか勝ち誇った顔で続ける。その手には風と火の属性媒体が握られていた。

「というわけで、覚悟してください！」

そう言うが早いか、フィーリが一瞬であたしの隣へ跳躍してくる。

目に見えて彼女の動きが変わったことに戸惑っていると、顔面に雪玉攻撃が来た。

「ふぎゃ⁉　冷たい！　痛い！」

腕力も強化されているのか、すごい威力と速度だった。両手での防御も間に合わない。

「フィーリ、やったわねぇ！」

顔に残った雪をぬぐい、急ぎ雪玉を構えるも、そこにフィーリの姿はなかった。

「メイさん、こっちですよー！」

声のしたほうを見ると、フィーリの姿はあたしの頭上にあった。

そこから降ってきた雪玉の弾幕をなんとか回避するも、着地したフィーリはものすごい早さで雪玉を作り、追撃を仕掛けてくる。

「だから痛いってばー！」

そう叫んだものの、機動力が違いすぎて反撃もままならなかった。

あの子が持つ魔力の高さもあるんだろうけど、あの魔法はやばすぎる。完全に飛竜の靴の性能を上回っている。

「おやおや、賑やかだねぇ」

その時、公園の入口から声がした。

見ると、冒険者ギルドのおばあさんがあたしたちを微笑ましげに見ていた。

時間的に勤務交代したのかしら。それとも、お昼休みなの？

「スキありです！　これでとどめですよー！」

「ぎゃーーー！」

一瞬だけフィーリから目を離した、次の瞬間。巨大な雪玉を抱えたフィーリが目の前に現れ、ほとんど体当たりをするようにその雪玉をぶつけてきた。

その勢いを止めきれず、あたしたちは一緒になって雪の中に倒れ込んだ。

「はー、楽しかったです。すごくすっきりしました」

あたしの上に覆いかぶさったフィーリは、そう言って笑顔を見せる。

「そりゃあ、これだけ一方的に蹂躙《じゅうりん》すれば楽しいでしょうよー」

あたしはそう言葉を返しつつ、この子はどうやら大丈夫そうだと、胸をなでおろしたのだった。

「まったくもー。何よあの魔法。反則じゃないの」

雪まみれになって体が冷えたので、公園のベンチで温かい飲み物を飲みながら休憩していた。

「反則と言われても……魔法使いのやり方をしたまでですが」

「それでも……あそこまでしなくていいじゃない。雪合戦は同じ条件で、楽しくやらないと」

「メイさん、さっきと言ってることが違います」

もうもうと湯気が立ち昇るお茶を少しずつ飲みながら、眉をひそめる。

「まぁ……その身体能力強化魔法がすごいのは認めるけど。手も足も出なかったしさ」

「ふふーん。複合魔法なので、初心者向けの魔法の中でも一番難しい部類になりますから」

太陽の光を反射させる雪に負けない、キラッキラの笑顔で言う。

未だに肩で息をするあたしに対し、フィーリは息一つ乱していない。

いったいどういう魔法なのかしら。ちょっと気になる。

「実はですねー、この魔法、他人にもかけることができるんです」

「え、本当？」

あたしの心を見透かしたかのようなフィーリの言葉に、思わず胸が高鳴る。

い、いやいや。駄目よ。錬金術師のあたしが魔法の力に頼るなんて。

「これならメイさんの言う『同じ条件』が整うと思うんですが。この魔法、楽しいですよ」

「よろしくお願いします」

自分の考えとは裏腹に、口が勝手に動いていた。ちょっとだけ。本当にちょっとだけよ。

「それじゃ、かけますよー。えい！」

お茶を飲み終えたフィーリが、先程と同じように二枚のカードを手にし、まずは自分に身体能力強化魔法をかける。初級魔法ということもあり、特に呪文詠唱はいらないらしい。

次にその状態のまま、あたしの手を握る。

すると、彼女がまとっていた二色のオーラがあたしにも分け与えられた。

「おお、なんか動きやすくなった？」

フィーリの魔法を受けてすぐ、明らかに体が軽くなった。単純に筋力が増えたという感じではなく、重力の影響が減ったという印象を受けた。軽くジャンプしても、普段の倍近く跳べる。

「火の力で体を温めて筋力をアップさせ、風をまとうことで素早く動けるようになります」

フィーリが右の人差し指を立てながら言った。飛竜の靴とはまた違う感覚で、不思議だった。

「一度にかける人数が多くなると、強化上限も下がります。でも、これで条件は同じですよ」

「ブーストって感じねー。これ、飛竜の靴とセットで使ったら楽しいことになりそう」

「今は使っちゃ駄目ですよー。同じ条件での勝負なんですから」

「わかってるわよー。それじゃ、どんな感じか試してみましょ」

……それからしばらく、フィーリと二人で雪合戦の第二ラウンドを楽しんだ。

最初こそ体に違和感があったけど、次第にそれもなくなり、自由自在に雪の上を動き回れた。

それこそ、まるでうさぎにでもなったかのようで、本当に楽しかった。

「……あれ？　フィーリ、ちょっと待って」

同じように雪の中を飛び跳ねるフィーリを制止して、あたしは公園の入口に目をやる。

そこには数人の子どもたちがいて、あたしたちの様子を遠巻きに見ていた。

「あ、あの、皆さんも一緒に遊びませんか？」

「え、いいの？」

その時、フィーリが子どもたちにそう声をかけた。

「こういうのって皆で遊んだほうが楽しいですし。なんか公園、独占しちゃってますから」

申し訳なさそうな顔をする彼女の意を汲み、あたしも子どもたちを手招きする。

すると、彼らは笑顔の花を咲かせながら、続々と公園の中に入ってきた。

その様子を微笑ましく見ていると、その中に一人だけ、公園の入口から動かない子がいた。全く顔が見えないくらい厚着をした、小さな子だった。

「あなたも一緒に遊びましょー？」

そう声をかけるも、その子は無言で首を振ると、走り去っていった。

「あの子、旅の子なんだってさ」

子どもたちの中で、誰かがそう言った。おとなしいタイプの子なのかもしれない。

「それじゃ、準備はいい？　ルールは単純で、相手チームの子にたくさん雪玉を当てたほうの勝ち。危ないから、顔は狙っちゃ駄目だからね」

それぞれが簡単な自己紹介をしたあと、四人一組でチームを組み、雪合戦の準備を整える。

盛り上げるためにチーム戦にしたけど、雪玉を当てた回数は自己申告なので、勝敗よりは仲良く遊ぶことを重視している。そして自然とあたしとフィーリがチームリーダーとなっていた。

「よーし、フィーリ姉ちゃん、メイ姉ちゃんとケビンに目にもの見せてやろーぜー！」

やる気満々で言うのは、毛糸の帽子から覗く真っ赤な癖っ毛とそばかすが特徴的なカルロ君。フィーリより一つ年下の彼は、弟二人を引き連れての参戦だった。

対するあたしのチームには、カルロ君に名前を呼ばれていたケビン君と、エリンとエリザという双子の女の子がいた。ケビン君が９歳、双子ちゃんたちが８歳とのことだった。

いざ雪合戦が始まってみると、向こうに小さい子がいることもあって、あたしたちのチームはフィーリのチームを圧倒していた。

双子ちゃんの連携がすごすぎたことに加え、ケビン君がなかなかに聡明で、彼の考えた作戦がことごとく当たったのも大きかった。

これは次の試合を始める前に、メンバーチェンジも必要ね……なんて考えながら、あたしは静かに戦列を離れる。

現状だと、子どもたちだけに任せておいて大丈夫そう。フィーリも楽しそうにしてるし。

満足げに頷きながら、あたしは入り乱れて雪合戦に興じる子どもたちを眺めていたのだった。

……しばらく時間が経つと、ケビン君と双子ちゃんがこっちに戻ってきた。

まだ終了の合図は出していないけど、何かあったのかしら。

不思議に思いながら戻ってきた三人の顔を見た時、ケビン君があたしに雪玉をぶつけてきた。

「ちょ、ちょっとなにするのよー！　相手は向こうよ⁉」

「……向こうのリーダーと話したんだけど、僕たち、お姉さんのチームを抜けることにしたんだ」

「はい？　どういうこと？」

「だってお姉さん、『相手チームの子にたくさん雪玉を当てたほうの勝ち』って言ったよね。考えてみたら、それだと僕たち全員が楽しめないと思うんだ。向こうには小さい子もいるしさ」

　驚くあたしをよそに、ケビン君は相手チームにいるカルロ君の弟二人を指差しながら続ける。

「それに、チームの人数に規定はないみたいだった。ならいっそ、相手チームをお姉さんだけにしたほうが、僕たち全員が楽しめると思うんだ」

　子ども同士の遊びでよくある、突然のルール変更かと思いきや、なかなかに筋の通った理由を述べられた。確かにあたし、そう言った気がする。

「それにさ、フィーリの言う通り、お姉さんのほうが的として大きいから」

　ケビン君は言って、したり顔で雪玉を構える。時を同じくして、彼の背後に子どもたち全員が集まっていた。その中心には笑顔のフィーリの姿もある。

　ここに来て初めて、あたしは四面楚歌になっていることに気づいた。

　ケビン君ってば、フィーリに懐柔《かいじゅう》されちゃった？　聡明すぎて、効率重視しちゃったの？

　あたしは顔をこわばらせながら両手を上げ、じりじりと後退する。

「待って！　これだと、あたしは一人だけ楽しめな」

「お姉さんをやっつけろー！」

言い終わる前にケビン君が叫び、怒涛の勢いで雪玉が飛んできた。

「あっははは、メイさん、覚悟してください！」

「か、数の暴力反対ー！」

あたしは頭を守りながら、公園の中を逃げ惑う。飛竜の靴は履いていないし、フィーリの強化魔法も当然切れている。必死に走るも、子どもたちの足が速くて逃げ切れない。

ついには雪に埋もれていた切り株に足を取られ、転倒してしまう。

直後、追いついた子どもたちから集中砲火を浴びせられた。

「おやおや、寒いのに子どもたちは楽しそうだねぇ」

必死にその攻撃に耐えていると、視界の隅に冒険者ギルドのおばあさんの姿が見えた。

「全然楽しくない！　おばあさん、助けて！」

思わず助けを求めるも、距離が離れているからかおばあさんは無反応だった。

「うう、かくなる上は！　いでよ、自律人形たちよ！」

あたしは転がるようにして子どもたちの包囲網を脱出すると、もはや四の五の言っていられないと、容量無限バッグから自律人形たちを引っ張り出す。

しかし、あたしは彼らが液体金属でできていることをすっかり忘れていた。

自律人形たちはその凍てつくような外気に触れた瞬間、カチコチに凍りついてしまったのだ。

「あの人形たちも的ですよー！　やっちゃってください！」

その状況に気づいたフィーリがそう指示を出し、凍って無抵抗な自律人形たちは子どもたちの恰好の的になってしまった。

「うわーん！　この子たちが凍っちゃうくらい寒いなんて！」

悲痛な声を上げながら、あたしは自律人形たちを容量無限バッグへ戻す。それから必死の思いで見えない盾を展開して、四方八方から飛んでくる雪玉攻撃に耐えながらレシピ本を開く。

そして見つけたのは、全自動発射台のレシピ。必要素材は木材と糸素材、それに妖精石というシンプルなもので、威力調節機能がついている。てこの原理を利用した投石機で、本来は手のひらサイズの石や爆弾を自動で投擲《とうてき》するための道具だ。

これに雪玉を投げさせ、自動砲台のように運用しようとあたしは考えたのだ。

「あー！　メイさん、何作ってるんですか！」

急ぎ錬金釜を設置し、調合作業を進めるあたしをフィーリが目ざとく見つけ、仲間を呼ぶ。

再び集中砲火を受ける中、あたしは調合を続け、短時間で全自動発射台を完成させた。

「これさえあれば！　数の暴力には錬金術で対抗するわよ！」

あたしは高らかに宣言し、雪の上に置いた全自動発射台に雪玉をセットする。

鍋から突然大きな物体が飛び出してきたのを見て、子どもたちは一斉に距離をとった。

あたしの身長より少し高いこの道具は、特に塗装や装飾はされておらず、中世の投石機のような見た目だ。子供相手に雪玉を投げるため、その威力はもちろん最低に設定してある。

「うわ、なにあれ。木のおばけ？」

「なんか動いてない？」

遠巻きに発射台を見る子どもたちの感想は様々だった。あれだけ離れていれば、こちらの攻撃は届かないと踏んでいるのだろう。

「ふっふっふー。悪いけど、この公園の中は全て射程圏内よ！」

照準を合わせたあと、発射台の下部に取り付けられたアームに雪玉を乗せ、射出指示を出す。

がこん、と音がして上部の重りが下りてきて、その反動で雪玉が豪快に撃ち放たれた。

「うわ、なんか跳んできた⁉」

「あんな遠くから⁉」

思いもよらない攻撃に、子どもたちは慌てふためく。

特にケビン君は目を白黒させていた。さすがに錬金術は知らなかったみたい。

「でもこの道具、見た目のインパクトはすごいんだけど、雪玉は自分でセットする必要があるし、照準も目測で合わせなきゃいけないから結構大変よね……よいしょ、よいしょ」

自分より大きな投石機を一生懸命動かしながら、思わずそう口にする。

その台座は回転式になっているので一人でも角度調節は可能だけど、いかんせん重かった。

「あの道具、むしろ近づいたほうがなんとかなりそうです！　勇気を持って近づきましょう！」

そんなあたしの様子を見てか、フィーリが子どもたちにそう指示を出す。その直後、彼らは怒涛の勢いで距離を詰めてきた。

「えええ、向かってくるの⁉」

よもやの行動に動揺したのはあたしのほうだった。元々、この発射台は城壁のような動かないものを攻撃するために生み出された道具なので、動く的は狙いづらいのだ。

操作に手間取っている間にも彼らはどんどん迫ってきて、恐怖を感じたあたしは発射台を放置し、一目散に逃げ出した。

「メイさん、逃さないですよー！」

その時、背後からフィーリの声がした。振り返ると、彼女は全自動発射台の下にいた。

まさか、あれであたしを狙うつもり？

いくらなんでも、フィーリじゃ動かせないだろうし、狙いはつけられないでしょ！

……そう考えながら走っていた矢先、お尻に強い衝撃があった。

「ふんぎゃあ!?」

反射的に情けない声を上げ、雪の上に倒れ込む。ほどなくして無数の足音が近づいてきて、あたしは死を覚悟しつつ、顔を覆ったのだった。

……その後、追いついてきた子どもたちに完膚なきまで叩きのめされ、雪合戦は終了となったのだった。

「僕は52回だよ！」

「へっへー、オレは58回だぜ！」

子どもたちの回数報告をベンチに座って聞きながら、あたしはお尻をさすっていた。

「いやー、チーム戦のはずが、いつの間にか大変なことになってしまいましたねー」

その時、フィーリが悪びれる様子もなく、笑顔であたしのほうへやってきた。

「まさか、1対7になるなんて思わなかったわよー……ケビン君の理屈もわかるけどさ」

「うまく丸め込めました。でも、メイさんがあの大きな道具を作り出した時は、どうなることかと思いましたよ」

「発射台のことねー。そういえば、フィーリはよくあの台を動かせたわね」

雪合戦の終盤、フィーリが全自動発射台を使って的確にあたしのお尻を攻撃してきたことを思い出し、そう尋ねてみる。

「え、別に動かしてませんよ。魔力を注ぎ込んだら、勝手に狙ってくれたんです」

「へっ、魔力？」

「そうです。あの発射台、この前の脱穀機と同じように、側面に魔法陣がついていたので」

思わず聞き返すと、そんな言葉が返ってきた。あたしは首をかしげながらレシピ本を開き、全自動発射台の説明に改めて目を通す。

そこには、魔力を注入することでリロード時間を短くし、対象を指定して自動で照準を合わせることができる……と書かれていた。

「魔力を入れると、そんな機能が追加されるのね……あの時は慌ててたし、見落としてたわ」

「とりあえず魔力を注いでみてから、メイさんを狙ったんです。そしたら発射台が勝手に動いて」

あの時、フィーリはあたしを狙うような言葉を口にしていたし、魔力をもらった発射台がそれを認識して、自動的にあたしに照準を合わせたとしても不思議はなかった。

「勝手に照準合わせてくれたら、動かす必要もないわけよねぇ……悔しいけど、納得だわ」

あたしは苦笑しながらレシピ本を閉じる。チーム戦に発射台。あたしの考えたものは、どうやら全て裏目に出てしまったらしい。

「えへへ、メイさんには悪いですが、雪合戦、面白かったです」

……まぁ、フィーリが元気になったようだし、結果オーライということにしておこう。

○○○

そんな壮絶な雪合戦を終えて宿に戻ると、疲れ果ててしまったあたしはベッドに倒れ込んだ。

やがて日が落ちた頃、強烈な筋肉痛と倦怠感に襲われて目を覚ました。

「な、なにこれ。体中が痛い……」

必死に起き上がろうとするも、無理だった。全身の痛みに加え、体が火照っている気がする。

体温計がないから具体的な体温はわからないけど、たぶん微熱くらい。どうしたのかしら。

「メイさん、ごはんが来ましたよー……って、どうしたんですか？」

ちょうどその時、夕飯を運んできたらしいフィーリが悶え苦しむあたしに気づき、驚愕の表情を見せた。

「うう、フィーリ助けて。起きれない」

あたしは情けなくも、ベッドの中からフィーリに助けを求める。彼女は運んできた料理をテーブルに置くと、すぐさま駆け寄ってくれた。

「なんか、起きたら体中が痛くて、熱っぽいの。何かの病気かしら」

「あー、これ、魔力酔いじゃないですか」

近くであたしの状態を見たフィーリは呆れたような声で言った。

「ま、魔力酔いって何……？」

尋ねてみると、魔力酔いとは普段魔力を使わない人間が急に魔力に触れることで起こるショック症状のようなもので、その内容は全身の倦怠感と筋肉痛、頭痛、発熱と、今のあたしの症状に見事に当てはまっていた。

「急な魔力……ってことは、原因はあの身体能力強化魔法よね？」

「ほぼ間違いなくそうだと思いますけど……あの短時間で？　普通はここまで酷い症状は出ないんですが。メイさん、魔力に弱すぎですよ」

「錬金術師は魔力なんてないんだから、しょうがないじゃない……あいたたた」

フィーリに手伝ってもらいながら上体を起こすも、びっくりするくらい体が痛い。

「普段使わない筋肉を魔力で無理矢理動かしたから、たぶん体がびっくりしちゃったんですね。寝ていれば治ると思うので、たっぷり栄養をとって、しばらく休んでください」

彼女はそう言って、テーブルに置いていた夕食を差し出してくれる。赤いスープにたっぷりの根菜が入ったボルシチのようなスープで、ハーブのいい香りがしていた。

「そういうことなら、休んでおくしかなさそうね……うう」

器を受け取ろうにも、思うように腕が動かせず。これはスプーンすら持てないかも。

「フィーリ、食べさせてー」

「……しょうがない錬金術師様ですねぇ」

恥を忍んでお願いすると、フィーリは再び呆れたような声を出したあと、スープの入った器とスプーンを手にする。

「はい、どうぞ。熱いですよ」

続いて湯気の上がるスープをすくい、口元まで運んでくれる。あたしはそれを口で受ける。

「あっ……！　つう……⁉」

次の瞬間、口の中に予想以上の熱さが広がり、あたしは悶える。

「だーから熱いって言ったじゃないですか。冷めにくいようにとろみがつけてあるそうですよ」

言いながら、次の一口をあたしの口元へ持ってくる。今度はそれに息を吹きかけ、少し冷ましてから口に運んだ。

冷ましたことで、多少その味がわかった。トマトでもビーツでもない、変わった味だった。

「おいしいけど……咀嚼《そしゃく》しても痛い。飲み込んでも痛い」

「魔力は全身をくまなく巡ってますからね。それだけ魔力に弱かったら、今は痛くないところを探すほうが大変ですよ」

「……フィーリ、魔法でなんとかならないの？」

「無理ですよー。それこそ錬金術でなんとかできないんですか？」

「こんな状況だと、レシピ本をめくるだけで大変そう」

「なら、大人しく休んでいてください」

フィーリはため息まじりにそう言って、再びスープをすくいあげた。

……結局、その日はフィーリに手伝ってもらいながら、なんとか食事を終えたのだった。

その翌日になっても、あたしの体調は良くならなかった。

常に頭がボーッとしている感じで、ベッドの上でまどろんでは、すぐに目を覚まし、しばらくするとまたまどろむ。その繰り返しだった。

「メイさーん、ごはんですよー」

「フィーリ、すまないねぇ」

「……なんか、おばあちゃんみたいな口調になってません？　大丈夫ですか？」

その日のお昼頃になって、なんとか自力で食事ができるまでに回復した。

けれど、だるさと熱っぽさはなくならなかった。熱に至っては、若干上がっている気もする。

「わたし、ちょっと出かけてくるので、何かあったら枕元のトークリングに話しかけてください」

昼食を終えると、フィーリはそう言って身支度を始めた。

あの言い方だと、このトークリングはまるでナースコールね。

「もし食べたいものとかあったら、買ってきますよ？　なにかありますか？」

「バニ……うん。特にないわ。ありがとー」

あたしは力なくお礼を言い、ベッドの中から手を振って、その背を見送ったのだった。

「……はぁ、頭が朦朧《もうろう》としてるせいか、バニラアイスとか言いそうになっちゃった。この街に、アイスが売っているはずがないのに。極寒の地でアイスとか、誰が食べるのよ」

そう呟いて、二重窓の向こうを見る。雪がちらついていて、見るからに寒そうだった。

それから静かに目をつむると、室内に置かれたストーブの薪がパチンと爆ぜる音が聞こえた。

それを合図にするように、あたしの意識は深い眠りの中へと落ちていく。そして、夢を見た。


「……芽衣、また熱出しちゃったの？」

「……うん。ごめんなさい」

「謝らなくていいわ。あなたは何も悪くないもの」

お母さんはそう言って、あたしの頭を撫でてくれた。

「それより看護師さんから聞いたけど、ここ数日病院のご飯をあまり食べてないそうじゃない」

「う……だって、最近はキノコの出現率高くて」

「ゲームみたいに言わないの。担当の田中さん、心配してたわよ？　好き嫌いせずに食べないと」

「ま、前向きに検討いたします……」

「またテレビか何かの台詞ねー。すぐそうやってはぐらかすんだから」

「むぅ……次からは、食べる」

「約束だからね。じゃあ、今日食欲がないのは熱のせいってことにしておいてあげる。下の売店行ってくるけど、何か食べたいものある？」

「バニラアイスがいい」

「今年の冬の新作、クッキー＆クリームもあったけど？」

「……バニラがいい」

「今、一瞬迷ったでしょ。買ってくるから、少し待っててね。本当、芽衣はいくつになってもバニラアイス好きね」

……そう笑いながら、お母さんは財布を手にして部屋を出ていく。

その財布には、院内の手芸教室であたしが作ったビーズのストラップがつけられていた。

「……はぁ」

個室の扉が閉まるのを確認して、あたしは小さくため息をついた。

バニラアイスが好きなんじゃなくて、お母さんが買ってきてくれるから、バニラアイスが好きなんだけど……わかってないなぁ。

無機質な白い天井を見上げてそう考えていると、次第に視界がぼやけてきた。

……扉が開く音がして、意識が戻ってくる。

「……あれ？　お母さん……？」

まだ半分夢の中から抜け出せていないのか、あたしはそんな言葉を口にしていた。

「……わたしはメイさんのお母さんじゃありませんが」

声がしたほうへ視線を向けると、ストーブのほのかな明かりに照らされて、フィーリが立っていた。

「あー、ごめん。ちょっと夢を見ててさ」

まだボーッとする頭を左右に振ってから、どこか力なく笑う。

「どんな夢だったんですか？」

「んー、小さい頃の夢ねー」

あれは……すでに入院してたっぽいし、10歳そこそこかしら。

……それにしても、元の世界の夢なんて、この世界に来て初めて見たかもしれない。

そりゃあ、あの世界の記憶はもちろんあるのだから、その夢を見るのも当然なんだけど……やっぱり珍しい。これも魔力酔いのせいかしら。

「……って、あたし、ずいぶん長い時間眠ってたのね」

「もうじき真夜中ですからね」

漆黒の闇に染まった窓を見ながら、そう口にする。眠る前まで、外は明るかったはずだ。

フィーリは言いながら、手に持った何かをいそいそとトランクへしまおうとしていた。

「フィーリ、それなに？」

「え？　これはですね。その、あの」

聞かれた本人は当惑し、あたしのほうを振り向く。その拍子に見えたのは、彼女の手にある小さな箱だった。

「……見つかってしまっては仕方ありません。元気になってから渡そうと思っていたんですが、ここしばらく心配をかけてしまったお詫びと、これまでのお礼です」

　フィーリはそう言うと、両手に載せた小箱をあたしに差し出してきた。真っ白い箱が、可愛らしいピンク色のリボンでラッピングされていた。

「お礼……開けていい？」

　フィーリが頷いたのを確認して、その包みを解く。中にはセレム真珠の髪飾りが入っていた。

「綺麗ねー。これ、どうしたの？」

「街をぶらついていたら、手作りアクセサリーの工房を見つけてですね。素材があれば作ってくれると言われたので、わたしのセレム真珠を提供して作ってもらったんです」

　言われて思い出した。大通りから入った路地の中に、そんなお店があった気がする。

「じゃあこれ、フィーリが滝の街で採取したセレム真珠が使われてるのね」

　言いながら、しげしげと髪飾りを眺める。ストーブの炎に照らされて薄い黄金色に輝くセレム真珠は、飴色のバレッタにとりつけられていた。

「あ、もしかしてフィーリ、覚えててくれたの？」

「はい。メイさん、滝の街でセレム真珠のバレッタを欲しそうにしてましたし、真珠の数は少ないですけど、作ってみました」

「なるほどねー。それで、こんな時間になったと？」

「はい……なかなかデザインが決まらなくて、職人さんとあーでもないこーでもないと話し合っていたら、こんな時間に……ごめんなさい」

「謝らなくていいわ。フィーリは悪くないもの。ありがとう」

申し訳なさそうに視線を下げる彼女の頭へ手を伸ばし、自然とその頭を撫でてあげる。

「こんな素敵なもの、本当にもらっちゃっていいの？」

「はい！　ぜひ使ってください！　頑張って選びましたから……あふ」

フィーリは嬉しそうな笑顔をみせてくれてすぐ、あくびを噛み殺した。

「ふふ、そろそろ寝たらー？」

「そうですね。安心したら眠くなってきました。さすがに限界です」

目をこすりながら言い、手早く寝間着に着替えると、フィーリはベッドに潜り込んできた。

「あー、寝汗で気持ち悪かったらごめんね」

「昨日も一緒に寝ましたし、気にならないです」

申し訳ない気持ちで言うも、フィーリは気にする素振りも見せなかった。

この部屋はベッドが一つしかないので、あたしの体調が悪くても一緒に寝るしかない。

風邪ではなく魔力酔いなので、フィーリにうつす心配がないのがせめてもの救いだった。

「メイさん、おやすみなさい」

「おやすみ、フィーリ」

挨拶をして目を閉じるも、ついさっきまで寝ていたこともあり、なかなか眠気は訪れなかった。

「……メイさん、眠れないんですか？」

何度か寝返りを打っていると、フィーリが訊いてくる。

「んー、少し前まで寝てたし、その時に見た夢のせいで昔のことを思い出しちゃってねー」

「悪い夢だったんです？　そんな夢は忘れたほうがいいと、マスターから聞かされました」

「悪い夢ってわけじゃないんだけどね……なんというか……」

尻すぼみに言って、あたしは夢の内容を思い出してみる。

久しぶりに見た、元の世界の光景。懐かしくもあり、どこか嬉しさもあった。

……そうだ。この際だから、あたしが元いた世界の話をフィーリにも聞いてもらおう。

「フィーリ、これからあたしが話す内容、難しくてわからないと思うけど、聞いてほしいの」

そう前置きした上で、あたしはフィーリに昔のこと……転生前の話をすることにした。

「あたしね、実は別の世界から来たの。魔法も錬金術もない、そんな世界から」

それを聞いたフィーリはベッドの中でその大きな目を見開いた。あたしは構わず続ける。

「その頃のあたしは体が弱くて、ずっと入院生活だったの。今みたいに旅なんてできなかったけど、お母さんがちょくちょく会いに来てくれて……」

ずっと入院していたことや、家族のこと、優しい看護師さんのこと、魔法や錬金術の代わりに、科学というすごい技術があったこと……思いつく限りのことを、フィーリに話して聞かせた。

「カガク……それはよくわかりませんが、どうしてメイさんはこの世界に来たんですか？　この、錬金術が知られていない世界に」

「まぁ、そこは色々あってね……錬金術がここまで知られていないのは想定外だったけど」

目を閉じながら、そう答える。それでも、自由に旅ができる健康な体と錬金術、その両方を手に入れられたのだから、あたしは満足だった。

「……その夢を見たことで、メイさんは元の世界に戻りたくなったんですか？」

「——戻りたくはないかな」

あたしははっきりと、そう答えた。実際、戻れる場所ではないのだけど。

「やりたいこと、たくさんあるし」

旅をして、スローライフもして、できたら行く先々で錬金術を広める。この世界にやってきた時に掲げた、あたしの目標だ。

でも今は、その目標にもう一つ加わったものがある。

「なにより、まだフィーリと一緒にいたい。帰っちゃったら、もうフィーリと会えなくなるから」

「……わたしも、まだメイさんと一緒がいいです。このままマスターと会えなくても、メイさんが一緒なら、それで構わないです」

フィーリはそう言って、ベッドの中であたしの手をそっと握ってきた。

「それにもし、メイさんがこの世界に来なかったら、わたしはずっと奴隷のままで、まだあの買い主さんの下でこき使われていたかもしれません。だから、わたしはメイさんがこの世界に来てくれて、わたしを旅に連れ出してくれて、すごく嬉しいです」

あたしの肩に顔を擦りつけながら、心から満ち足りたような声でフィーリは言った。

——この世界にやってきた当初は気ままな一人旅だったけど、この子と出会ったことであたしは少し変わった気がする。

あたしもフィーリとの出会いに感謝しつつ、その手を優しく握り返したのだった。

第五話

「商人の街と自律人形の少女」

Tom Kawakami presents

The slow life of a traveling alchemist

大魔法使いを探す道標を完全に失ってしまったあたしたちは、滝の街セレムの南にあるという商人の街ルカトールへ向かうことにした。

この辺りでは一番大きな街だし、人が多ければ大魔法使いを知る人にも出会えると思ったのだ。

けれど、ここ数日続く吹雪のせいでケープ港が凍り、船が入港できなくなっていた。

かくなる上はと、あたしは最終手段を使うことにした。

「……それで、アタシをこのクソ寒い中に呼び出したってわけ？」

「いーじゃないの。魔法使いの国を脱出して以来の再会だし、もっと喜びましょ」

「そんな余裕ないわよ……うう、寒い……」

というわけで、あたしの友達であり、最強の移動手段である怪鳥のルマちゃんに来てもらった。

リンクストーンで彼女に合図を送ったのは昨日の夜で、来てくれたのは朝になってから。彼女は鳥だけど夜目が利くし、半日以上かけてここまでやってきてくれたらしい。

このルマちゃんはいわゆる転生者で、元はあたしと同じ世界で会社員をしていたそう。何度か拳を交えるうちに友情が芽生えた……というわけではないのだけど、色々あって、あたしの旅をサポートしてくれるようになったのだ。

「またまたー。ルマちゃんは羽毛に包まれてるし、そこまで寒さ感じないでしょ？」

「羽毛があっても寒いもんは寒いのよ！　乗るなら早く乗りなさい！　風邪ひくわ！」

本当に寒いのか、ルマちゃんはその身を小刻みに震わせていた。

頭に生えた真紅の羽にも雪が積もっていて、少し鼻水も垂らしている。

このままだとルマちゃんの怪鳥としての威厳がどんどん失われていくような気がして、あたしとフィーリは急いでその背中に乗り込んだ。

「とりあえず出して。どこに行くかは、空の上で指示するわ」

「出してって、タクシーじゃないんだから……まぁいいわ。アタシもこんな寒い場所からは一刻も早くオサラバしたいし、行くわよ！　テイクオフ！」

ルマちゃんは叫ぶように言い、その銀色の翼を羽ばたかせた。周辺の雪を撒き散らしながら飛翔したと思うと、雲の上まで一気に突き抜けた。

「あー、あったかーい」

眼下に広がる雲の海を見ながら、あたしたち三人の声が重なった。

まだ寒いことに変わりはないのだけど、太陽の光があるだけで全然違う。まさに天国だった。

「それで、どこにいくの？　ここからだと、滝の街とか？」

「その街はもう行ったから、今度はここから南にある商人の街に行ってほしいの」

「あぁ……あの大きな街ね。人が多すぎて上空は飛べないけど、近くまでならいいわよ」

万能地図を手にしながらお願いすると、ルマちゃんはそう了承してくれた。

「ここからだと……そうねぇ、半日くらいかかるかしら」

「ということは、しばらく優雅に空の旅ですね！　怪鳥さん、よろしくお願いします！」

「はいはーい。安全運転で飛ぶかんねー。フィーリちゃんは休んでていいから」

ルマちゃんは明らかに声色を変えてフィーリに話しかけていた。

子ども好きなのかしら……なんて考えつつ、あたしはその羽毛の中へ潜り込んだのだった。

「……ところでアンタたち、魔法使いの国を出たあとはどうしてたのよ？」

南へ向けて飛びながら、ルマちゃんの背中でまどろんでいると、唐突にそう訊かれた。

「……海辺の街で料理ができずに怒られて、常夏の島でメイド服でチョコアイス売って、滝の街で水質改善して、麦刈りして乾パン売って、雪の街で雪合戦でボコボコにされて寝込んでた」

「……ちょい待ち。色々と端折りすぎて訳わかんないんだけど」

あたしがかいつまんで説明すると、ルマちゃんから困惑の声が飛んできた。

「特に、最後の雪合戦のくだりが意味不明よ。寝込んだって、やりすぎて風邪でもひいたの？」

「それについてはわたしが説明します。怪鳥さん、聞いてください」

そこへフィーリが割って入り、その詳細を語り始めた。

「……魔力酔いぃ？　アンタ、魔力に弱いの？」

フィーリの説明が終わったあと、ルマちゃんが食いついてきたのは意外にも魔力酔いだった。

「れ、錬金術師なんだからしょうがないじゃない。マジックポイントは０なのよ」

「そうは言っても、ゲームでも大抵マジックポイントあるわよね？」

「う、うっさいわねー。ゲームと現実は違うのよ。ここ、異世界だけどさ」

転生者同士の会話に隣のフィーリは意味がわからないようで、首をかしげていた。

その後もたくさん話をしながら南下を続けていると、次第に温かくなってきた。

防寒具を着たままだと暑くなってきたので、空の上で着替える。こんな体験は初めてだった。

　身支度を終えたところで、フィーリのお腹が可愛らしい音を立てた。

「そろそろお昼なんだけど、機内食とか出ないの？」

「そんなもの出ませんー！　飛行機ちゃうわ！」

　見事なツッコミを返してくれたルマちゃんに感激しつつ、あたしは思案する。お昼を作ろうにも、ルマちゃんの背中に錬金釜を置くわけにもいかない。

「お昼なんて気にしなくても、もうすぐ街に着くわよ。当機は着陸体勢に入りますから、シートベルトをお締めください！」

　ルマちゃんは冗談めかしてそう言うと、高度を下げていく。

　飛行機ネタ、気に入ってるんじゃない……なんて苦笑しつつ、彼女の背中にしっかりと掴まっているよう、フィーリに伝えたのだった。

　やがて雲が切れて、目的地である商人の街ルカトールが見えてきた。

　海に面したその街には、商人の街にふさわしい立派な港があった。港以外は周囲を高い塀で囲まれていて、その壁と同じ灰色の石材と、独特なオレンジ色のトンガリ屋根が密集する統一感のある街並みだった。街の中央に四角い広場があって、無数のお店と人で溢れかえっているのが、空の上からでもわかった。

「はーい！　ご乗車、ありがとうございました！」

　その街から少し離れた丘の上に、ルマちゃんは軽やかに着地した。

フィーリと一緒にお礼を言ってその背中から下りると、街の住民に姿を見られることを恐れたのか、ルマちゃんはすぐに飛び去っていった。

「怪鳥さん、忙《せわ》しないですねぇ」

「あの大きさだし、しょうがないわよー。お腹空いたし、街に行ってご飯にしましょー」

背伸びをしつつ街を眺めると、大地の緑と海の青に挟まれた城壁の中から賑やかな声が聞こえてくるような気がした。

「おお……メイさん、なんか、すごいですよ」

あたしとしっかり手を繋いだフィーリが辺りを見渡しながら目を丸くしていた。

入口の城門をくぐると橋があり、道なりに進むと多種多様な屋台や露店が並ぶ広場に出る。

その広場も橋も、びっしりと人で埋め尽くされていた。

「今日は何かのお祭りなんですかね。人、多すぎませんか?」

再び視線を巡らせて、戸惑うような声を出す。心なしか、あたしの手を握る力が強い気もする。

「見た感じ、商人さんが多い気がするわねー。商品の仕入れに来てるのかしら」

行き交う人々を見ながら、そんな感想を口にする。あたしたちのような観光客の姿もあるにはあるが、巨大なリュックや麻袋を持った商人らしき人がやけに多いのだ。

「ここではぐれたら大変よー。フィーリ、手を離さないようにしてね」

隣で人波に流されかけているフィーリにそう伝えて、あたしは手頃なお店を探すことにした。

……人の流れに逆らいながら広場を散策していると、あることに気づく。

とある屋台ではミルクチョコラテが売られていたのだけど、その隣の屋台ではスパイシーな香りのするトリアチキンが、そのまた隣の屋台では魚介たっぷりのシチューが売られていたのだ。

どれもこれも、これまで立ち寄った街の名物料理ばかりだった。

「商人の街だけあって、世界各地の料理が集まってるのね。トリアチキン、懐かしい」

「すごくいい匂いですが、あの料理、おいしいんですか？」

山岳都市のミズリは元気かしら……なんて考えていた時、フィーリが鼻をひくつかせていた。

「おいしいわよー。一度食べたことがあるけど、スパイスが利いてて、やみつきになるの」

「わたしも食べてみたいです！　お昼はそれにしましょう！」

「そうねー。あたしも久しぶりに食べたいし、そうしましょうか」

笑顔であたしの手を引くフィーリをたしなめつつ、人波を抜けて屋台へと向かう。

そこには順番待ちの長い列ができていたけど、思い切って並ぶことにした。

待っている間にもお肉の焼けるいい匂いが漂ってきて、否が応にもお腹の虫が反応する。

思わずお腹を押さえながら待っていると、あたしたちの順番がやってきた。

二人並んでカウンター席に座ると、すぐに焼きたてのトリアチキンが運ばれてくる。

「これがトリアチキン……いただきます！」

フィーリはよほどお腹が空いていたのか、挨拶もそこそこにかじりつき……熱々の肉汁の洗礼を受けていた。

「そんながっつかなくても、トリアチキンは逃げないわよー」

涙目で水の入ったコップを手にするフィーリを見ながら、あたしも久々のトリアチキンに舌鼓を打ったのだった。

……やがて食事を終え、屋台を後にする。

「はー、おいしかったですー」

「お腹いっぱいになったら、次は宿を探しに行きましょー」

満足顔でお腹をさするフィーリにそう声をかけながら中央の広場を抜け、混み合った道を歩く。

通行の妨げになるのか、案内板の類は一切設置されておらず、あたしたちは街中を彷徨《さまよ》っていた。

「向こうにも大きな建物がありますねぇ。あれが宿屋でしょうか」

フィーリが指差す先に、四階建ての建物があった。高級ホテルに見えなくもなく、あたしたちはそこへ足を運んでみることにした。

「うわー、すごいわねー……」

その室内は広々とした空間が広がっていて、まるで百貨店のようだった。

目の前には酒屋があって、麦酒、ぶどう酒などの各種銘柄が並び、隣はセレム真珠の専門店。

その横は高級生地を扱うお店で、レッドハーブで染められた生地やラシャン布が売られていた。

これまであたしが訪れた街や村の特産品がこれでもかとかき集められていて、あたしは商人たちの仕入れ能力の高さに度肝を抜かれたのだった。

「いらっしゃいませ。魔法使い様、本日は何をお求めでしょうか?」

その時、タキシードを着た男性がおもむろに声をかけてきた。

「この子はそうですが、あたしは錬金術師です。それより、宿屋を探していまして」

「……ああ、ご宿泊ですか。ご安心ください。当ルカトール・エンポリウムでは、最上階に最高のお部屋をご用意しております」

「はぁ……この上に、宿屋があるの？」

あたしは思わず天井を指差す。やけに大きな建物だとは思っていたけど、宿屋もあるのね。

「ご案内いたしましょう。どうぞこちらへ」

紳士風の男性はフィーリに向けて一礼して、無駄のない動きで歩き出した。

あたしたちは顔を見合わせたあと、その彼に続いたのだった。

「こちらが最高級スイートルームでございます」

そして案内されたのは、これまで見たこともない豪華な部屋だった。

床一面にラシャン布が敷かれ、天井にはシャンデリアがある。ベッドも天蓋付きで、窓には刺繍入りのカーテンが引かれ、壁にかけられた絵や、目立たぬように置かれた調度品の数々も、全てが高そうだった。壁際に置かれた棚やソファーも、見るからに高級品だ。

「……一応聞くけど、魔法使いって皆こんな部屋に泊まるの？」

「ええ。これまで数多くの魔法使い様からご愛顧いただいております」

「……ちなみに、お値段は？」

「一泊２０００フォルになります」

「ワンランク……いや、ツーランク下げてください」

「かしこまりました」

機械的にお辞儀をして動き出した男性に、あたしたちはついていく。やがてたどり着いたのは、さっきの部屋の半分ほどの広さで、普通のカーペットの上に普通のベッドが置かれた、普通の部屋だった。

「なーんだ、それなりの部屋もあるじゃない。ここ、いくら？」

「一泊１０００フォルになります」

「高っ……さ、さすが高級ホテルねー」

「いえ、魔法使い様だからこそ、このお値段でこの広さのお部屋をご利用いただいているのです。この街の一般的な宿屋ですとお値段変わらず、広さはこの三分の一ほどになりますね」

あたしがその値段に顔をひきつらせていると、男性はあっけらかんと言った。

それってまるでテレビで見たカプセルホテル……うなぎの寝床じゃないの。

「いかがなさいますか？　今から別のお宿を探しに行かれます？」

そう問われて、あたしは窓から眼下を見る。地上は溢れんばかりの人で大混雑していた。今からまたあそこに戻って、別の宿を探す元気はとてもない。

「じゃあ、ここでお願いします。とりあえず、二泊で……」

「ありがとうございます。従者様を含めまして、お会計は４０００フォルになります」

まして金額が同じなら……と、あたしは泣く泣くこの魔法使い御用達の宿に泊まることにした。

「フルーツジュースのスタンドもご用意しておりますので、ご自由にお使いください。また、ルームサービスもございますので、いつでもお申し付けを」

「ありがとうございます！」

笑顔でお礼を言うフィーリに一礼して、男性は去っていった。

どうやらあの人の中では、あたしは最後まで魔法使いの従者って立ち位置になっていたらしい。

フィーリが魔法使いなのは紛れもない事実なんだけど、なんか納得いかない。

「ふふん。結果的にいい部屋に泊まれたんですから、メイさん、わたしに感謝してくださいねー」

「あんた、なにもやってないでしょーが」

何故か勝ち誇った顔でグラスにフルーツジュースを注ぐフィーリを見ながら、あたしは魔法使いの影響力を思い知ったのだった。

「……それにしてもこの窓、大きすぎると思わない？　高いから誰かに覗かれる心配はないだろうけど、カーテンもなければ柵もないし、鳥とか飛び込んできそうで怖いんだけど」

部屋に取り付けられた大きな窓に寄り、ふとそんな疑問を口にする。

「あれですよ。そこからほうきで飛び立つんです」

「あー、そういうことー……」

フィーリの言葉を受けて、あたしは魔法使いの国の宿を思い出した。

あの街も宿の二階に大きな窓があって、そこから魔法使いがほうきで出入りしていた気がする。

「じゃあ、フィーリはわざわざ一階に下りなくても、この窓から出入りできるわけ？」

「そういうことになりますね！」

背中にフィーリの弾んだ声を受けながら、あたしは窓枠に手を置き、眼下の光景に目をやる。

そこから見える道という道が、全て人で埋め尽くされていた。あの中をわざわざ移動しなくていいというのも、ある意味で魔法使いの特権なのだろう。

「まぁ、これだけ窓が広ければ、あたしだって絨毯で颯爽と外に飛び出して……」

……そう口にした時、目の前をほうきで横切る若い男性と目が合った。

「……これは失礼。レディーのお部屋とはつゆ知らず」

その男性は優雅にお辞儀をすると、何事もなかったかのように去っていった。

「……これ、カーテン代わりにつけときます？」

思わず固まってしまったあたしに向けて、フィーリはどこからか予備のシーツを引っ張り出し、差し出してくれたのだった。

「メイさん、宿は確保できましたが、これからどうするんです？　また冒険者ギルドですか？」

「んー、一応行くつもりだけど、今回はそれと並行して試したいことがあるのよ」

即席のカーテンを設置したあと、あたしは調合作業をしつつ、フィーリと今後の話をする。

「試したいこと……ですか？」

「そう。フィーリも感じたでしょ。この街、人が多すぎるの。少し動くだけでも大変だったし」

「それはまぁ、否定しませんが。この時間もすごい人ですし」

フィーリがカーテンをわずかに開け、外を見ていた。そろそろ日も暮れようとしているのに、地上の賑やかな声があたしの耳まで届いていた。

「そこで、絨毯の上に商品を載せて、空から販売しようって考えたの。常に空にいて、ひと声かけるだけで商品が買える空飛ぶ移動販売。いいと思わない？」

「確かに便利そうですが、どうして急に？　メイさん、錬金術師から商人さんになるんです？」

「違うわよー。品物を売るのは、フィーリを目立たせるための手段の一つね」

「はい？　どうしてわたしを目立たせる必要が？」

「考えてもみなさいよー。これだけ人が多ければ、この中に大魔法使いがいる可能性だってあるし、そうでなくとも、誰か一人くらい大魔法使いを知ってる人もいるかもしれないじゃない。少なくとも、冒険者ギルドからの情報を待つよりは効率的だと思うわ」

「そ、それはそうかもしれませんが、恥ずかしいですよ……」

「恥ずかしがってる場合じゃないわよ。注文を受けたら、ほうきに乗ったフィーリに商品を届けてもらうんだから」

「そ、それ、本当にするんですか……？」

黒山の人だかりの上をほうきで飛ぶ自分の姿を想像したのか、フィーリは真っ青になった。

「もうたくさん商品作っちゃったから、後には引けないの。フィーリも覚悟を決めてね」

「さっきからずっと調合作業していると思っていたら、そんな思惑があったんですね……」

そこまで言って、フィーリはがっくりと肩を落とした。

これまでも様々な方法で大魔法使いを探してきたけど、今回はより積極的にやることにしたのだ。そろそろ、この子を大魔法使いに会わせてあげたいし。

……というわけで、その日は夜遅くまで道具作りに精を出し、明日に備えたのだった。


その翌日。あたしたちは朝から人でごった返す中央広場の上空にやってきていた。

あたしが乗る絨毯には、商品が所狭しと並べてある。本来なら全て容量無限バッグに収納できるのだけど、こうやって並べておいたほうが在庫管理がしやすいのだ。

加えて絨毯の下には『空飛ぶ移動販売・大魔法使いの情報買います』という看板と、メニュー表をぶら下げた。

「……すでに注目されている気もしますが、メイさん、本当にやるんですよね？」

フィーリはあたしの隣にほうきで浮かび、時折下を見ながら不安そうな顔をしている。

「ここまで準備したんだし、やるわよー。フィーリも用意はいい？」

「良くないですが、やるしかないんですよね。以前のカフェとは全く違った緊張感です」

そう言いながら、最後に大きく深呼吸をするフィーリを見て、あたしは頃合いだと判断。じわじわと絨毯の高度を下げる。眼下には相変わらず、どこまでも人の波が広がっていた。

……こんな状況だからこそ、あたしの考えたやり方が生きるというものだ。

「ご通行中の皆様、お騒がせしております！　空飛ぶ雑貨屋でございまーす！」

大きく息を吸い込んだあと、あたしは地上に向かって叫んだ。

その直後、雑踏の中で何人かが顔を上げた。

「お騒がせしております！　空飛ぶ雑貨屋でございまーす！」

ゆっくりと水平移動しながら、もう一度叫ぶ。

「おーい、ポーションがあったらくれ！　４つだ！」

その矢先、冒険者らしき男性が手を振りながら声を張り上げる。

「はいはーい！　ポーション４つ！　８００フォルになりまーす！　フィーリ、よろしく！」

あたしは威勢よく返して、フィーリにポーションを手渡す。彼女は一瞬戸惑いの表情を見せるも、すぐに営業スマイルを浮かべ、ほうきを地上へと滑らせた。

「店主、チョコの実を持っているのなら、譲ってもらいたい！」

「お一人様一つまでになりますが、ありますよー！　１０００フォルになります！」

「承知した。その値で買おう！」

「ありがとうございますー！　フィーリ、よろしく！」

次にチョコの実の注文が入った。ずっしりと重いチョコの実を容量無限バッグから取り出してフィーリに手渡すと、彼女は信じられないという顔をしつつも、それを地上へと運んでいく。

ちなみに、あたしはあえてフィーリの名前を連呼していた。こうすることで、もし雑踏の中に大魔法使い本人がいれば、その存在に気づいてくれると思ったのだ。

「おーい！　ポーションを２つ！　それと爆弾を持っていたら譲ってもらいたい！」

「はーい！　ただいまー！　フィーリ、お願い！」

そうこうしているうちに、また新しい注文が入った。

予想していた通り、一度商売を始めてしまえば、次から次にお客さんが来てくれる。

空飛ぶ絨毯での移動販売はただでさえ目立つし、移動も大変な地上の人たちからすれば、お店のほうから来てくれるのだから、ありがたいことこの上ないのだろう。

「……魔力ドリンクは置いているかい？」

そうやって空の上で商売を続けること一時間半。真横から突然声をかけられた。

見ると、先日宿の窓越しに出会った魔法使いの男性が、すまし顔でほうきに乗っていた。

「ありますが、高いですよー？　２０００フォルになります」

「構わないよ。貰おうか」

彼はためらうことなく言って、代金を支払ってくれた。

「ところで、一つお聞きしたいんですが」

「うん？　なんだい？」

商品を受け取り、ほうきを反転させようとした魔法使いにあたしはすかさず声をかける。その内容はもちろん、大魔法使いについてだ。

「かの有名な大魔法使いが今どこで何をしているか、ご存知ないですか？」

「さぁ……わからないね。僕らも彼女の行方は気になってはいるんだけどさ」

そう尋ねると、彼は器用にほうきにまたがったまま、両手を左右に広げて言った。

「そうですか……ありがとうございますー。今後ともご贔屓にー」

そう言って会釈をすると、彼は軽く手を振り、去っていった。

ふーん。魔法使いたちも彼女の行方を探しているのね。本当、どこにいるのかしら。

「……おっと、ポーションの在庫が少なくなってきた。作り足しておこう」

その背を見送りつつ考えていると、絨毯の上に並べたポーションが残り少なくなっていた。

あたしはすぐさま錬金釜を設置し、商品の補充を始めた。

同じ空飛ぶ手段でも、魔法使いのほうきに比べてこの絨毯は安定性も抜群。面積も広いので、こうやって錬金釜も設置できるし、その場で商品の調合も可能だった。

「こんな芸当、魔法使いにはできないでしょー」

「メイさん、まだ商品なくならないんですか？　移動が多すぎて、疲れてきたんですが」

その時、トークリングからフィーリの声がした。錬金釜をかき混ぜながら、それに対応する。

「今、追加の商品作ってるから、まだまだ終わらないわよ？」

そう言葉を返すと、腕輪から絶望的な叫び声がし、続いて非難の声が上がった。

「あんたのためなんだから、もう少し頑張って」

その声を遮って言い、あたしは調合作業に戻ったのだった。

……それから半日ほど、あたしたちは商品を作っては売り、作っては売りを繰り返した。

元々人が多い街ということもあり、噂が噂を呼んでお客さんはどんどん増えていった。

それでも夕方になるとさすがに疲れが出て、あたしたちは店じまいをして、地上へと戻った。

「フィーリ、お疲れさまー」

街の中心から少し離れた高台の公園へと移動し、屋台で買ったレモネードを手渡してあげる。

「並大抵のお疲れじゃありませんよー」

それを一気に半分近く喉に流し込んでから、フィーリは深いため息をついた。

「……それで、フィーリのほうは大魔法使いの話、何か聞けた？」

「……何人か話を聞いてみましたが、新しい情報はありませんでした」

「あたしのほうにも、直接商品を買いに来た魔法使いがいてね。話を聞いてみたんだけど、結果は芳しくないのよー。これは明日以降も頑張らなきゃね」

「え、明日もやるんですか、このお店⁉」

「そりゃそうよー。やればやるほど注目されるようになるんだから、むしろ有名になってからが勝負。最低三日は続けてみましょ。生活費も稼げるしさ」

「わ、わかりました。そういうことなら、頑張ってみます」

「あたしも夜は商品の調合頑張るからねー。改めて、今日はお疲れ様」

頷いてくれたフィーリとグラスを合わせてから、高台から見える夕日に視線を向ける。

それは街全体を茜色に染め上げるほどの見事な夕焼けで、あたしたちはしばらくの間、言葉を忘れてその絶景に見惚れていたのだった。


次の日も、そのまた次の日も、あたしたちは絨毯で移動販売をした。

自由に移動できるというメリットを最大限に活かし、午前中は中央広場、午後からは街の入口や住宅地といった具合に、出店場所をコロコロと変えていた。その思惑は見事に当たり、売上はなかなかのものだった。そんな中、肝心の大魔法使いの情報は全く入手できずにいた。

「あー、なかなか成果が出ないわねー」

「しょうがないですよー。お昼ごはん食べて、元気出しましょう」

連日の大声ですっかり嗄れてしまった喉をさすりながら、お昼時の中央広場を歩く。今日もたくさんのお店が出ていた。

「それに、噂を聞いて魔法使いのお客さんも増えてきましたよ。なんとなくですが、そろそろマスターのことを知っている人が現れそうな気がします」

「それならしっかりお昼食べて、午後からも頑張らないとね！」

「はい！　何を食べますか？　わたし、真っ赤なルーの鉱山カレーが気になります！」

「……おうおう、空飛ぶ雑貨屋をしてんのはあんたたちか？」

フィーリが屋台に駆け寄ろうとしたその時、魔法使いの格好をした二人組が声をかけてきた。

「なんでしょうか。今はお昼休憩なので、買い物ならまた午後から声をかけてください」

「そんなこと見りゃ分かるよ。それよりあんたら、誰に断ってここで商売してんだ？」

いかにもガラが悪そうな二人を前にして、あたしはフィーリを守るように一歩前に出る。

「この広場で商売をするには、うちのギルドに場所代を払ってもらう必要があるんだぜ」

「なんてギルドですか？　あたしたちは移動販売をしているので、この広場にずっといるわけではありません。空を移動しているので、場所を借りているつもりもないのですが？」

「……そんなの関係ねぇんだよ。いいから払いやがれ！」

あたしは反論するも、二人は引く様子もなく声を荒らげた。

あーもー。せっかくいい気分だったのに。どう対応したものかしら。

「……あん？　お前、どっかで見た顔だと思ったら、フィーリじゃねぇか」

こめかみに手を当てて思い悩んでいると、凄んでいた男性の一人がそう言ってフィーリを見た。

……ちょっと待って。なんでこの人、フィーリを知ってるの？

「……あ」

あたしが疑問に感じた時、フィーリが目を見開き、小さく声を上げた。

その様子を見て、あたしは目の前の男性の顔をもう一度見る。

そして思い出した。こいつ、フィーリの買い主だわ。魔法使いの国にいたはずなのに、なんでこの街にいるの？

「……おい、このガキ、知ってるのか？」

「お前は知らなかったな。俺の奴隷だよ。魔法使いのくせに魔法が使えない、役立たずさ」

相方に向かって言いながら、あたしの背に隠れるフィーリに舐めるような視線を送る。

「ここ数日、絨毯に乗った行商人とガキの魔法使いのコンビが無許可で商売してるって話を聞いててよ。魔法使いの名前に聞き覚えがあったんだが……まさか同一人物だったとはな」

その言葉を聞いて、あたしは血の気が引く思いがした。

この子を目立たせれば大魔法使いが見つけてくれると思っていたけど、実際には最悪の相手に見つかってしまったらしい。

「とっくに野垂れ死んだと思っていたが、こんな場所で再会できるとはな。俺の買い主としての権利はまだ生きてるし、フィーリ、戻ってこい」

「え、あ、あの……」

買い主の男性から睨まれたフィーリは視線を泳がせながら数歩後ずさり、言葉を詰まらせた。

奴隷にとって買い主からの命令は絶対……そんな話を、以前フィーリから聞いたことがある。

その時は、もう買い主の男性と会うこともないだろうと、特に気に留めていなかった。だけど、今のこの流れはまずい。

「ちょっと待ちなさい。あんた、以前フィーリを売ろうとしてたじゃない。今更主人面するの？」

「なんでそのことを知って……って、お前はあの時の錬金術師!?」

ここに来て男性はようやくあたしの顔を思い出したのか、驚嘆の声を上げて後方に退いた。

「錬金術師？　おいおい、何ビビってんだよ。こっちは魔法使い様だぞ」

一方、あたしを知らない相方は余裕顔だった。その頃になると野次馬も集まってきて、あたしたちを遠巻きに見ていた。奴隷トラブルを心配する声も聞こえてくる。

そんな周囲の状況から自分たちの優位を感じ取ったのか、買い主の男性も落ち着きを取り戻す。

「そうだな……どうせなら、お前がフィーリの新しい買い主になるか？　安くしとくぜ？」

「……ふざけないで！」

……続く買い主の台詞で、さすがのあたしも堪忍袋の緒が切れた。

何よこいつ、フィーリを完全に物として見てるじゃない！　許せない！

反射的に錬金ボムを取り出すも、あたしたちの周りは野次馬だらけ。これじゃ使えない。

「……ったく、人が穏便に済ませてやろうとしたのによ！」

別の道具を出そうと一瞬目を離した時、彼を二色のオーラが包み、一瞬で距離を詰めてきた。

まさか、身体能力強化の魔法!?

とっさに防御を試みるも、強烈な拳が叩き込まれた。横腹に走った激痛に、思わず膝を折る。

「ここ数日、かなり稼いだだろう？　場所代と奴隷の買い取り代金、合わせて5万フォルで手を打ってやるよ。やっすいもんだろ」

「お、お断りよ」

あたしは地面に膝をついたまま、買い主の男性を睨みつける。そして叫んだ。

「それだと、これまでの買い主たちと同じじゃない！　あたしはフィーリと対等な関係、友達でいたいの！」

「……下手に出てりゃ、調子に乗るなよ！」

今度は足が飛んできた。あたしは必死に身をかがめて、両手で頭を守る。

身体能力強化の魔法は、フィーリ曰く初級魔法。たぶん、大した実力のない魔法使いでも使えるのだろう。魔法使いは呪文詠唱が必要な魔法でしか攻撃してこない……そんな先入観に囚われていた、あたしの判断ミスだった。

今更ながら、街中でも見えない盾を展開しておくべきだった……と後悔しつつ、ただただその攻撃に耐えていた、その時だった。

「メイさんに……ひどいことするなぁーーーー！」

ほとんど絶叫に近いフィーリの声がして、何かがどさりと地面に倒れる音が響いた。

思わず顔を上げると、あたしを攻撃していたはずの男性は地面に尻餅をついていて、その彼を睨みつけながら仁王立ちするフィーリの姿があった。

彼女の手には魔法の杖と、あたしの作った二枚のカード……属性媒体が握られている。

どうやらあたしを助けるため、フィーリ自身も身体能力強化魔法を発動して、買い主の男性に体当たりを食らわせたのだろう。

その証拠に、野次馬たちが明らかにざわめき、我先にとその場を離れていく。

「フィ、フィーリてめぇ！　奴隷が買い主に歯向かうのかっ！」

「うるさーい！　メイさんは！　お前なんかより！　何倍も！　何倍も！　優しいんだから！」

彼女はぽろぽろと涙をこぼしながら、思いの丈を全力でぶつけていた。

今になって思い返せば、初めて出会った時のフィーリはボロボロの服を着ていた。フィーリはあの性格だからつい忘れてしまうけど、あたしと出会うまでの間、あの男の下で想像もできないような酷い生活をしていたのかもしれない。

あたしと出会ったことで再び魔法が使えるようになったフィーリは、それまで溜まりに溜まっていた感情を今、爆発させているのだ。

……その時、彼女が持っていた二枚の属性媒体のうち、風属性の媒体が強い光を放ち始めた。

それに気づいたフィーリが手元を見た瞬間、異様な光をまとっていた属性媒体が弾け飛ぶ。

その直後、あたしたちを中心に猛烈な風が吹き荒れた。

感情的になっていたフィーリの魔力が暴走したのか、その威力は凄まじく、広場にあった屋台はまるで竜巻にでも遭ったかのように、広範囲にわたって薙《な》ぎ倒されてしまった。

「お、おい！　そのガキ、魔法は使えねーんじゃなかったのか!?」

「そ、そのはずなんだが……くそっ、右腕と肋骨がやられてやがる」

フィーリの放った暴風に吹き飛ばされ、買い主の男性は怪我を負った様子だった。そんな彼にもう一人の男性が肩を貸し、彼らはその場から逃げ去っていく。

「待てーーー！　メイさんに謝れーーー！」

「フィーリ！　もういいから！　あたしは大丈夫だから！」

彼らの後を追おうとしたフィーリを、あたしは背後から抱きしめるように止める。それによって彼女はようやく我に返り、周囲を見渡した。

そして事の重大さに気づいたのか、脱力してその場に座り込んでしまった。

「……ごめんね。守ってくれて、ありがとう」

そんな彼女をあたしは優しく、いつまでも抱きしめてあげたのだった。

……やがて、あたしたちの下に無数の足音が近づいてきた。

○　○　○

街の広場で魔法を発動させ、周辺に甚大な被害を与えたということで、フィーリは街の兵士たちによって拘束され、どこかへ連れていかれてしまった。

この子は悪くないと、あたしは必死に訴えたけど、聞き入れてはもらえなかった。

フィーリは自分の荷物をあたしに預けると、静かに兵士たちに従っていったのだ。

一人残されたあたしは、呆然と広場に立ち尽くす。

そこにはフィーリの魔法によって倒壊した屋台が瓦礫《がれき》となって積み上げられている。

元々、フィーリは魔法をうまくコントロールできないことがあった。それに加えて、今回はより感情的になっていたことが、風魔法の暴発に繋がってしまったのだろう。死者が出なかったことが、不幸中の幸いだった。

「おーい、あんたの店、大丈夫か？」

「ああ、うちはなんとかな……お前さんとこは？」

「俺んとこは駄目だ。商品は何とかなるが、屋台がなぁ」

広場にいると、どこからともなくそんな会話が聞こえてくる。

あたしはいたたまれない気持ちになって、逃げるようにその場を後にしたのだった。

……それからは街の中を駆け回り、あたしは情報収集に奔走した。

探した情報は二つ。一つは、フィーリはどこに連れて行かれてしまったのか。もう一つは、どうすれば彼女を助けることができるかだ。

街の中をあてどなく歩き回った結果、あたしは酒場で出会った情報屋から、この街で捕らえられた犯罪者が『監獄島』と呼ばれる場所に送られることを教えてもらった。

移動販売で稼いだお金の多くをこの情報のために使うことになったけど、惜しくはなかった。

万能地図でその場所を調べると、この街の沖合数キロにそれらしき島があることを突き止めた。

潜入方法についても聞いてみたけど、監獄と名がつくだけあってその警備は相当厳重で、地理的な条件も重なってこれまで脱獄に成功した人間はいないということだった。

特別な侵入経路がないのならば、正攻法しかない。

脱出不可能な監獄からフィーリを救出すべく、あたしは準備に取り掛かったのだった。

「隠密行動といえば、やっぱりミラージュヴェールでしょ。煙幕ボムも必要よね。あとは……せっかく大量の雪を手に入れたんだし、氷の爆弾も作っておきましょ」

相方のフィーリが騒動を起こしてしまったということで、宿屋も追い出されてしまったあたしは、比較的人の少ない港に錬金釜を設置して調合作業を行っていた。

「……少し前には、この夕日を一人で見るなんて考えてもいなかったなぁ……」

錬金釜をかき混ぜながら、水平線の向こうへ沈みゆく夕日を見る。そんなあたしのそばを、さっき着いたばかりの商船の乗組員が忙しく通り過ぎていった。

「……ようやく見つけたよ」

……その時、一枚の地図を持った小さな女の子が声をかけてきた。

その子は黄色と白を基調とした衣服を身につけ、大きく茶色いリュックサックを背負っていた。

その髪は夕日に負けない金髪で、ウェーブのかかったショートボブ。まるでお人形さんのような印象だった。

「あー、もしかして移動販売？　ごめんねー。今は忙しくて、お店やってないのよー」

そう伝えるも、その子は特に反応を見せず、銀色の瞳でじっとあたしを見ていた。

「……初めまして、メイ。ボク、ルメイエって言うんだ」

少女は見た目に反して、どこか大人びた口調でそう名乗った。

その小さな口から出た聞き覚えのある名前に驚き、あたしは思わず調合の手を止める。

「伝説の錬金術師ルメイエ。キミも錬金術師なら、聞いたことあるだろう？」

「もちろんあるけど……君、同じ名前なの？」

「名前が同じだけじゃないよ。本人さ」

思わず尋ねると、自称ルメイエの少女はそう答え、持っていた地図を見せてくれる。

覗き込むと、港周辺にあたしと彼女の名前が表示されていた。それはまさかの万能地図だった。

「これ、ボクが作ったんだ」

あたしが絶句していると、少女はドヤ顔で言った。

許可を得て触らせてもらうも、その地図は本物で、あたしはこの子……ルメイエの話を信じざるを得なかった。

まさかの伝説の錬金術師の来訪ということで、あたしは彼女を万能テントへと案内した。

「……粗茶でございますが、どうぞ」

そして緊張しながらお茶を出すと、彼女は一言お礼を言ってからそれを受け取る。

「それであの、伝説の錬金術師ルメイエ様がどうしてこんな場所でその、少女の姿をしていらっしゃるんでしょうか？」

「別に呼び捨てにしてくれてかまわないよ。敬語も不要だ。色々あってね。今はこの姿なんだ」

言葉を選びながら尋ねると、無駄のない動きでティーカップを手にしながらルメイエが言う。

「じゃあ、言葉を崩させてもらうけど……若返りの秘薬でも飲んだとか？」

少し緊張がほぐれて、あたしもお茶を口にしながら問う。

記憶が確かなら、錬金術師の街で伝説となっているルメイエさんはすでに50歳前後のはずだ。

「ははっ、よく見てごらんよ。別に若返ったわけじゃない。これは自律人形の体だよ」

彼女が言って、服の袖をめくる。するとそこから、それこそ人形のような関節部位が見えた。

露出の少ない服だから全然わからなかった。手足も人間のそれと区別がつかないし、顔を見ても普通に人間の女の子だ。違和感らしい違和感はなかった。

「今使っている体も、元はボクが作ったものなんだ。可愛らしくできているだろう？」

ソファーの肘掛け部分にもたれるようにしながら、自画自賛していた。

確かに可愛らしい見た目だけど……この子、口調とのギャップがすごいわ。

そんなことを考えていた時、一つ気になることがあった。

「……ねぇ、ルメイエの声ってさ、どっかで聞き覚えがあるんだけど」

「ようやく気づいたかい？　実はキミたちとは一度会っているよ。どこで会ったか当ててごらん」

あたしがそう口にすると、ルメイエは含み笑いを浮かべながら言い、お茶受けに出しておいたクッキーをかじった。
お茶もそうだけど、自律人形なのにお菓子も食べられるのね……なんて思いつつ、あたしは記憶の糸を手繰ってみる。こんな容姿の子がいれば目立つし、どこで会ったのかしら……？

「……あ、もしかして、滝の街の露天商？」

しばらく考えて、あたしは思い出した。滝の街セレムで取引をした、フード付きのコートを着た露天商。顔は完全に隠れていたけど、この声と口調は間違いなかった。

「ご明察だよ。よく時の砂時計を修理できたものだね」

あたしの答えを聞いて、彼女は満足げに拍手をする。その仕草はやけに大人びていた。

「……って、なんで時の砂時計を直せたことを知ってるの」

「え？　そ、それはどうでもいいじゃないか。それよりメイは今、困っていることがあるんじゃないのかい？」

あたしの質問をはぐらかしたルメイエは、逆にそう訊いてきた。

腑に落ちない部分はあったけど、あたしも困っていることがあるのは事実。これはまたとない機会と、フィーリの救出作戦を練っていることを伝え、助力をお願いする。

「……というわけなの。フィーリを助けるため、力を貸してもらえないかしら。錬金術師が二人いれば、調合作業も格段に早くなると思うしさ」

「協力するのは構わないよ。ただし、その子を助け出せたあと、ボクのお願いも聞いてほしい」

するとルメイエはそう条件を出してきた。その詳細を彼女は語らなかったけど、あたしはそれを了承した。今は一人でも多く、協力者がほしい。

「交渉成立だね。それじゃ、調合作業を手伝ってあげるよ」

彼女は言って、置いてあったリュックから錬金術師の杖と錬金釜を取り出した。

杖はルメイエの背丈とは全く釣り合っていない大きさで、錬金釜も明らかにリュックに収まるサイズではなかった。あのリュックも錬金術で作ったもので、見た目と容量が違うのだろう。

「じゃあ、ルメイエは煙幕ボムの調合をお願いできる？」

「ああ、それなら作ったことがあるよ。できたら素材を分けてほしいんだけど」

「いいわよー。えーっと、爆弾素材に砂糖、それに貝殻ねー。足りなくなったら言って」

どこかに倉庫でもあると思っているのか、キョロキョロとテントの中を見渡すルメイエを後目に、あたしは容量無限バッグから煙幕ボムの素材を取り出していく。

「ちょ、ちょっと待っておくれよ。なんで全部その小さなバッグから出てくるんだい!?　まさかそのバッグ、錬金術で作ったものなのかい？」

「え、えーっとこれは……神様にもらったのよ！」

「……メイ、嘘をつくならもう少し上手な嘘をつくんだね」

正直に話すも、ルメイエは信じる様子もなく、あたしをジト目で見てきた。

「嘘じゃないんだから！　本当よ！　これはね……！」

別に隠す必要もないと、あたしは究極の錬金釜や伝説のレシピ本、容量無限バッグに関して、事細かに話して聞かせた。

「……まさか、それらは本当に神からもたらされた道具だというのかい？　そんなのずるい！」

その話を聞いたルメイエは拳を突き上げて憤慨していた。

伝説の錬金術師にさえ『ずるい』と言わせてしまうのだから、この道具たちの性能がどれだけ常軌を逸しているか、あたしは改めて思い知ったのだった。

……その後、ようやく落ち着いたルメイエと並んで調合作業を行う。

「煙幕ボムが完成したよ。どこに置いておけばいいんだい？」

「ありがとー。あとで容量無限バッグにしまうから、その辺に置いといてー」

あたしの持つ道具に対して散々文句を言っていた割には、ルメイエの調合速度はあたしのそれと大差なかった。さすがは伝説の錬金術師と呼ばれるだけのことはある。

「ところで、こうして見ると爆弾が多いね。まるで爆弾の博覧会だ」

床に並べられたたくさんの爆弾たちを見ながら、ルメイエが言う。

「監獄島は頑丈な外壁で守られているらしいから、爆弾で破壊して絨毯で潜入するつもりなの」

「フィーリのことが大事なんだろうけど、なかなかに豪快な作戦だね」

できたてほやほやの錬金ボムを見せながらそう答えると、ルメイエは渋い顔をした。

「だけど、監獄島の外壁は頑丈だよ？　本来、囚人を逃さないように作られたものだからね。ここにある爆弾だと、一度に相当数を使わないと破壊できないんじゃないかな」

「それなら、もっと強力な爆弾を用意しなきゃ駄目なのかしら」

ルメイエの言葉を聞いたあたしは焦り、忙しくレシピ本をめくる。

「あの外壁を破壊するのなら、魔力ボムが最適だね。強力すぎてボクは作ったことがないけどさ」

そんなあたしを見ながら、ルメイエがあっけらかんと言った。

「魔力ボム……そんな道具があるの？　レシピ本に載ってないんだけど」

何度もレシピ本をめくってみるも、『魔力ボム』という道具は出てこなかった。

不思議に思っていた時、あたしはあることを思い出した。

「……そういえば少し前、魔力を使った爆弾を作ろうと思ったことがあったんだけど」

あたしはその内容を、ルメイエに話して聞かせる。

吹雪でテントに閉じ込められていた夜、フィーリの授業をきっかけに、魔力を使った爆弾を作ろうとしたことや、様々な素材を試してみたものの、それが失敗に終わったことについてだ。

「それだよ。キミの言う魔力を使った爆弾こそ、魔力ボムのことだよ。つまり、神がくれたその本にも載っていないものがあるのか」

あたしの話を聞いたルメイエはそう呟き、地面に並べられた爆弾たちを眺める。

やがて、その中から一つの錬金ボムを選び取り、言った。

「……これだ。これが魔力ボムになりたがっているよ」

「なりたがっている？」

意味不明な発言にあたしは思わず首をかしげる。

「ボクは素材の声が聞こえるから、彼らのなりたいものがわかるんだ。ボクはこの声を頼りに、これまで数多のレシピを開発してきたのさ」

その言葉を聞いて、あたしは以前、錬金術師の街でロゼッタさんが『ルメイエは素材の声が聞こえる』と言っていたことを思い出した。あれは比喩でもなんでもなく、事実だったのだ。

「魔力ボムの調合に失敗した際、何を素材にしたんだい？」

「えーっと……確か、魔力石と魔力ドリンク、あとは妖精石だったわ」

「なるほどね。じゃあ、その素材たちを出せるだけ、床に並べてもらえるかい？」

あたしは彼女に言われるがまま、容量無限バッグから素材を取り出しては床に並べていった。

「……妖精石の中に魔力ボムになりたいという子はいないね。素材の候補から外そう」

口元に手を当てながら、素材たちの周りを歩いていたルメイエが不意にそう言った。

あたしがその指示に従っていると、彼女は魔力石と魔力ドリンクを一つずつ選び取った。

「……うん。爆弾素材と、この二つの素材でいけると思う。調合してごらんよ」

そう言われて、あたしははっとなる。

二種類の調合は何度か試したけど、三種類同時の調合は一度も試していなかった。

これならいけるかもしれない。

そんな希望を抱きながら素材を投入し、かき混ぜるも……錬金釜は虹色の噴水を吐き出した。

「あー……また失敗。やっぱりレシピ本に載っていないものは作れないのかしら。それとも、素材がまだ足りないとか？」

「いや、今の失敗は素材のせいじゃない。キミが錬金釜をかき混ぜる手の動きが適当すぎたんだ」

強い口調で言われて隣を見ると、ルメイエが怒りに満ちた表情でこちらを見ていた。

「キミの調合をじっくり見させてもらったけど、雑だよ。調合する時は完成品を思い描き、心を込めて、ゆっくりと混ぜる。これは錬金術の基本だよ。キミはこれまで、何をしてきたんだい？」

ルメイエからの思わぬ叱責に、あたしは呆気にとられ、頭の中が真っ白になった。

「いやその……えっと、ごめんなさい」

「ボクに謝ってどうするんだい。謝るのなら、無駄にしてしまった素材たちだ」

萎縮しながら謝るも、彼女は強い口調で錬金釜を指し示した。

素材に謝る……そんなことを言われたのは初めてだったけど、素材あっての錬金術だと考え直し、あたしは静かに頭を下げた。

「……それでもさ、究極の錬金釜なのに失敗するなんて、本当にどういうことかしら」

「理由は簡単だよ。究極だけど、万能ではないってことさ」

「でも、これまで調合に失敗したことなんてなかったのよ。その……雑に混ぜててもさ」

究極の錬金釜を前にして、そんな質問をルメイエにしてみる。

「これはボクの推論だけど、究極の錬金釜は予めレシピがわかっている道具についてはその成功率が極端に高くなるのかもしれない。それこそ、確実に近いくらいにね」

「言われてみれば……これまでのあたしの調合は全部レシピ本を参考にしてたわね。理屈はわかるけど、そもそも今回の魔力ボムはなんでレシピ本に載ってないのかしら」

「ボクに聞かれても困るよ。伝説のレシピ本はキミにしか読めないんだから、調べようがない」

あたしの次なる質問に、ルメイエは困った顔をしながらそう言葉を返してきた。

「いずれにせよ、メイはその特別な力に頼り切り、ロクに錬金術の修行をしていなかったんだね」

「しょ、しょうがないじゃない。この世界にはゲームと違って、錬金術の師匠なんていなかったんだから」

情けないような悔しいような、なんとも言えない気持ちになってつい、そう反論する。

「……仕方ないなぁ。ほら、ボクの錬金釜を貸してあげるから、練習してみなよ。素材を入れなければ、爆発することもないから」

すると、彼女はため息まじりに言い、自身の錬金釜を貸してくれた。

「へっ？　練習って、錬金術の？」

「他に何をするっていうんだい。ここまで独学だって言うから、きちんと教えてあげようっていうんだ。最初は錬金釜をひたすらかき混ぜる練習からだよ。まずは２００回！」

「に、２００回⁉」

突然のスパルタに驚きつつも、あたしは杖を手に錬金釜の前に立ち、彼女に言われるがまま、錬金釜をかき混ぜ始める。

「腰が入っていないよ。それと、底のほうから全体をしっかり混ぜなきゃ。素材が取り残される」

「は、はい！」

ソファーの上に仁王立ちになって、ルメイエは指示をくれる。あたしはそれを必死に聞きながら、調合時の動きを体で覚えていく。

「また混ぜ方が雑になっている。一定の間隔と速度を維持するんだ。不規則になっては駄目だ」

「はいー！」

……そんなふうに、あたしは伝説の錬金術師からみっちりと指導を受けた。

錬金術が知られていないこの世界特有の事情もあるだろうけど、これがあたしの受けた、初めての錬金術の授業だった。

「……よし。もう一度魔力ボムの調合をやってみよう」

練習を始めてから数時間が経過し、どっぷりと日が暮れた頃、ルメイエからそう許可が出た。

彼女が用意してくれた素材を手に、あたしは再び究極の錬金釜の前に立つ。

……今からあたしは、レシピ本にない新しいものを作ろうとしている。

それはこれまでと違う、新しい挑戦だ。新しい一歩なのだ。

大きく息を吸って、錬金釜に素材たちを投入する。ルメイエからの教えを思い出しながら、ゆっくりと、丁寧に混ぜていく。

程なくして、釜の中で渦巻く虹色が強くなる。それはまるで奔流のように、轟々と音を立てて今にも錬金釜から溢れ出さんとしていた。

……素材たちよ、お願い。あたし、魔力ボムを作ってフィーリを助けたいの。

そう一心に願いながら、錬金釜をかき混ぜ続ける。やがて、光が弾けた。

錬金釜から飛び出てきたのは、薄紫色の爆弾。中央には魔力を表すかのように、白地で魔法陣のマークが入っていた。おそらく、これが魔力ボムで間違いないだろう。

「や、やった。できた！　素材たち、ありがとう！」

　完成した爆弾を思わず抱きしめた時、近くに置いてあったレシピ本が光を放った。

　驚きながらも本を手に取ってその中身を確認すると、そこには魔力ボムのレシピが新しく表示されていた。必要素材も爆弾素材と魔力石、魔力ドリンクと書かれている。

「ルメイエー！　これこれ！　これ見て！」

「……嬉しいのはわかるけど、ボクに見せられても白紙のページにしか見えないんだってば」

　自ら作ったものがレシピ本に載った嬉しさのあまり、あたしは我を忘れてルメイエに駆け寄るも、呆れたような声が返ってきた。

「でもさ、今の手順を踏めば新しい道具をレシピ本に登録できるってことでしょ？　ということは、ここに載っている道具たちは全て、過去に誰かが作ったもの……ってことになるのかしら」

「先程の現象から察するに、そういうことになるんだろうね」

「……このレシピ本、賢者の石やエクスカリバーの作り方も載ってるんだけど。それも誰かが作ったってこと？」

「……遠い昔、人知れず調合に成功した錬金術師がいたのかもしれないね」

　あたしの言葉を聞いたルメイエはそう苦笑したのだった。

　……それから改めて素材を用意して、魔力ボムをいくつも調合する。

　初めて作った時はあれだけ苦労したというのに、一度レシピ本に載ってしまえば、嘘のように簡単に調合できてしまった。これは、ルメイエの言った推論が正しかったのかもしれない。

　魔力ボムに続いて、ルメイエと手分けしてスリープボムを大量に調合した。

これは周囲に睡眠ガスをばらまくだけの殺傷力のない爆弾で、ネズミ色の本体に白くベッドのマークが書かれている。必要素材は爆弾素材と眠り薬で、どちらも手持ちで事足りた。

その後も黙々と調合作業を続け、真夜中近くになって全ての調合作業が終わった。

「……これで準備はだいたい整った感じかい」

「そうねー。考えられるものは全部調合できたと思うわ。ルメイエ、ありがとう」

「今更だね。ボクにとっても収穫があったし、気にしないでいいよ。さて、出発まで少し休むとしようか。このソファー、借りるよ」

彼女は道具を手早く片付けると、人間らしく背伸びをし、近くのソファーへ寝っ転がった。

「え、もしかしてルメイエ、一緒に監獄島まで来てくれるの？」

「ああ、乗りかかった船というやつだよ。それに、もしメイが監獄島から戻らなかったら、ボクとの約束は反故《ほご》にされてしまうじゃないか」

顔だけをこちらに向けて、さも当然のように彼女は言った。

正直なところ、手伝ってくれるのは道具作りだけだと思っていたので、あたしは驚いていた。

「伝説の錬金術師様が一緒なんて、心強いわねー」

自然とそう口にすると、彼女は少し照れたように顔を背けた。あたしはなおも言葉を紡ぐ。

「錬金術も指導してもらったし、すぐにでもお礼がしたいんだけど。何かしてほしいことない？」

「……それなら、そのレシピ本を読んでくれないかい？　ボクには読めないけど、メイが読み上げてくれれば理解することができると思うんだ」

「いいわよー。どんな道具について知りたいの？」

「爆弾は一通り知っておきたい。あと、武器や防具についても。武器や防具は、素材の中でも特になりたいという子が少ないんだ」

「りょーかい。じゃあまずは爆弾の中から、トリモチボムと重力ボムについてねー」

二つ返事で了承して、あたしはレシピ本を開く。

そしてこれまで作ってきた爆弾や武器について、事細かにレシピを話して聞かせた。

「水中専用銃というのはどういった仕組みで動くんだい？　現物があるならぜひ見せておくれよ」

「素材分解しちゃったから現物はないけど、水の力で銃弾を発射するの。その銃弾には色々な種類があって、痺れさせたり凍らせたりできるのよ」

「それは臨機応変に使えそうだね。重量はどのくらい……」

そんな中、ルメイエは水中専用銃に興味を持ったらしく、途中から矢継ぎ早に質問をしてきた。

彼女の質問に答えていると、結局朝まで一睡もできず。あたしは昇ってきた朝日に目を細めながら、好奇心旺盛な錬金術師様に感服するしかなかった。

……突然あたしの下にやってきた、伝説の錬金術師ルメイエを名乗る自律人形の少女。最初は疑わしかったけど、その実力は本物だった。

その彼女が力を貸してくれるというのだから、今回の作戦はきっとうまくいくはず。

フィーリ、すぐ助けに行くから、待ってなさいよ！

第六話

「監獄島と伝説の錬金術師」

Tom Kawakami presents

The slow life of a traveling alchemist

……翌日、濃い霧が立ち込める海上をあたしとルメイエは空飛ぶ絨毯に乗って移動していた。

目指すは商人の街ルカトールの沖合に浮かぶ、監獄島だ。

「メイ、霧の中をこんなに速く飛んで平気なのかい？」

「万能地図で常に位置情報は把握してるから平気よー。いざという時は自動回避機能もあるし」

背後から心配そうな声で言うルメイエに、あたしはそう説明する。姿を隠すことができるから、霧が出ているのはむしろ好都合だった。

「監獄島に接近する前に、今回の作戦を確認しておきたいんだけど」

「単純よ。この霧に紛れて監獄島に近づいて、魔力ボムで外壁を壊して島内へ侵入。混乱に乗じてフィーリを奪還して、速やかに逃げ出す。以上」

「わかりやすくていいけど、不測の事態が起こった時の対処法は考えておいておくれよ？　たとえば、爆弾の威力が足りない場合を想定しているかい？」

「それは……たぶん大丈夫でしょ」

「その自信はどこから湧いてくるんだい？　一度、魔力ボムの威力を確かめてみるべきだよ。ボクだってその威力は未知数なんだから」

「確かにそうねぇ……強いことは間違いないと思うけど、一度試してみましょうか」

パラパラとレシピ本をめくり、魔力ボムのページを表示させる。説明を読むと、魔力を使用する分、その威力は錬金ボムの比ではない……と書かれていた。

「もうちょっと具体的に書いてほしいわねー。あ、この道具、魔力を注ぎ込めばそれだけ威力が上がるって書いてある。ルメイエ、魔力注ぎ込めない？」

「魔法使いじゃないんだから、そんなことはできないよ。仮にできたとしても、魔力はボクの動力源でもあるんだ。貴重な魔力を分け与えるなんて真似はしたくないね」

言って、彼女はそっぽを向いた。そういうことなら、フィーリがいないと威力上昇は望めない。

「じゃあ、素の威力がどんなものか、ちょっと海に落としてみるわねー」

あたしは絨毯の端に寄り、霧に霞む海面へ向けて、魔力ボムを投下してみる。

ややあって、青い閃光とともに予想以上に大きな爆発が起こり、巨大な水柱が上がった。

「え、素の威力でこれ？　さすがに強すぎない？」

「これは……しっかりと距離を置かないと巻き添えを食うね。メイ、使う時は細心の注意を払うんだよ」

少し引いた表情で眼下を見るルメイエの言葉に、あたしは何度も頷いたのだった。

……やがて、霧の中から監獄島がその姿を現した。

赤黒いレンガを同色の漆喰《しっくい》でデタラメに塗り固めたような外観をしていて、中央にそびえ立つ大きな建物も相まって、まるで要塞のようだった。

「なかなかに威圧的で、独創的な建物じゃないか。設計者の顔が見てみたいよ」

冗談めかして言うルメイエの横で、あたしは万能地図を開き、その内部構造を確認する。

話に聞いていた通り、分厚く高い外壁に覆われ、その内部は管理棟と収監棟に分かれていた。

そそり立つ壁にゆっくりと近づいていくも、見張りの姿は見受けられなかった。

場所柄、脱獄対策はしていても、外から侵入されるとは考えていないのかもしれない。

「それで、あの塔のような建物が収監棟かい？」

「あれは管理棟。看守がうじゃうじゃいるから、近づかないほうがいいわね。フィーリがいるのは、その隣にある平屋の建物みたい。ここからじゃ外壁が邪魔になって見えないけど」

ルメイエに万能地図を見せながら言う。最短ルートでフィーリの救出に向かったとしても、外壁と収監棟の壁、この二つを破壊しなければならない。

……爆弾で外壁を破って監獄島内部に飛び込んで、収監棟の壁を破壊してフィーリを救出し、即座に逃げる。その一連の流れを、頭の中で何度もシミュレーションする。

「……よし。それじゃあ、いくわよー。収監棟に一番近いのは……あそこの壁ね」

見えない盾を自分たちの周りに展開してから、万能地図を頼りに突入場所を決める。

地図によると、どうやら今の時間は囚人の多くが収監棟から遠く離れた場所に集まっている。

これはたぶん、食料生産用の畑が敷地内にあって、皆で農作業をしているのだろう。

一方で、フィーリの名前は収監棟の中にあった。女の子だし、農作業には駆り出されていないのかもしれない。

「ところでメイ、どうやってあの外壁に魔力ボムを当てるんだい？　さっきの試射を見ていた限り、十分破壊は可能だろうけど、投擲したところで届かなければ無意味だよ」

「そこはちゃんと考えてあるわよー。ルメイエ、ちょっと絨毯の端に寄って」

そう言って絨毯の上にスペースを作ってもらったあと、あたしは全自動発射台を設置した。

「……この木のオバケはなんだい？」

「全自動発射台って言って、投石機みたいなものよ。手のひらサイズのものしか飛ばせないけど、魔力ボムなら十分飛ばせるわ。手投げより飛距離も出せるから、安全よ」

「……なるほど、考えたね」

感心するルメイエをよそに、あたしは発射台に魔力ボムをセット。外壁へと照準を合わせる。

「フィーリとの雪遊びで作った道具がこんなところで役に立つなんてね……魔力ボム、射出！」

高らかに宣言したあたしに応えるように、発射台は魔力ボムを撃ち放つ。

それは少しの間を置いて着弾し、先程と同じ青い爆発が外壁を包み込んだ。

「うわああ、すごい衝撃。ルメイエ、掴まっててよ！」

少し遅れて、ビリビリと空気が振動する。それをやり過ごしてから、おそるおそる爆発地点を見る。そこには見事な大穴が空いていた。

「よし、まずは第一関門突破！」

その穴を確認してすぐ、あたしはミラージュヴェールを使用した。

これは使うと一定時間、姿を隠すことができる道具。貴重な素材が必要で量産はできないけど、一度使えばその効果時間は30分ほど続く。フィーリを救出し、脱出するまで十分に保つはずだ。

「あとは時間との勝負！　突っ込むわよー！」

そう言うが早いか、あたしは絨毯を最高速度で飛ばし、監獄島の中へと飛び込んだ。

「な、なんだなんだ？　何があった？」

「おーい！　人を呼べ！　燃えてるぞ！」

　制服を着た看守らしき人たちの怒号が聞こえる中、あたしたちは姿を消したまま、彼らの脇を抜ける。そのまま荒れ果てた庭を通り、収監棟へと近づいていく。

　壁の向こう側に人がいないことを万能地図で確認してから、今度は発射台から錬金ボムを放って収監棟の壁を破壊する。この壁は薄いので、魔力ボムを使わずとも事足りた。

　収監棟内へ侵入し、一直線にフィーリがいる場所を目指すも、行き着いた先は倉庫だった。

「へっ？　どういうこと？」

　無造作に置かれた木箱や樽を見渡してから、再度万能地図に視線を落とす。地図上では、あたしの目の前にフィーリがいることになっている。

「逃げ出して、この木箱の中に隠れてるとか？　フィーリ？　迎えに来たわよー？」

　困惑しながら絨毯を降り、近くの木箱の蓋を開けてみるも、食器が入っているだけだった。

「……メイ、これはおそらく地下だね」

　その時、絨毯の上に置いた万能地図を手にしたルメイエが呟いた。

「地下？」

「そうだよ。フィーリは地下にいるんじゃないかな。いくら万能地図でも地図は地図。平面でしか見えないから、これは勘違いしても仕方がないね」

　ルメイエは眉間にシワを寄せながらそう口にした。

　言われてみれば、この収監棟は大きいけど、平屋だ。外にいる囚人たちを全員収監するには、いささか手狭だと思う。

「この辺りも倉庫ばかりのようだし、収監施設そのものは地下にあるんじゃないかな。そのほうが脱獄対策にもなるだろうしさ」

腰に手を当てながら、ルメイエがぐるりと周囲を見渡す。通路まで戻ってみると、その左右には同じような倉庫がいくつも並んでいた。

「しかし、地下を捜索するとなると……どうする？　出直すかい？」

「ううん。まだ諦めるのは早いわよ。地下だから何だって言うのよ」

あたしは言って、万能地図を操作する。ナビゲーション機能を起動して、フィーリの居場所まで最短距離でのナビを設定した。

「よし。これであとは万能地図の指示に従っていけば、フィーリの下へ行けるわよ」

「ちょっと待っておくれよ。今、何をしたんだい？」

意気揚々と絨毯に乗り込むあたしを見ながら、ルメイエが驚嘆の声を上げた。

「言ってなかったっけ。あたしの持ってる万能地図は、万能地図・改なの。ルメイエの持ってる万能地図に比べて、色々な機能が追加されてるのよ。ナビゲーション機能とかね」

「初めて聞いたよ。そんな機能があるのかい？」

「地図上に表示されていれば、街だろうが人だろうが、最短距離で案内してくれるのよ」

「なにそれ、ずるい！」

ルメイエは叫ぶように言って、あたしの地図を覗き込んでくる。そして自身の持つ地図との性能差に驚いていた。

「……なんだぁ？　倉庫から女の声が……？」

その時、一人の看守が倉庫へとやってきた。あたしたちはとっさに木箱の陰へと身を隠す。

ミラージュヴェールの効果中は姿こそ見えないけど、声はしっかりと聞こえてしまうのだ。

「気のせいか……？　俺、最近疲れてんのかな。昼間から幽霊なんて出ないでくれよ。ハハ……」

その看守が立ち去るのを確認して、あたしたちは胸をなでおろした。

「……こうなったら善は急げね。ミラージュヴェールの効果時間も残り少ないし、さっさと行動しましょ」

あたしが囁くように言うと、ルメイエは無言で頷いて、ともに絨毯へと乗り込んだのだった。

『次の角を右折。しばらく道なりに進んでください』

万能地図が指示する通りに収監棟内を進んでいくと、どんどん地下へと潜っていく。

すでにかなりの時間が経過し、ミラージュヴェールの効果も切れてしまった。

「フィーリ……いったいどこにいるのよ……」

石造りの通路を進みながら、右側にある鉄格子の向こうに目をやる。農作業に駆り出されているのか、そのほとんどが無人だったけど、中には手枷《てかせ》をつけられたまま残された囚人もいた。心なしか、奥に進めば進むほど、囚人たちの人相が悪くなっているような気がした。

「これだけ地下深くに幽閉されているとなると、フィーリは危険度が高い囚人扱いされているのかもしれないね。彼女、魔法使いなのだろう？」

絨毯の上に設置したままの全自動発射台を挟んで、ルメイエが言う。

じゃあ、フィーリもあんな風に手枷をつけられてるのかしら。そんなの、可哀想すぎる。

……その時、前方に数名の看守の姿が見えた。

「な、何だお前たちは!?」

彼らはあたしたちに気づくと、腰から下げていた剣を抜き放つ。

そのうち出会うだろうと覚悟はしていたから、対策は万全。あたしは即座に全自動発射台から煙幕ボムを撃ち出す。煙が看守たちの視界を奪っている隙に、一気に突破した。

……その後も、同じような集団に何度も出会う羽目になった。どういう手段かわからないけど、彼らはお互いに連絡を取り合っているらしく、明らかにあたしたちを狙ってきた。

「……後ろはボクが見るよ。メイは前だけ集中してくれればいい」

何度目かわからない煙幕ボムの煙を通り抜けたあと、ルメイエが自前のスリープボムを手にし、そう言ってくれた。こうなることを想定していたのか、頼もしい限りだった。

度々背後に迫る看守たちをスリープボムで眠らせながら進んでいると、通路を塞ぐように鉄格子が現れた。その脇には鍵穴がついていて、専用の鍵がないと開けられないようだ。

「弱ったね。爆弾を使うかい？　それとも、鍵開けの道具でも作ってきたのかい？」

「大丈夫。鍵開けのエキスパートがいるから」

そう訊いてきたルメイエに対し、あたしは容量無限バッグから自律人形を取り出す。

全身銀色の彼は床につくと同時に人の姿になり、あたしに向けてびしっと敬礼をした。

「この鍵を開けてほしいんだけど、お願いできる？」

自律人形は大きく頷いたあと、その指先を変形させて鍵穴へと差し込んでいく。

「……メイ、この銀色の生き物はなんだい？　その鞄の中で、スライムでも飼っているのかい？」

「違うわよー。これ、あたしの自律人形なの。液体金属を素材にしているからちょっと変わってるけど、すごくいい子だし、役に立ってくれるのよー」

「自律、人形……？　キミもそうなのかい？　ボクと同じ……」

あたしの回答を聞いたルメイエは複雑そうな顔をし、黙々と作業する自律人形を見つめていた。

やがて無事に鍵が開き、あたしたちは移動を再開する。

まるで螺旋階段を延々と下っているかのように似た景色が続く。

その通路も手掘りのトンネルのようになり、人間一人が通るのがやっとという狭さだった。

とても絨毯に乗っているような余裕はなく、あたしは飛竜の靴を履き、ルメイエを背中に背負って跳ねるように移動していた。

いよいよフィーリの居場所が近づいてきた時、曲がり角の先から漏れる明かりに気づく。

「あの明かり、何かしら……」

壁際に身を隠しながら盗み見ると、そこには広めの部屋があった。

見たところ看守室のようで、三人の看守が立ち話をしていた。あたしは耳をそばだてる。

「……上の騒動、まだ収まらないのか？」

「壁に突然大穴が空いたって話か？　幸い怪我人はいないらしいが、修復にどれだけかかるか。侵入者がいるって話もあるし、まだ混乱してるよ」

「こんな時に、看守長のグレン様はどこでなにをしてらっしゃるんですかねぇ」

「さあな。奴は戦闘狂だし、またコロシアムにでもいるんじゃないのか」

「あんな不気味なところ、よく一人でいられるよな……それで、その看守長様がお気に入りのガキの様子はどうなんだ？」

「全然飯も食ってないし、元気ないねぇ。まぁ正直、ここの飯はまずいんだけどな」

「故郷にいる娘と同い年だぜ。何やったのか知らないが、可哀想だよな」

看守たちはそう言って、奥を見やる。何重にも重なった鉄格子の向こうに、フィーリがいた。

その話から察するに、彼らはフィーリ専属の看守たちのようだった。

「……それなら、一箇所に集まってくれてるのはチャンスね」

そう判断したあたしは、直後にスリープボムを投じる。それは少し床を転がったあと、軽い音を立てて炸裂した。

「な、なんだこの煙は……ふが……」

消え入るような言葉を発してすぐ、三人は三人ともその場に倒れ込んだ。ある程度睡眠ガスが消えるのを待ってから、あたしたちは部屋へと侵入する。

「フィーリ、助けに来たわよ」

部屋を突っ切って奥へと向かい、鉄格子越しにフィーリに声をかける。

「……え？　メイさんですか？」

「そーよ。今行くから、待ってなさい」

声を押し殺しながら、容量無限バッグから再び自律人形を取り出し、その鍵を開けてもらう。

「……あの、どうしてわたしがここにいるってわかったんですか？」

フィーリは嬉しさと驚きが入り混じった表情を浮かべながら訊いてきた。

「錬金術師に不可能はないのよ……って、あれ？」

その傍らへ駆け寄ってみて、違和感を覚えた。フィーリの瞳の色がおかしいのだ。

「ねぇフィーリ、どうして目が赤いの？」

「え、そうですか？　この部屋、鏡がないので気づきませんでした。たぶん、これのせいですね」

困惑気味に言いながら、自身の両手にはめられた手枷を持ち上げて見せる。

漆黒に塗り固められたようなその手枷には、赤い魔法陣がいくつも描かれていた。

「……なにこれ、ずいぶんゴツいわね……鍵は普通っぽいけど」

「今のわたし、これで魔法を封じられているんです。属性媒体がないので、元々使えませんが」

どこか自虐的に言うフィーリを元気づけながら、自律人形にその鍵を外してもらう。特に仕掛けもなく、簡単に外すことができた。

それと同時に手枷の魔法陣が弾けるように消えて、フィーリの瞳の色が見慣れた金色に戻った。

「うん。これでいつものフィーリだわ。また会えて、良かった」

「……わたしもです」

まだ少しほうけた表情のフィーリを抱きしめる。耳の近くで、安らいだような声がした。

「こんなに汚れちゃってぇ。着替え持ってきたから、ちゃちゃっと着替えちゃいましょ」

その小さな肩に手を置いて、努めて笑顔で言う。それを見てか、彼女はようやく笑顔になってくれた。

見るからに着古された囚人服から着替えてもらいながら、フィーリにルメイエを紹介する。

「……あの時の商人さんが、実は伝説の錬金術師さんだったんですか？」

「そうよー。フィーリを助けるのに協力してくれたの」

「そうだったんですね。ルメイエさん、ありがとうございます」

最後に魔法使いのローブを羽織ったフィーリが、深々と頭を下げた。

「礼には及ばないよ。それより、目的は達成されたのだし、長居は無用だ。脱出しよう」

そう言うルメイエに賛同した時、看守室のほうが騒がしくなってきた。

「……まずい。交代の看守が来たようだね。どこかに身を隠さないと」

「それでしたら、向こうに通路があるみたいです。今は使われていない留置場があるとかで」

フィーリがそう言って牢屋の脇を指差した。そこには古い上り階段があった。

万能地図を見ると、かなり奥まで続いていて、なおかつ入り組んでいた。身を隠すにはうってつけだ。

「いいわね。あそこに飛び込みましょ。せーの」

あたしたちはタイミングを合わせて牢屋から飛び出し、脇の階段を駆け上がる。

さすがに気づかれたらしく、すぐ後ろを看守たちの怒鳴り声と足音がついてきた。

背後を気にしながら階段を駆け上がり、その先の細い通路を抜けると、無数の朽ち果てた牢屋が並ぶ場所に出た。

「フィーリが言ってた留置場ってここねー。なんか不気味」

そんな感想を口にしながら、足を止めることなく迷路のように入り組んだ空間を進む。

長いこと放置されていたようで、どこも朽ち果てていた。

こわごわと留置場の中ほどまで進んだところで、入口から看守たちの声が聞こえてきた。

「メイ、怖がっている場合じゃないよ。この場所を利用して、うまく追手を撒かないと」

「わかってるわよ。あたしに考えがあるから、二人は留置場の出口で待っていて」

そう言葉を返して、あたしは万能地図を開く。その地図上に表示された看守たちは六人。彼らは二人一組になり、三つのグループで追ってきていた。

……実は手持ちのスリープボムは残り一つしかない。できるだけ人は傷つけたくないから、ここはどうにかして彼らを一網打尽にしなければならない。

そこであたしは、フィーリから預かったままのトークリングを取り出して、適当に目についた牢屋の中へと投げ込んだ。

そのまま少し離れた物陰に隠れ、地図を手に看守たちの動向を見守る。頃合いを見て、自分のトークリングに向けて語りかける。

「も、もう駄目！　逃げ切れない！　ここに隠れましょ！」

「おい！　女の声がしたぞ！　こっちだ！」

投げ込んだトークリングから発せられた音声にすっかり騙された看守たちは、大急ぎで牢屋の一角へと集まっていく。

「へへっ、いくら捕まりたくないからって牢屋の中に隠れちゃ意味ないぜ。お嬢さん、どこだい」

「うりゃっ」

全員集合したところにすかさずスリープボムを投げ込み、まとめて眠っていただいた。

「……まったく、作戦とはいえ妙なことを口にするんじゃないよ。言葉を真に受けたフィーリが泣きそうになっているじゃないか」

背後から声がして振り向くと、呆れ顔のルメイエと涙目のフィーリが立っていた。

「ごめんごめん。看守たちを呼び寄せるのに、適当な台詞を言っちゃってさ」

「むー、本当にメイさんが捕まってしまうかと思って、心臓が止まるかと思いました」

そんなフィーリに平謝りをしていると、ルメイエが一人で牢屋の奥へと進み、トークリングを回収してきてくれた。まだ睡眠ガスが残っているはずだと問うと、自律人形は呼吸をしないから、ガスなんて吸わないと教えてくれた。

そこからさらに奥へ進むも、背後にはいつの間にか別の看守たちが迫っていた。

……これは、どれだけ退《しりぞ》けてもキリがない。

フィーリを救出したら速やかに壁を壊して脱出する予定だったのだけど、彼女が地下深くに幽閉されていたことで、作戦そのものが瓦解してしまっていた。

その結果、あたしたちは万能地図を片手に、ひたすら逃げ回ることになっていた。

「……ねぇ、後ろの看守たち、さっきよりも数が増えてない？」

「さあね。五人から先は数えるのをやめたよ」

「メイさん、属性媒体ください。魔法でまとめて吹き飛ばしますから」

「しれっと怖いこと言わないの！　怪我させちゃ駄目！」

一時期に比べて通路の横幅が広くなったので、現在は空飛ぶ絨毯に乗って移動していた。けれど、三人も乗ればその速度は人が走るそれと大差ない。追いつかれることはないのだけど、逃げ切れずにいた。

「メイ、スリープボムはもうないのかい？」

「さっき、留置場で使ったのが最後。雷の爆弾や普通の錬金ボムもあるにはあるけど、人間相手に使うには威力が高すぎてさ……」

あたしが言いよどむと、背後のルメイエは深いため息をついたあと、自身のリュックから鳥のマークの入った爆弾を取り出した。

次の瞬間、彼女は手にした爆弾を後方へと放る。

わずかな時間をおいてそれは盛大に爆発し、周囲に灰色の液体を撒き散らした。

「うわ、なんだこりゃ!?」

「こら、急に止まるんじゃない！」

「う、動けねぇ……助けてくれー！」

直後、看守たちの悲痛な声が聞こえてきた。爆発によって飛び散った灰色の液体は通路いっぱいに広がり、その強い粘着性で看守たちを足止めしていた。

「これでしばらく時間稼ぎができるはずだよ」

「今のって、トリモチボム？　いつの間に作ったの？」

「先日、メイからレシピを聞いたあとだよ。素材だって分けてもらったじゃないか」

ほくそ笑むルメイエに尋ねると、そう言葉が返ってきた。

「錬金術師の作る道具は用途が限定されるから、魔法使いのように臨機応変に戦えない。それを頭に入れた上で、あらゆる事態を想定して準備しておかないといけないよ」

そんな話とともに、ルメイエはあたしにスリープボムやトリモチボムを分けてくれた。

あたしはどこまでも用意周到なルメイエに感心しつつ、その道具たちを受け取ったのだった。

……追手を退けて、あたしたちはさらに奥へと進む。

ずっと上り続けているし、そろそろ地上も近いはずと考えるも、あたしたちは未だ地下にいた。

やがて、さながら円形闘技場のような広々とした場所へとたどり着いた。

隅には薄汚れた剣や盾が放置されていて、天井からは細い光がいくつも差し込んでいた。

空気穴でもあるのかしら……なんて考えながら歩みを進めていると、その中央に一人の青年が立っているのが見え、あたしたちは足を止める。

「はっはー、脱走者の話は聞いていたが、フィーリ、まさかお前だったのか！」

その青年はあたしたちに気づくと、藍緑色の髪を触りながらどこか嬉しそうに言い、その緋色の瞳でフィーリを見た。

「……こいつ、誰？」

「……この監獄島の看守長、グレンさんです」

思わずフィーリに尋ねると、そう教えてくれた。

言われてみれば、これまで散々遭遇してきた看守たちと似た黒のサーコートを着ていた。

「覚えていてくれたか！　どれだけ話しかけても無反応だったから、嬉しいぜ！」

フィーリからグレンと呼ばれた彼は、両手を広げてオーバーリアクション気味に言う。

そういえば、看守長が行方不明だと看守たちが言っていた気がする。この人がそうなのね。

「ところでグレンとやら、この場所はなんだい？」

「ここか？　ここは囚人が釈放の権利を賭けて戦う場所さ。主に、俺様とな」

ルメイエの問いかけに、これまたオーバーリアクションで返す。

この施設、どこか決闘場っぽいと思っていたけど、その通りの場所だったのね。

「お前たちも釈放の権利を賭けて戦うか？　ちなみに、俺様はこれまで負けたことがない！」

握りこぶしを作りながら、ドヤ顔で言った。どうやらすごく熱い性格のようだ。

「あのさ、こっちには錬金術師二人と魔法使いがいるんだけど、大人しく通してくれない？」

「通したところで、この先は行き止まりさ！　どのみち逃しはしないし、お前らはここでゲームオーバーになる運命よ！」

そう提案をしてみるも、再び自信満々に突っぱねられてしまった。

この人、見た目は丸腰なんだけど、あの自信はどこから来るのかしら。

「じゃあ、ここから出るにはあんたを倒すしかないってことね」

「そうなるな！　錬金術師のことはゲームでしか知らないが、少なくとも、この世界の魔法は俺様には通じないぜ！　それでも良いなら、かかってきな！」

咆哮するように言って、拳を天に突き上げる。その瞬間、彼は強い光に包まれる。

その光が収まると、グレンは頭から爪先まで、その全身に炎と氷の鎧をまとっていた。

「……なにあれ」

予想外の展開に、あたしは言葉が出なくなる。

「知りませんよ！　メイさん、ほうきと属性媒体ください！　早く！」

泣きそうな表情のフィーリに素早くほうきと属性媒体を手渡し、それから見えない盾を三人分展開して戦闘準備を整える。

その間も、炎と氷の怪人と化したグレンは両の拳を打ち鳴らし、やる気に満ち溢れていた。

……ここまで来ると、もう戦いは避けられそうにない。

「右側が炎、左側が氷の鎧か……一見矛盾しているようだけど、どういう仕組みなんだろうね」

「冷静に分析してる場合じゃないわよ！　あたしたちが相手するから、ルメイエは下がって！」

危機感がまるでないルメイエにそう声をかけた時、グレンの属性の違う左右の腕から、火球と氷弾がそれぞれ撃ち放たれた。あたしはフィーリと目配せして、左右に跳ぶ。

そのまま炎と氷の弾幕を回避したあと、二人で彼を挟み撃ちにする。

「氷には炎です！　ファイアーボール！」

「これでも、食らいなさーい！」

ほうきによる低空飛行でグレンの左側へ移動したフィーリが火魔法を撃ち放ち、あたしは右側から氷の爆弾を投じる。

「はっはー！　痛くも痒くもないぜ！」

それぞれ弱点と思われる属性で攻撃するも、ダメージを受けた鎧はすぐに再生してしまった。

「……火力が足りないのかしら。フィーリ、一緒に攻撃するわよ！」

「はい！　アイスニードル！」

すぐにフィーリを呼び寄せて、鎧の炎側に向けて同時攻撃を仕掛ける。

けれど、グレンはすぐさま体を反転させた。その結果、あたしたちの攻撃は鎧の氷側に当たってしまい、全くダメージを与えられなかった。

「残念だったなぁ！　おいしくいただかせてもらったぜ！」

彼は余裕綽々だった。その口ぶりからして、鎧と同じ属性は吸収されてしまうらしい。

「むー、面倒くさいですー！　ファイアーボール！」

フィーリが不満を露わにしながらもう一度魔法を放つも、今度は炎側で受けられてしまった。

「どうだ！　俺様の炎と氷の鎧は！」

「すごく戦いづらい！　相反する二つの属性が使えたら……って、なんかのゲームでもそんな設定のボスいたわよ！」

「ゲームの設定上等だよ！　二つの属性を宿す無敵の鎧……かっこいいだろ！」

……あたしが思わず口走った言葉に、グレンが反応していた。

「……あんた、もしかして転生者じゃない？」

「な……どうしてわかった!?」

反射的にそう問いかけると、彼は明らかに動揺していた。これは図星のよう。

「ゲームの設定なんて言葉、この世界にないからね！」

あたしはそう言いながら、錬金ボムを投じる。彼はそれを避けながら、言葉を続ける。

「ははぁ、つまりは錬金術師、お前もあの神に導かれた転生者というわけだな！」

「そ、そーよ！　導かれたかどうかは……わかんないけど！」

「なら、お前もチートアイテムをもらったはずだよな。俺様はこの鎧だ！　お前は？」

「あ、あたしはこのバッグよ！」

つい、彼に対抗するように言い、腰の容量無限バッグを叩く。

「バッグぅ？　そんなもんじゃ戦えないだろ！」

「これだけじゃないわよ！　あたしにはね……！」

どこか負けたような気がして、錬金釜とレシピ本を取り出し、その性能を力説する。その流れで、この世界にやってきた経緯まで説明する羽目になった。

「……別の世界からこの世界に？　にわかには信じられない話だけど、同じ体験をした者が二人もいるのだし、信じるしかなさそうだね」

「ふふん。わたしはすでに知っていました！」

話を終えると、ルメイエが興味深そうに言い、フィーリは得意気に鼻を鳴らしていた。

「……なんだよ。お前もゲーマーだったんじゃねーか！」

そんな中、グレンはどこか嬉しそうだった。

いつの間にか、戦いによって張り詰めていた空気が緩んでいる気がした。

「……あのさ、せっかく転生者同士なんだし、ここで争うのはやめない？」

思い切って、あたしはそう提案をしてみる。お互いの状況を知った今なら、彼も納得してくれるかもしれない。

「……悪いが、そういう訳にはいかない。ここはやっと見つけた、俺様の居場所なんでな！」

彼は一瞬考える素振りを見せたものの、あたしの提案を一蹴。特大の火球を投げつけてきた。

「交渉は決裂のようだね。うまく事が運べば、穏便に済ませられるかと思ったのだけど」

その攻撃を無事にやり過ごしたあと、ルメイエはリュックから爆弾を取り出しながら言った。

どうやら、これからは彼女も加勢してくれるらしい。

「はっはー！　かかってこいよ！　錬金術師ども！」

それを見たグレンは再び拳を打ち鳴らし、戦闘態勢を取った。途端に周囲の空気が引き締まる。

「こんの、戦闘狂めー！」

「いきます！　ウィンドカッター！」

そんな彼に対し、あたしとフィーリは雷の爆弾と風魔法による攻撃を加える。

あえて弱点を狙わない戦法だったのだけど、疲れからかフィーリの魔法はほぼ当たらず、あたしの爆弾ではあの鎧に全くダメージを与えられなかった。

「うー、さすがはチートアイテム。硬い……」

「す、少しきつくなってきました。魔法、うまく当たりません……」

あたしはともかく、フィーリはさっきまで地下牢に幽閉されていたのだ。疲れていて当然だ。

「神から与えられた鎧か……名前からして、まともにやりあうのはきつそうだね」

ルメイエは言うと、手にしていたトリモチボムを投じた。それはすぐに炸裂し、粘着力のある灰色の液体となってグレンの動きを封じた。

「……うおっ、トリモチだと!?　いやらしい攻撃してくれるぜ！」

そう言いながらも、彼は余裕そうだった。力任せにブチブチと、トリモチを引き剥がしていく。

「あまり時間的余裕はないよ。とりあえず、今持ち得る最大火力をぶつけてごらん」

「りょーかい！　とっておき、行くわよ！」

ルメイエの意図を感じ取ったあたしは、容量無限バッグから魔力ボムを取り出す。

「フィーリ、きついと思うけど、これに魔力注ぎ込んで！　思いっきり！」

その魔力ボムをフィーリの胸に押し付けると、その間に全自動発射台をスタンバイしておく。

「……できました！　これ以上は魔力入りません！」

フィーリから受け取った魔力ボムは、魔力が満ち溢れているのか淡く輝いていた。

それを慎重に発射台へとセットし、グレンに照準を合わせる。発射速度は、もちろん最大だ。

「これがあたしの……ううん、あたしたちの最大火力！　受けてみなさい！」

あたしが叫ぶと、魔力ボムは超高速で撃ち放たれた。それは一瞬の間を置いて、轟音とともに炸裂。視界を青く染めた。

すぐさま猛烈な風が吹き、たまらず物陰へと避難する。それは見えない盾で防ぎきれるものでは到底なく、予想以上の威力にあたしは言葉を失っていた。

同時に、これだけの威力があればグレンにも通用したのではないかという考えが頭をよぎる。

「いってー……なんて攻撃を仕掛けてくるんだよ！」

しかし、煙の中から聞こえた声に、あたしの希望は打ち砕かれてしまった。

やがて姿を現したグレンの鎧には無数の穴が空いていたものの、それはみるみるうちにふさがっていく。彼自身はほぼ無傷のようだ。

持ちうる最大火力で攻撃しても駄目なのかと、あたしの心が折れそうになった時、グレンが一気に距離を詰めてきた。

反応できずにいると、彼はフィーリの手を掴み、軽々と持ち上げた。

「ちょっと！　フィーリを離しなさいよ！」

「遊びは終わりだ。このまま囚人を逃したとなると、監獄島の威信にかかわるんでな！　お前らは逃しても、こいつだけは捕らえさせてもらうぜ！」

魔力ボムの威力は彼にとっても予想外だったのか、その声に焦りの色が見えた。

一方、捕らえられたフィーリは魔力が残り少ないのかぐったりとしていて、反撃する余裕はなさそうだ。これは、万事休すだ。

「……キミも仕事熱心なのはわかるけど、フィーリを無事に助け出すことがメイの願いなんだ。それが叶わないと、ボクの願いも叶えてもらえなくなる。だから、その子を離してもらうよ」

そう言うルメイエの手には、黄金色に輝く拳銃が握られていた。

「……え、拳銃？」

見慣れぬ武器を前に、思わずそう口にする。直後、ルメイエがその引き金を引いた。

乾いた音がして、グレンの肩に銃創ができる。

その威力はかなりのものらしく、彼は困惑しながらフィーリを離し、その場にうずくまる。

あたしは解放されたフィーリの下へ駆け寄り、抱きかかえるようにして救出。そして、ルメイエのそばに戻ったあと、弱ったフィーリに魔力ドリンクを飲ませてあげた。

「それよりルメイエ、その銃……どこで手に入れたの？」

「自分で作ったに決まっているじゃないか。キミに教えてもらった水中専用銃のレシピを元に生み出した、錬金銃《れんきんじゅう》だよ」

フィーリを腕に抱いたまま尋ねると、手の中で拳銃を回しながら、ルメイエは得意顔で言った。

水中専用銃を元にしたにしては、やけに小さい。いわゆるリボルバーというやつだった。

「くそっ……この世界、銃があったのかよ。だが、鎧のおかげで助かったぜ」

その時、グレンが右肩を押さえながら立ち上がる。ルメイエの放った銃弾は彼の鎧の中へ深々と入り込んではいるものの、貫通するまでには至っていないようだった。

「……はたして、そうかな」

ルメイエがそう言った時、グレンの肩から青白い衝撃波が発せられた。

それは瞬く間に大きくなって彼を包み込み、地面へと押さえつけていく。

「うおおお、なんだこいつは！　動けねぇ……！」

「ルメイエ……なんか急に苦しみだしたんだけど。彼に何したの？」

「キミの水中専用銃は銃弾を変えることができただろう。それを応用して、銃弾に重力ボムの特性を付与したんだよ」

彼女は涼しい顔でそう言った。確かに重力ボムの話はしたし、その素材も渡した。けれど、重力の概念が理解されていないこの世界において、わずかな時間でその仕組みを把握し、自らの道具に組み込んでくるなんて。彼女はやはり、伝説の錬金術師なのだ。

「それじゃあ、メイ、とどめは任せたよ」

「そ、そう言われても……いくら動きを封じたって、あの鎧はどうしようもないわよ。属性も吸収されちゃうし」

「それは魔法使いの考え方だね。錬金術師らしく考えてごらん。ほら、長くは保たないよ」

「……メイさん、頑張ってください」

その時、腕の中のフィーリが身体能力強化魔法を発動し、あたしに分け与えてくれた。

フィーリの顔を見てあたしは覚悟を決め、彼女をルメイエに任せて立ち上がる。

「火を消しつつ、氷を溶かすもの……」

そう呟いて、強化された身体能力と飛竜の靴の力でグレンのはるか頭上まで一気に跳躍する。

「――出てこい、塩！　ありったけ！」

そこで容量無限バッグの口を目一杯開き、中に蓄えていた塩をぶちまけた。

「ぶわああああ⁉」

それは白い滝となって彼の頭上に降り注ぐ。

いつか役に立つだろうと、人魚の国で海水を素材分解し、大量に集めていたものだ。

貯めに貯めたその全てを、彼の姿が見えなくなるまで出し尽くした。

「な、なんだこの粉は！　俺の鎧が、溶ける⁉　消える⁉」

……ややあって、悲痛な声が聞こえた。彼は白い小山の中でもがき苦しみ、やがてその中から藍緑色の髪をした青年が顔を出した。予想通り、あの忌々しい鎧は消え去っている。

「これで終わりよ！　うりゃあ！」

飛竜の靴でグライドしながら様子を見ていたあたしは、無防備なグレンの姿を見つけるや否や、一気に垂直落下。その頭に体重を乗せた一撃を食らわせた。

「ぐぎゃあ！」

情けない声を出しながら、彼は塩の中へと沈み、ピクリとも動かなくなった。

「……見事だったよ。よくあの鎧の弱点が塩だとわかったね」

塩の山の上へふわりと着地すると、ルメイエが拍手で迎えてくれた。

「昔のテレビで見た情報の寄せ集めだったけどねー。なんとかなって、良かったわ」

「これって、お料理に使うお塩ですよね？　あれだけ攻撃しても駄目だったのに、どうしてあっさり倒せちゃったんですか？」

積もった塩にいぶかしげな視線を向けながら、フィーリが訊いてくる。

「塩は火を消すと同時に、氷を溶かす力もあるのよ。氷に塩をかけると融点が下がって、早く溶けるの。溶け出た水が塩と混ざると凍らなくなるから、結果、氷はどんどん溶けていくの」

それこそ、融雪剤《ゆうせつざい》みたいなものなのだ……と説明するも、フィーリは首をかしげていた。

「それに加えて、酸素と塩は反応しないから、塩は燃えない。つまり温度の低い塩を大量にかけると、窒息効果と冷却効果によって火が消えるの。砂をかけて火を消すのと同じね」

「……全然言っている意味が分かりませんが、炎と氷の鎧にとって、塩は天敵だったというわけですね。メイさん、なんだか錬金術師っぽいです」

「ぽいんじゃなくて、錬金術師なのよー」

上機嫌のあたしはフィーリの頭を優しく撫でてあげる。彼女は嬉しそうに顔をほころばせた。

「彼の鎧は少なくとも魔力で維持していたのだろうし、塩の影響で急速に鎧の弱体化が進み、補修が追いつかなくなったんだろう。彼は塩の前に、魔力ボムの攻撃にもさらされていたのだから」

動かなくなった彼を見ながらルメイエが言う。転生者グレン、恐ろしい相手だった。

……それにしても、この世界って公にならないだけで、転生者って結構あちこちにいるのかしら。ルマちゃんもそうだしさ。

「……いたぞ！　あいつらだ！」

「ああっ、看守長様がやられているぞ！」

その時、大勢の看守たちがなだれ込んできた。

……しまった。グレンの印象が強すぎて、彼らの存在を完全に忘れていた。

「やれやれ。追いつかれてしまったか」

そう言うが早いか、ルメイエは彼らの足元へと錬金銃を向け、発砲する。

少しの間を置いて重力波が発生し、看守たちは残らずその場に押さえつけられてしまった。

「これで多少は足止めできるけど、通路を戻るような余裕はないよ。どうするんだい？」

「どうするって言われても……ここは地下だし……」

話を振られて、あたしは思わず天を仰ぐ。見上げた天井からは、わずかに光が差し込んでいた。

「……この上って、何があるのかしら」

一度視線を下げて、万能地図を開く。それによると、この闘技場の真上は中庭のようだった。

「……ここから真上に向かって穴を掘ることができれば、脱出できるかも」

「簡単に言うけれど、天井に爆弾をぶつけたところで崩落するだけで、穴は空けられないよ」

「そうよねぇ……せめて、大きなドリルでもないと」

ため息まじりに言った時、あたしはあることを思い出した。

「そういえば、鉱山都市で大魔法使いが風の魔法で坑道を掘ったって話を聞いたんだけど、フィーリも同じことできない？」

「風の最上級魔法を完璧にコントロールして、竜巻を一極集中させれば可能かもしれませんが……今のわたしでは、周囲に風を起こすのが精一杯なんです。腕力がなくて、風をまとめきれないんですよ」

あたしと同じように天井を見上げながら、フィーリが悔しそうに言う。

……その言葉を聞いて、あたしは閃いた。

「……子どものフィーリの腕力じゃ無理でも、大人のフィーリなら行けるんじゃない？」

「え、どういうことですか？」

「これよこれ。時の砂時計を使うのよ！　これで大人になればいいの！」

容量無限バッグから時の砂時計を取り出し、彼女に見せながら言う。

当人は驚いた顔をしていたけど、それしか脱出手段がないと説得すると、了承してくれた。

「フィーリよ、大人になれー！」

高らかに叫びながら、時の砂時計を操作する。するとフィーリの背はぐんぐん伸び、あっという間に大人の女性へと成長した。

「……はぁ、フィーリは将来、美人になるんだね」

違和感がすごいのか、戸惑いの表情を浮かべるフィーリを見上げながらルメイエが言った。

「これでいけるはずよ！　フィーリ、頑張って！」

あたしは彼女を励ますと、風属性の属性媒体を手渡す。

「わ、わかりました。やってみます」

それを受け取った彼女は深呼吸をしてから、杖を頭上へと掲げる。

「……猛き風神よ！　インフィニティ・タービュランス！」

緑色のオーラをまとったフィーリが放った魔法は、これまで何度か見たものと全く違い、一本の巨大な竜巻だった。それは一直線に天へ向かい、風の削岩機となって岩盤を砕いていく。

圧巻の光景に、あたしとルメイエはおろか、看守たちも完全に固まってしまっていた。

……やがて竜巻が収まると、頭上には大穴が空き、澄み渡った青空が顔を覗かせていた。

体が成長したことで魔力量も増えたのか、フィーリの魔法は終始安定していた。

「脱出経路確保！　二人とも乗って！　逃げるわよ！」

それを確認したあたしたちはすかさず絨毯に乗り込むと、一気に監獄島から脱出したのだった。


「……あの、狭いのでもっと詰めてください」

「30分すれば元に戻るんだから、我慢しなさい。ルメイエを膝の上に乗せればいいじゃない」

フィーリとそんなやりとりをしつつ、海上を飛ぶ。今のところ、追っ手が来る気配はなかった。

「……それで、これからどうする？　あたしとしては、人が少ない街でのんびりしたいんだけど」

「そうですね！　ここ数日まともに食べていないので、おいしいごはんが食べたいです！」

「ごはんもそうだけど、まずはお風呂ねー。フィーリ、くちゃーいわよ」

「くちゃーいって言わないでください！　しょうがないじゃないですか！」

無事に脱出できた安心感からか、どうしても会話が弾む。これは仕方ないと思う。

「……盛り上がっているところ悪いんだけどさ。フィーリも無事助けられたことだし、そろそろボクの願いも聞いてくれるかい？」

その時、ルメイエがあたしの背後に寄ってきて、耳元で呟いた。

「そうだったわねー。どこか行きたい場所とか、欲しい素材でもあるの？」

振り返りながらそう尋ねると、ルメイエはその銀色の瞳を一瞬閉じて、それから真顔で言った。

「……メイのその体、ボクに返してほしいんだ」

Mノベルス

旅《たび》する錬《れん》金《きん》術《じゆつ》師《し》のスローライフ②

2023年4月2日　第1刷発行

著　者　川上《かわかみ》とむ

発行者　島野浩二

発行所　株式会社双葉社
〒162-8540　東京都新宿区東五軒町3番28号
［電話］03-5261-4818（営業）　03-5261-4851（編集）
http://www.futabasha.co.jp/（双葉社の書籍・コミック・ムックが買えます）

印刷・製本所　三晃印刷株式会社

［電話］03-5261-4822（製作部）
ISBN 978-4-575-24615-5 C0093　